FREE TIME

——闲·闲·拾·光——

奇食

终月冥 著

物语

四川文艺出版社

图书在版编目（CIP）数据

奇食物语 / 终月冥著 . -- 成都：四川文艺出版社，
2019.3

ISBN 978-7-5411-5209-2

Ⅰ．①奇… Ⅱ．①终… Ⅲ．①短篇小说－小说集－中国－当代
Ⅳ．① I247.7

中国版本图书馆 CIP 数据核字 (2018) 第 271059 号

QiShi WuYu

奇 食 物 语

终月冥 著

责任编辑　苟婉莹　王筠竹
特约编辑　落　溪
封面设计　46 设计
版式设计　蚂蚁王国
责任校对　汪　平

出版发行　四川文艺出版社（成都市槐树街 2 号）
网　　址　www.scwys.com
电　　话　028-86259287（发行部）　028-86259303（编辑部）
传　　真　028-86259306

邮购地址　成都市槐树街 2 号四川文艺出版社邮购部　610031
印　　刷　北京美图印务有限公司
成品尺寸　146mm×210mm　1/32
印　　张　10.25　　　　　　字　　数　250 千
版　　次　2019 年 3 月第一版　印　　次　2019 年 3 月第一次印刷
书　　号　ISBN 978-7-5411-5209-2
定　　价　42.00 元

目录

花花娘的盐烤小杂鱼

少年叶话，生于驱妖人世家，生有阴阳双眼，可窥世间妖怪。自幼喜烹饪之事，后自拥一店，名曰百味食艺。少年心地善良，常以食物馈赠孤苦妖怪。妖间有口皆碑，故又称之妖怪食堂。

/ 一 /

随着科技的发展和现代社会的进步，许多传统的职业开始逐渐没落，甚至走向消失，驱妖人便是其中之一。

说到驱妖人，现代人往往会露出不屑的笑容。说他们是江湖骗子的代表，靠装神弄鬼骗取人们的信任和钱财。但追溯起历史，驱妖人也曾深受人们的尊重与崇拜。

尤其是在数百年前的东云县，那里时常传出妖怪作恶的事情。传闻有村民在东云县以东二十里处的森林里见到过妖怪，回家后便因惊吓过度而病死。当地人也经常在山川田野间——甚至自己的居所处——目睹过怪异的事情。后来人们因为惧怕而开始供奉祭品给妖怪，但情况却并没有好转。

东云县的驱妖大族叶家便是在那个时期兴起的。

和传统的驱妖人一样，叶家出来的驱妖人都以驱逐妖怪为己任。他们自小接受严格的训练，包括阵法的绘制、异象的分辨，甚至连妖怪的种类也要一一牢记。因此那些想要求得平安的人，往往会重金请来驱妖人作法。神奇的是，那些经过叶家驱妖人作法的地方，后来便真的没有妖邪作祟了。

叶家似乎与生俱来便与妖怪有着别样的缘分。之所以这么说，是因为从叶家走出来的驱妖人中，每过几代便会诞生拥有阴阳眼的人。

阴阳眼，又被称作"神的眼睛"。对于驱妖人来说，这是一种极其罕见的体质，拥有阴阳眼的人往往可以看到人类所看不到的东西，也可以增加自身与法阵的力量。因此拥有阴阳眼的叶家族人，往往会作为家族首领来培养，其命运也早早地与妖怪们绑在了一起。

但随着岁月的流逝，曾经繁荣的驱妖世家也在时光中变得衰败，许多宗亲成员也陆陆续续地换了谋生的行当。到了叶天这一代，境遇已然到了最坏——科技的飞速发展让人们不再相信妖怪一说，驱妖人的地位也由当初受人敬重的英雄，逐渐沦落为糊弄人的把戏。深知这行已经不能糊口的叶天并没有让儿子叶话继承祖业，自己也换了一份安稳的工作。

叶话今年十九岁，生得清秀健康。一头整齐的黑色短发，一笑脸上便显现两个温柔的梨涡。清瘦的面庞之上，是一对清澈的棕黑色的眼。身体匀称没有丝毫的赘肉，十指修长白皙，隐隐还能看到皮肤下的青筋。他从小对烹饪充满热情，且小有天赋，长大后在父亲的支持和资助下如愿有了一家饮食的门店，名叫"百味食艺"。

饭店开在常林街的中心处，那原本是一座老旧的平房，在叶话手中却像穿了一件新衣。破旧的店招被换成了简洁现代的字灯，外墙被打理得整洁干净，没有花哨的广告或者促销海报。桌椅、食材都被整齐地摆放归类，让人感到安心舒适。

推开门就能看到宽阔的马路，路的两旁种满了桂树与其他绿植。每到花季，空气中便会弥漫出怡人的香气。这曾是东云县里最热闹的一条街道，然而随着时代的发展，商业中心逐渐朝着内城区偏移。这一片也逐渐变成生活区，供人放松与休息。

饭店的营业时间是中午到晚上，食客主要是内城以及附近上班的人。虽然只是一家普通小店，但有一点却让人印象深刻，即"没有菜单，支持点菜"。

除了几个推荐菜品，其余都要看当日采购的食材——以上都会写在前台旁的"今日供应"牌上。告示牌的最下方有一行小字："如果有想吃的菜品，请告诉店主，只要食材允许，本店都会竭力满足。"

尽管听上去有些奇怪，但事实却是总有客人光临到此——其中不少还是常客。正是这种简单质朴、回归于新鲜食材的风格，以及叶话用心、精湛的厨艺，反倒让许多食客能够静下心来品尝时令美食的本味。渐渐地，这些原本奇怪的方式反倒成了吸引食客到来的特色所在。

叶话很小的时候，父亲便已不再接触驱妖之事。严格意义上，他并不是驱妖人，但祖业仍给他和妖怪们带来各种未了的缘分——那双与生俱来的阴阳眼——能够看到一般人类看不到的东西，比如妖怪。

这种特别的身份让叶话并不惧怕妖怪，事实上，他从小便见过许多妖怪。他甚至会将每天剩余的食材重新制作，送给回家路上遇到的妖怪们。人们早已不再因为畏惧而供奉食物给妖怪，所以这世上便有了许多挨饿的妖怪，看似凶狠的他们实则和无家可归的流浪猫狗并无区别，所以叶话有时也会请一些妖怪吃饭。也因此，受了恩泽的妖怪们更喜欢将他的"百味食艺"称为"妖怪食堂"。

/ 二 /

十点了。

像往常一样，叶话正在整理一天的财务。街上的许多店已经关门了，叶话的店却还亮着灯，在夜色的衬托下，好似一只孤独的萤火虫。

四周是如此静谧，店内也是如此。指针在墙上一格一格地跳着，空气中回荡着计算器按键的响声。叶话坐在一张桌子旁，目光专注。他一手敲打着计算器，一手在账本上记录着今日的财务。

终于，叶话伸了个懒腰，这意味着今天的工作已经结束，他也要准备回家了。

忽然，一个不起眼的小东西跳上了饭桌，在叶话的面前来回跑圈，以此来吸引叶话的注意力。

那是一个约一寸大小的小妖怪，人形，皮肤光滑，嘴巴长在肚子上，胆小且温顺。小妖怪似乎跑累了，仰面倒在了桌子上，肚子发出咕咕的响声。

"知道了知道了。"叶话无奈地挠了挠头，起身朝厨房走去。今夜有些凉，叶话走之前不忘用纸巾盖住了小妖怪的肚子。

这种情况之前也曾发生过，饿得受不了的妖怪有时会来到叶话的店里祈求食物。通常叶话并不会拒绝，但深夜太过频繁的来访也会让他感到为难。

叶话蒸了一个土豆，但觉得可能会太烫，又加调料拌成了土豆泥，用小碟盛了出来。

小妖怪闻到食物的味道，立刻跳了起来，开心得手舞足蹈。叶话看到这一幕，也忍不住笑了起来。

就在小妖怪接过碟子准备大吃一顿的时候，一阵突如其来的冷风搅起门帘，从门外径直吹进。小妖怪打了个哆嗦，店里的风铃也随风摆动，发出悦耳但冰冷的声音。胆小的小妖怪似乎意识到了什么，警觉地抱起碟子，飞快地逃了出去。

"记得把碟子还回来！"叶话冲着已经不见踪影的小妖怪喊道。此时，他的目光本能地被吸引到了门外，透过暖黄的灯光，他隐约看到了一个人的轮廓。

那是一个穿着灰色衣服的长发女人。

叶话打量着眼前的女人，这是一个妖怪，披散的黑色长发之下，是一张毛茸茸的棕色猫脸。她扭了扭头，两只挺立的猫耳忽地冒了出来。一双眸子像是闪着光泽的黑色宝石，脸的两边也各有几条横着的白色须纹。

猫脸女走到前台的高椅旁，自然地坐了上去。她转了转眼睛，掏出毛茸茸的爪子在平整的吧台上比画出一条鱼的模样。

叶话观察着猫脸女的举动，心中大概明白了。只是这会儿时间很晚了，厨房也关了火，这让他有些犹豫。

叶话还是回到了厨房，因为他坚信对一名厨师来说，如果有饿着肚子的人找到自己，无论对方是妖怪还是人类，都应该尽可能地满足对方。

此时冰柜里还有一条冷藏的鲫鱼。叶话皱了皱眉，最后选择做一道清蒸鲫鱼。他拿起鱼，鳞片很快便如雪花般落下。抽出背部的鱼线，这样淡水鱼的土腥感便淡去许多。用盐、胡椒粉、黄酒腌制鱼肉十来分钟，接着在鱼身两侧切上花刀，葱姜蒜切出一些塞进鱼肚，连盘大火蒸十五分钟。此时淋上鱼豉油和一些葱花，再利用余热蒸三五分钟即可。最后浇上调好的热油，鱼肉的鲜美立刻被油温给激了出来，就连叶话自己也被这香气勾起了食欲。

猫脸女嗅了嗅面前的蒸鱼，失望地摇了摇头。她站起身来，什么也没说，转身离开了饭店。

叶话看着猫脸女远去的背影，眼里闪过一阵惊讶和不解。他从未遇到过这样的妖怪，那仿佛在说，叶话做的食物并不能打动她。

更奇怪的是，接连几天，猫脸女都会来到店里吃鱼。似乎是为了证明自己的厨艺，叶话每次都认真地拿出不同的鱼类菜式，一次比一次精美复杂。但面对不同工艺处理的鱼肉，猫脸女都表现出了相同的动作，即轻嗅、垂头、暗叹，眼中透着失落。她就像一个经验丰富但无比严苛的裁判，只需看一眼就知道那些菜的味道叫作失望。

猫脸女似乎是彻底失望了，她已经有好几天没出现了。

原以为少了一个麻烦的食客会让自己轻松一些，可落在叶话心底的那块石头并没有消失。那是猫脸女接连的失望，将身为厨师的他压得有些愤懑。这倒是坚定了他的决心——在她下一次出现时，一定要做出让她满意的菜品。

对菜品来说，食材的需求是第一位的。叶话盘算着第二天去早市挑选一些新鲜的鱼来练习，但第二天早上却因为太忙，等他急忙赶到鱼市时，可供挑选的鱼已经所剩无几了。

一圈逛下来后，叶话并没有发现能让自己满意的鱼。失望的他正要离开，却看到一位头发灰白的老太太正在一家鱼摊前认真地挑选。叶话好奇地走上前，发现盆子里只不过是一些杂鱼。

"都是些小杂鱼，没什么用呢……"叶话自言自语道。

老太太似乎听到了叶话的话，她忽然放下手中的鱼，抬头看着叶话。满脸的皱纹渐渐舒展开来，她笑着说道："虽然只是小杂鱼，但只要用心烹饪，也是能够变成美味的。"

叶话没有和老太太辩解，他微笑着点了点头。显然，今天来得不是时候。

/ 三 /

狭窄的菜场过道里突然冒出了一群嬉闹的孩子，他们大叫着冲撞过来。叶话身手灵活，没让这些孩子蹭到，但一旁的老太太因为上了年纪，来不及反应，被顺势带倒。

"您没事吧？"叶话扶起了摔倒的老太太，问道。

"现在的孩子啊……可真活泼。"老太太揉了揉膝盖。她看了眼叶话，堆满皱纹的眼角弯成了一道弧线："没事没事。小伙子，谢谢你。给你添麻烦了，我自己可以的。"

即便老太太这么说，但叶话还是有些不放心。扶起老人的时候他发现老人其实十分瘦弱，加之她年纪大了，又提着一堆东西，想来想去，叶话决定把老人送回家去。

老太太推托不过，最后在叶话的搀扶下步履蹒跚地回到了家。

"小伙子，真是麻烦你了，进来喝口茶吧。我正好要做刚买的小杂鱼，不嫌弃的话就尝一下吧。一点心意，希望你不要拒绝我这个老太婆。"老太太诚恳地说道。

叶话有些不知所措，但面对这样一位诚恳的老人，只好硬着头皮答应了下来。

老太太见叶话答应，脸上立即浮现出了开心的笑容。她转身走进厨房，开始处理起食材。

老太太住在一栋老旧的房子里，附近的房子都已经被拆掉了。房子很大，显得空荡荡的，屋里没有其他人，不知老太太的家人是否外出未归。

很快，老太太端着一盘小杂鱼走了出来，还给叶话添满了茶。

那是一块方正的烤盘，小杂鱼被井然有序地摆放在锡纸之上。鱼的四周，有一层类似雪花的白色颗粒，配上表面的调料粉末，让人忍不住食欲大开。叶话拿起一条小杂鱼，鱼肉的表面各有几条花刀，鱼肉的香气从切口处溢了出来。这是盐烤的做法，看上去并没有对鱼本身做过多的处理，但鲜美的香气却已经透进鼻子里。叶话忍不住咬了一口，鱼肉很轻松地被撕扯了下来，鱼皮烤得有些酥脆，但鱼肉却鲜嫩柔软。鲜香的气味在嘴里来回旋转，味蕾像是在波涛翻滚的大海上迎着略带咸味的海风翱翔一般。

"这种咸味……"叶话似乎在思索什么。

"海盐。"老太太笑着说道，"我用的是海盐。"

"果然。"叶话恍然大悟,"味道很鲜美。"

"鱼也事先拿特制的调料腌过了。"老太太笑着说道。

说完,老太太分出一些鱼,放到了墙角的一个瓷碗里,嘴里碎碎念着什么。

叶话看了一眼墙上的挂钟,时间已经不早了。他起身向老太太道谢,随后便离开了。

/ 四 /

在接下来的日子里,叶话又尝试了许多的菜式。其间猫脸女又来过几次,却一如既往地没有对菜品感到满意。

"是鱼的种类不合她的口味吗……还是做法的问题?"叶话陷入了沉思,思绪渐渐茫然。突然他的脑海中闪过一片巨浪,带着咸味的海风将心中阴霾全都吹散,思绪变得豁然开朗。

"盐烤杂鱼!"叶话叫道。他还记得在老太太家尝过的那道杂鱼,独特的口感让他印象深刻。如果用盐烤的做法,再加上更好的鱼肉,说不定能征服挑剔的猫脸女。他决定试一试。

第二天,叶话早早地来到鱼市。他路过了那天遇到老太太的那家鱼摊,鱼摊案台的一角正摆着一盆杂鱼,老板眼疾手快,见来了客人,熟练地牵开装鱼的袋子,问道:"要多少,小伙子?"

叶话摇了摇头,这些杂鱼并不合他的意,他需要肥美的鲜鱼。

老板见他不答话,便放下了手中的袋子,自言自语道:"那你看看别的鱼……平时都有个老太太来买杂鱼的,但最近几天不知道怎么了,都没见她来过。"

老板的话无意中提醒了叶话,这让他想起上次送老太太回家的情景。不知道是不是因为上次摔得厉害，所以这几天没有出来。想到这里，叶话竟感到一丝担心。他连忙叫住老板，挑了一些新鲜的杂鱼，准备去看望老太太。

来到老太太家门口，叶话敲了敲门，等了很久却没有人来开门。他只好将装鱼的袋子放在门前，想改日再来。

正要离开，叶话听到了一阵连续的咳嗽声，那声音越来越近，接着木门吱吱呀呀地推开了一角。老太太的面孔忽然从中探了出来，她看了一眼叶话，苍老的脸上顿时扬起了笑容。

"小伙子……咳咳，是你啊。"

"打扰了。"叶话因为自己的冒昧到来显得有些害羞，"听鱼市老板说好几天没有见您来过，不知道您的身体好些没。"

"真是个善良的孩子。"老太太看了眼地上的鱼，心中更为感动。

"膝盖已经好多了。"老人将叶话请进了屋子，"但年纪大了，其他的毛病也跟着多了。"

叶话入座的时候，老太太刚吞下几颗药丸。从药盒来看，都是些治疗感冒发烧的药。

"年纪大了，一点小毛病都变得麻烦了。"老太太一边收拾着鱼，一边说道，"真是麻烦你了。身体不好，已经走不了太远的路了。"

"您的孩子呢？老婆婆，没有家人陪着您吗？"叶话想到，偌大的房间只有一个人的话未免也太过孤独了。

"有一个女儿，不过已经嫁出去好多年了。"老太太叹了叹气，"在这之前，都是我和老头子还有花花娘一起守在这儿，后来老头去世了，花花娘前段日子也不见了，现在啊，只剩下我自己了。"老太太一边回答着叶话，一边朝厨房走去。没过多久，处理好的杂鱼就被放进了烤箱。

就在叶话与老太太聊天的过程里，烤箱忽然响起"叮"的一声。

"好啦。"老太太端出一盘小杂鱼，和上次一样又分出一些到墙角的瓷碗里。

"味道真好。"叶话把一条小杂鱼放到嘴里，情不自禁地赞叹道。

"难得还有人喜欢。"老太太开心道，"以前我家老头子也很喜欢，现在他不在了，花花娘也不在了……"

老太太的情绪又低落了下来。

"您为什么不到女儿那里去？多少会有人照顾着。"叶话关心道。

"是呀，孩子们也不止一次这么说过。可是我走了，就不能经常给老头子扫墓了。而且花花娘也不知道怎么样了，我放不下它。要是哪天它回家了看不到我，它一定会觉得是我抛弃了它的。"老太太说着说着，眼眶竟泛起几朵泪花。

叶话没有再追问下去，只是轻松地和老太太聊着天。根据老太太的描述，这空荡的客厅里已经很久没有响起年轻人的声音了，这让她很高兴。

/ 五 /

离开的时候，老太太坚持要把叶话送到门口，她递给叶话一个袋子，说："谢谢你，小伙子。谢谢你来看我，我很久没有这么开心过了。这次做得有些多，我给你打包了一些。有空的话就再来坐坐吧。"

叶话接过袋子，和老太太道谢告别。回到店里的时候已是早上十点，叶话不得不抓紧处理食材，为即将到来的用餐时间做好准备。

夜里，食客们陆陆续续散去。叶话疲惫地靠在吧台上休息，正当他犹豫着今天是否早点回去时，猫脸女出现了。毫无准备的叶话正要向猫脸女说明情况，可手边装有小杂鱼的袋子却似乎让他想到了什么。他赶紧将小杂鱼倒进盘子，加热后送到了猫脸女面前。

"尝尝看，不知道你喜不喜欢，是一个好心的老婆婆送给我的。"叶话介绍道。

猫脸女看着盘子里的小杂鱼，又看了看叶话，大大的眼睛里泛起一阵波澜。迟疑了片刻，她先是嗅了嗅，随后用毛茸茸的爪子抓了一条小鱼往嘴里送。她越吃越香，一盘小杂鱼很快见底。吃完后，她还满足地舔了舔爪子。

叶话感到出乎意料，他有些惊讶，没想到自己尝试了那么多菜，最后竟然是老太太的这道简单的小杂鱼征服了猫脸女。

猫脸女站起身来，大大的眼睛在叶话身上来回扫过。忽然，她摇动起长长的尾巴，温柔地卷住了叶话的手。

"喵。"

猫脸女轻轻叫了一声，她用尾巴牵引着叶话，朝外面走去。

"喂！快松手……不对，快松尾。"叶话被这一举动弄得满头雾水，他不知道猫脸女的目的是什么，但想起小时候与妖怪的种种经历，他开始本能地警惕起来。

猫脸女停下脚步，回头看了一眼叶话。她的表情有些悲伤，眉头紧锁，黑宝石一般的眼睛里似乎在诉说什么。

"喵。"猫脸女哀声道。

叶话也愣住了，他看着猫脸女的眼睛，内心的恐惧和焦虑此刻仿佛都消失了。他不再反抗，由着猫脸女的牵引，朝着夜色深处前行。

皎洁的月光下，一人一妖走了将近一个小时，最后终于在一条马路的边上停了下来。

此刻，猫脸女松开了尾巴，对着脚下的地面不停踱步，随后又来回绕圈，几圈过后，猫脸女便消失了。

叶话知道，猫脸女消失的方寸土地下，应该就是她的坟地了。

但他不懂，为什么猫脸女要把他带到这里来？带着疑问，他蹲下身子仔细观察起面前的土地。虽然已是深夜，但所幸月光皎洁，也能隐隐看出这一块地的草皮有翻过的痕迹，裸露在外的土壤还很新鲜，看起来应该是不久前才被翻过。

"这是……"

叶话好像看到了什么东西在浅浅地泛着光泽。他以为是自己花了眼，伸手拨了拨土，感觉摸到了一个硬物。掏出来一看，原来是一枚小小的金戒指。

叶话小心地将戒指拿到眼前仔细查看，这是一款再普通不过的金戒指，没有镶钻，光泽很淡，磨损得也很厉害。

突然，叶话的指尖传来一阵刺痛。似乎有什么东西顺着指尖钻进了自己的脑子里，那东西在叶话的脑中不停变幻，刺痛感顺着它的痕迹蔓延至全身，疼得让他睁不开眼。

十几秒后，叶话像是已经适应了这种感觉，痛苦也渐渐退去。他缓缓睁开双眼，隐隐约约看到了一些陌生且模糊的景象。他并不知道，此时，他的一双眼睛已经成了和猫脸女一样的眸子。

/ 六 /

第一幕。

老房子，空无一人的房间。

"我回来了！"一位老太太开心地说道，"啊，果然乖乖地在家呢。"

猫咪蹭着老太太的腿，看上去非常喜欢她。

"等一会儿就有好吃的了。"老太太换上围裙，拎着买回的菜钻进了厨房。

第二幕。

老房子，相同的房间。

老太太和一对年轻的男女。

"还要继续留在这里吗？"年轻的女人说道，"这样让我们也很担心啊。"

"是啊，过几天和我们一起走吧。"男人说道。

"哎呀哎呀，"苍老的声音里透出几丝恼意，"好不容易来看我一次，一家人坐下来一起吃吃饭聊聊天不是很好了吗？我身体还很健康，不比你们年轻人差，我能照顾自己的，不用你们操心！"

第三幕。

雨天，车站站台。

年轻的女人放下怀里的猫咪，说道："您让我们说什么好，说了不让您送，还是坚持要来。"

"哎，不是说了吗，我身体好着呢。"苍老的声音再次响起来，"你们好好过日子，不用担心我。而且有花花娘陪着我，它可是很善解人意的。"

年轻的女人摸着猫咪的头，温柔地说："花花娘要乖乖的，爸爸走后，你可是妈妈在这里唯一的牵挂了。"

第四幕。

一样的老房子，一样的房间。"怎么就不见了呢？"屋里响起焦急的女声。

猫咪望着老太太，她正对着一张老照片自言自语，眼角流出了浑浊的泪。

"老头子，我对不起你。你送我的结婚戒指，我给弄丢了。这让我去了你那里后怎么见你啊！"

老太太摊开了手掌，她抚摸着原本应当戴有戒指的那根手指。在不久前，这苍老的皮肤还可以被老伴的戒指所点缀，如今却什么也没有了。想到这里，老太太的手开始忍不住地颤抖。

第五幕。

相同的老房子，相同的房间，相同的苍老声音，不同的是，老太太的声音里带着重重的叹息。

雨夜，老太太已经睡下，猫咪悄悄离开了家。

街道、房屋、小河、厂房……眼前的视野不断地变换着。

看样子猫咪跑了很远。

终于，它在路边的石缝里找到了那枚遗失的戒指。

猫咪叼起戒指，朝着家的方向一路狂奔。雨越下越大，夹杂着雷声，视线变得很差。

拐弯，直走，路口左拐……

突然激起的水花让眼前的世界陷入一片模糊，白茫茫的世界里迎面射来两道刺眼的光。"刺溜——"一阵刺耳的轮胎打滑声打破了雨夜的寂静，紧接而来的是一声凄惨的猫叫。

一个中年男人从车上下来，他首先看了看自己的车，发现没有损伤，这才去看了看倒在车前血泊里的猫。他皱着眉头朝猫咒骂了几句，转身准备走。突然，他看到了猫脖子上有块用细红绳系着的猫牌，显然这不是什么野猫。怕以后主人找起麻烦来，他便从后车厢里掏出一把铲子，在路边简单地挖了个坑，把死猫扔进去埋了起来。

第二天，天气转晴了。马路上的血迹也被一整夜的雨水冲刷干净，像是什么都没发生过一样。

叶话的眼睛又恢复到往常的模样，他意识到自己刚刚看到的情景其实是猫脸女生前的记忆。如果一个妖怪的执念太强，那么一部分的自身意志便会寄生到生前的重要物品当中。这是父亲曾对他说过的话。

14

月光下，叶话收好戒指，朝着家的方向走去。

七

火车站，拥挤的人群。一个年轻的女人焦虑地排在进站的队伍中，她的丈夫就在她的身后。

他们此行是要去看望女人的母亲——一个生病的老人。很快，他们走进了站台，一路上丈夫都在安慰着妻子。不知道为什么，今天的妻子显得和平时不同。

男人拖着行李，正在专注地数着车厢上的编号。女人看着长长的火车，心想着马上就要见到母亲了。

女人用手摸了摸自己的后背，那里隐隐有些刺痒。今早出门的时候她便觉得有什么东西落在了自己的肩上，但她摸来摸去摸了半天，却发现什么也没有。

女人没有在意，继续看着眼前的火车，嘴角也慢慢扬起了笑容。

"叶家，我回来了！"

伴随着无人察觉的低语，一团黑色的气体从女人的后背升起。那团气体很快变成一个球体，刹那间，一双猩红色的双眼从黑暗中裂开，目光凶狠得好似要吞噬一切。

"别愣着了，火车马上就要开了！"男人拉起妻子的手，朝车厢走去。

"哦，好的。"女人应了一声，整个人也回过神来。

又过了两天，叶话趁着休店的日子专程去看望老太太。来到老太太家，他敲了敲门，开门的是一个陌生的男人。二人面面相觑地站在原地，气氛有些尴尬。

叶话正准备说明来意，忽然老太太的脸从房间里探出来。她看到叶话，像是见到了老朋友一般高兴："小伙子，果然是你。别站着，进来坐。"

进屋后，叶话发现除了老太太，房间里还有一对年轻的男女。没等叶话发问，老太太主动介绍道："这是我的女儿和女婿，这两天回来看我。"

"是吗，那真是太好了。"叶话回道，"您的身体怎么样了？"

老太太轻轻捶着自己的胸口，说："人老了，身体是越来越不行了。"

"所以我和振华才劝你和我们一起生活呀。"说话的是老太太的女儿。她端出几杯茶，认真地说道，"我们离得又远，要是您生病了我们可没办法在身边照顾您，真让人担心。"

"啊，知道了知道了。我身体可好着呢！"老太太一边咳嗽一边应道。

"爸爸都走了，不知道您为什么还要留在这里。"女儿不再争辩，起身走进厨房准备起午餐。女婿见状，也跟了上去。

"您是放不下还在这里的亲人吧。"叶话说道。

老太太愣了一下，端起茶杯，轻轻喝了一口："唉，是啊。放心不下花花娘啊。"

"花花娘……"叶话犹豫了一下，想了想还是问了出来，"是您的宠物吗？之前听您提起过，而且我看到墙角里有一只瓷碗，像是为宠物准备的，所以有些好奇。"

老太太点了点头，说道："是啊，花花娘是老头子生前和我一起养的一只猫。"

"是一只什么样的猫呢？"叶话接着问道。

"是……是一只棕色的猫。有着细长的胡须，眼睛黑得像宝石一样。"老太太认真地回忆道，"脖子上……"

"脖子上挂了一块用细红绳子系着的猫牌。"叶话突然补充道。

"你怎么知道？！"老太太的声音顿时提高了不少，脸上充满了疑惑。

叶话看着激动的老太太，深吸一口气，脑海中开始闪过之前看到的画面。

"之前我店里有个常客，一直都很喜欢小动物。有一天他带着一只棕色的猫到我店里，那只猫耳朵挺立，有着黑色宝石般的眼睛、细长的白色猫须，脖子上还挂着一块猫牌，看上去十分乖巧。他说那只猫似乎已经流浪了有些日子，他觉得自己和它有缘，所以收养了它。"叶话解释道。

"没错，花花娘它非常乖巧。那家伙，懂人！"老太太的语气开始激动起来。

叶话做出努力回想的样子，继续说道："对了，那个顾客走之前给我展示了一枚戒指，说是那只猫的宝贝，可能是之前的主人的东西。而他自己马上就要搬家了，所以拜托我，如果有人问起来就还给他。"

叶话掏出早已准备好的戒指，递给老太太："您看看，这是您的东西吗？"

"是的，没错，就是它！"老太太马上认出了这就是自己的结婚戒指，眼泪立刻就淌了出来。

"能找到真是太好了！"老太太哽咽道，"花花娘果然是因为去找戒指所以才迷路了，是我对不起它。"

"不过……花花娘已经和它的新主人离开了这里。"叶话的语气变得有些失落，"但请不用担心，那个人非常喜爱动物，他会好好对待花花娘的。"

老太太突然愣住了，她的眼眶里不断涌出泪水，却并没有再落下。忽然，她的嘴角扬起一声笑容，情绪也逐渐平息。

"那真是太好了。"老太太擦了擦眼角，感慨道，"我年纪越来越大了，总有一天会连自己也照顾不好的。那样的话，对它来说也不坏吧。"

"来吃饭啦！妈妈！"年轻的女人招呼道。

叶话看了看时间，已经到了饭点。老太太一家邀请他一起共进午餐，但叶话似乎有些害羞，脸上竟有些泛红，他赶紧推诿掉一家人的邀请，急忙离开了老太太家。

"理由真是太烂了。"叶话一边走着一边暗自责骂自己，不仅仅是因为害羞，更多的是因为自己撒谎欺骗了老人。此时他脸上感觉火辣辣的，心脏也跳得厉害。

此刻，叶话像是一个作弊的考生，老太太的每一个期望的眼神对他来说都是一种拷问。哪怕多相处一会儿，都会让他坐立不安。他脑中不断闪现着透过猫脸女的眼睛看到的那些片段，每一幕都驱使着他必须把事实告诉老太太。然而，他没有勇气把事实告诉她，他无法想象她在得知真相后会有什么反应。因此，他才决心上演这一出"拙劣的表演"。

毕竟，这是他能做到的最好的方式了。

八

身后，一个女人正偷偷跟着叶话，她正是叶话刚刚见过的那个女人——老太太的女儿。

女人从之前的谈话中察觉到了叶话的异样，叶话虽然努力地想要表现得自然一些，但女人注意到，他的眼神有些躲闪，始终不敢正视她的母亲，语气也时而急促时而迟疑。她的直觉告诉她——叶话隐藏了什么秘密。

为了验证她的猜想，叶话离开后她悄悄地跟了上去。

一天后的晚上。

随着夜幕加深，小店也渐渐空了起来。此时店里只有两三个客人，上完菜后，叶话闲在一旁，满脑子都是猫脸女的脸和老太太的笑容。

这时，一个女人掀开门帘，走了进来。

"你是……"叶话看着眼前的这个女人，觉得分外眼熟。他忽然想起，这正是昨天才在老太太家里见过的老太太的女儿。

"打扰了。"女人点了点头，浅笑道。

"请……请坐。"叶话感到有些意外，"要吃点什么吗？"他问道。

"叶先生，是这样的，我想再多了解一些关于花花娘的事情。"女人坐在了叶话的对面，静静地说道。

她是笑着看向叶话的，但不知为何，这份笑容让叶话感到了不安——仿佛是一场拷问，一切似乎都在对方的掌控之中。

"这样啊……"叶话努力让自己表现得平静，"花花娘它……你们放心好了。收留它的是个不错的人。"

"叶先生。"女人收起脸上的笑，她的头渐渐低了下去，紧接着是一段漫长的沉默。

"花花娘它，对于我的母亲，甚至对我们一家来说都是重要的亲人。如果你知道些什么，请务必告诉我。"

听着这真诚而又有些严厉的声音，叶话竟然有些心慌，他几乎要把真相说了出来，但终究还是忍住了。

"我不是说过了吗，花花娘它被好心人给收留了。此刻，它一定是被好好地照料着，请您和您母亲不用再担心了。"

女人抬起头，她注视着叶话的眼睛，留意着他表情的变化。

"花花娘它是被我母亲收养的野猫……"女人咧了咧嘴，开始讲述起花花娘的过去。

九

两年前的某个清晨，天气温暖舒适。老太太和老伴走在回家的路上，途经一个垃圾桶时，听到里面发出的微弱的声音。

夫妻俩觉得奇怪，犹豫了一下后打开盖子，只见里面正躺着一只刚出生不久的小花猫，"喵喵喵"地叫个不停，声音微弱而颤抖。

"怕是生得多了，主人家不想要了。"老伴摇了摇头，"这可是一条生命啊。"

说话间，老太太不顾恶臭，把那只小花猫拿出来捧在手心里。瘦弱的小猫缩成了一团，像是一颗火苗，脆弱得只需一点风吹雨打就能让它熄灭。她像看着一个宝贝一样看着小花猫，眼神中充满了怜爱。

"我们把它收养了吧。"老太太看了一眼老伴，"女儿也已经嫁出去了，这下也有个伴儿陪着咱俩了。"

老伴点了点头，他们给这只猫起名为"花花娘"，在当地的古语中，有"女儿"的意思。

夫妻俩的家是一栋老旧的庭院，附近是一片待开发的黄金地带。不少开发商都曾找上门来，想以高额的补偿金获得他们房子的土地。但因这房子是祖宅，所以夫妻俩从未想过要卖掉。更重要的是，从此之后，这里也是花花娘的家。

转眼之间，花花娘也长大了。他们的生活因为有了花花娘的加入，变得更加幸福欢乐。

然而幸福的时光无法永恒，衰老也意味着越发接近死亡。没过多久，老伴突然晕倒在家中。所幸邻居及时发现，将老人送进了医院，他这才从死神手里抢回了半条命。

"听说是花花娘奇怪的样子引起了邻居的注意，所以有人跟着过来看了看。"老太太守在病床旁，轻轻地抚摸着怀里的花花娘，低下头来慈爱地说道："多亏了你啊，你真是我们的好宝贝！"

花花娘轻轻叫了两声，眯着眼享受着老人温柔的抚摸。

一周后，老人出院。在一个温暖的午后，老人独自坐在摇椅上，在门前的院子里感受着阳光的温暖。老太太出门去买东西了，此刻陪伴他的，是正趴在脚旁的花花娘。

"我告诉她，我好着呢。其实你也知道我在骗她对不对？"老人扭头看了看脚旁的花花娘，脸上露出了欣慰的笑。

"真遗憾啊，只能陪你到这里了。"老人缓缓举起自己的左手，在阳光的照射下，无名指上老旧的婚戒也开始发出金灿灿的光泽，变得无比美丽。

"接下来，就拜托你了，花花娘。"

花花娘抬起头，看着老人松垂下来的手臂，眼中闪出莹莹的泪光，似乎听懂了他的话。

老伴离开以后，老太太的生活变得艰辛起来。她时常在半夜中惊醒，身体也比往日差了许多。

每当老太太睡去时，花花娘就会在房子四周来回踱步"巡逻"。黑暗的夜晚，总有妖怪想要趁机窃取虚弱之人的生命力，而猫能看见人类看不到的一些东西，比如妖怪。

月光下，花花娘警惕地环视四周。每当发现途经这里的妖怪，它便会亮出自己的尖牙和爪子，全身毛发竖立，嘴里发出凶狠的声音，将对方赶走。

"花花娘！花花娘！"

房间里传来了老太太的呼喊，这已经是她今晚第二次惊醒了。

花花娘听了，立即喵呜叫着朝房间奔去。

十

"对母亲来说，花花娘就是她的女儿。尽管她相信花花娘遇到了善良的人，但她还是想让花花娘回到自己身边吧。"

女人激动道："所以，恳求你告诉我真相吧。如果是被哪位好心人收养了，那无论花多少钱，我也要把它带回家；如果是……"女人顿了一下，神情变得失落，"如果是它遇到了什么意外，也请把实情告诉我吧，那样，我也能死心呀。"

叶话开始犹豫起来。

"花花娘它……它已经死了……"犹豫了一会儿，叶话最终还是说了出来，或许是那女人的话说服了他，又或许是他自身对于谎言的抗拒。

"很抱歉，对你们撒了那样的一个谎。"叶话咬了咬唇，脸上带着歉意。

"果然……"女人的语气里透着失落，"如果真相是一种伤害，或许谎言才更适合。谢谢你，叶先生。"

"我不会告诉母亲的。"女人站起身，向叶话浅浅地鞠躬道谢，"也谢谢你，帮我解决了这样一个疑问。"

"虽然，我还有其他的疑问。"女人用余光瞟向叶话，自言自语道。

两天后的下午，女人再次来到了叶话的店里。她手里捧着一个精致的木质饭盒，大步来到叶话面前。

"这些天承蒙叶先生的帮助，我们一家人都非常感激您。为了更好地照顾妈妈，明天我们会带着妈妈一起离开这里。走之前妈妈特意做了一些东西，叮嘱着让我交给您，请务必要收下。"女人将饭盒放到了叶话的面前，脸上挂着笑。

"谢谢。"叶话接过饭盒，露出了欣慰的笑，他如释重负般感慨道，"真是为她高兴，毕竟年纪大了，能够有家人的照顾和陪伴真是再好不过了。"

"是啊。"女人笑了笑。在叶话眼中，她似乎总是带着笑，让人觉得非常温暖。

"妈妈终于要搬出老房子了，我们做孩子的都很为她开心。"

女人离开后，叶话打开了饭盒。里面是一个精致的青瓷碗，碗里盛着满满的小杂鱼。碗下压着一张纸，打开后发现是老太太写的信：

"我年纪大了，不能再让孩子们替我这个老太婆担心了。感谢这些日子以来你的帮助，现在我终于要离开这里了。这里是一些小杂鱼还有做法，如果你有机会见到花花娘，请你也给它做一些吧。"

叶话看完信后，小心翼翼地折好，那些描述小杂鱼做法的文字已经被他记在了脑子里。

深夜，微风吹动了门帘，这是客人到来的征兆。

主料鱼在之前已经处理好了。体形适中的杂鱼去内脏洗净后，鱼身两侧各打一字花刀，淋入适量酱料腌制 15 分钟。

制作酱料需要鱼露 1 杯、柠檬汁 1 杯、糖 1 又 1/4 杯、冷开水 3 又 1/2 杯、蒜末 2 大匙和辣椒末 2 大匙，搅拌均匀后涂抹在鱼身上即可。

而鱼的烤制，需要将下火调到 230 度，上火 180 度。将腌渍过的鱼放在撒满海盐的烤盘上，然后再撒一层海盐、辣椒粉和孜然粉。

八分钟。刚刚好。

叶话从烤箱里端出烤盘，抖落小杂鱼上的海盐，装盘上桌。今晚，他将向猫脸女证明自己的厨艺。

"盐烤小杂鱼，请慢用。"

猫脸女望着面前的烤鱼，硕大的眸子里竟泛起莹莹的泪光。

"放心吧，她已经和女儿一起生活了，不用担心。"叶话擦拭着厨具，轻轻说道，"而且，她应该会认为你正在某个地方幸福地生活着。"

"不过我要说明，我可不是因为你是妖怪才帮你的。"叶话突然补充道。

"我完全是因为受到了老人的帮助才会……之前你不经同意把我带到野外，我可还没有原谅你。我对妖怪可没有那么热情……毕竟……"

猫脸女虽然不会说话，却也尖着耳朵听叶话说，好似能听懂一般。

"喵。"那是一声清脆的叫声，盘子里的小杂鱼已被吃得一干二净。猫脸女舔了舔爪子，露出了可爱满足的表情，转眼却又消失在夜色中。

目送着猫脸女消失的背影，叶话深深地舒了一口气。

次日，阳光正好，照得人心情愉悦。叶话来到店里，发现门外有几条鲜鱼，还在扑腾扑腾地弹动着身体，像是刚捞上来不久。他回头望去，并没有发现有卖鱼的人。忽然间，他似乎想到了什么。

一阵清风吹过，叶话的嘴角也扬起了浅浅的笑容。

"饕，真的会有和你一样的妖怪吗？"叶话抬头看了看太阳，轻轻叹了一口气。

就在叶话发出感叹之时，一个奇怪的旅人来到了东云县。

"这熟悉的妖怪气息真是叫人兴奋。"

清风拂过那人的脸，那人也抬头看了看太阳，嘴角浮出让人捉摸不透的笑容。

安绫的蜜烤红薯

/ 一 /

叶话站在田野间，四周被浓雾包裹。浓雾里，一个轻柔的女声从远处飘来，不断重复道："叶话，你要记得啊！"

叶话环顾四周，分不清方位。忽然，远处的浓雾中渐渐浮现出一个身影，那身影冲他挥手，可他却看不见对方的脸。

叶话也表现怪异，仿佛本能一般开始朝那身影跑去。但那身影却离他越来越远，这让他开始紧张，不由得加快了脚步，想要看清对方的脸。

一个趔趄，叶话的身体突然失去了平衡。空气中似乎有一只无形的手将他推倒，在震惊与错愕中，眼前的世界如摔碎的镜片般瞬间破裂。

叶话猛地睁开眼，从梦中惊醒。

"叶话，该起床了。"床边，一个妖怪正在不停地推搡着叶话。

"花妖？你怎么会在这里？！"叶话吃惊道。

那是一只雄性花妖，叶话店里的常客。约两米高，细长的躯体上布满了灰色的皮肤，脸的四周长了一圈金色的花瓣，活像一只狮子。他爱喝酒，因为嗜酒，还曾欠下叶话一些酒水钱。

花妖皱了皱眉，他把两只手交叉在胸前，摆出一副侦探的模样，得意地分析道："刚才路过你的店发现没有开门，以我对你的了解，你可不是会偷懒的家伙，一定是发生了特殊情况！所以我就特意来你家看看，发现你还在睡觉，旁边的闹钟也没有电了，果然被我猜中了——你，睡过头了！"

面对花妖那浮夸的表演，叶话表现得十分平静。他看了眼床头的闹钟，指针果然停了。

"那还真是要谢谢你了。"叶话叹了口气，或许是因为入秋的缘故，人比平时更容易犯困，直到此刻，脸上的困意还没有完全散去。

"这种小事就不要放在心上了，毕竟喝了你不少酒。"花妖得意道，"那我就先走了！如果你真的想表示感谢，下次再请我喝酒就好了。"说完，他便从窗户跳了下去。

看着花妖消失的背影，叶话无奈地拍了拍自己的额头，好让自己打起精神。拥有阴阳眼的他自幼就能看见妖怪，但出于一些原因，他对妖怪的态度十分复杂。即便是如花妖这种相处甚久的食客，可一旦行为反常，也会引起叶话的恐惧。

毕竟，他们是妖怪啊。

/ 二 /

入秋了，天气转凉。出门前，叶话习惯性地检查起门外的信箱。看着空空如也的信箱，他突然想到，距离最后一次收到来信已经整整过了两个月。

由于没有赶上中午的饭点，此刻店里只有零星几位客人。叶话走进厨房，开始为下一波饭点做着准备。

就在这时，店里忽然来了新的客人。那是一个年轻的女孩，看模样和叶话年纪相仿。大大的眼睛，薄薄的唇，皮肤中透着略显病态的白。

她留着齐肩的短发，身形纤瘦，打扮时尚，看起来不像是小城镇的女孩。

女孩在店里左顾右盼，目光全然不在食材上，似乎是在找人。

"请问你找谁？"叶话忍不住问道。

女孩听到叶话的声音，猛地看了看他。二人的目光撞个正着，女孩像是受了惊吓，慌忙跑了出去。

叶话不明就里，便没去管她。反倒是在座的食客，都好奇地望着叶话，不解发生了什么。

回家途中，女孩的面孔再次浮现在脑海。那张脸让叶话感到似曾相识，但一时又想不起来，只好不再去想。

每个月月末，"百味食艺"会暂时歇业休整，也好处理些其他的琐事。尽管如此，他也会腾出时间逛街买菜、研究新菜式。

车水马龙的街上，空气里混合着各种食物的香气。叶话抱着满满的食材，慢慢地走着。

"需要我帮忙吗？"身后忽然传来一句轻柔的女声。

叶话回过头，神情里透着几分意外——那声音的主人，正是昨天在店里出现过的女孩。

"不……不用了。"叶话很少与同龄的异性打交道，忽地害羞起来。

"叶话，你还记得我吗？"女孩的眼睛笑成了月牙的形状，露出整齐洁白的牙齿。

"呃……"叶话支支吾吾，他努力地搜寻着记忆里的面孔，以免遭遇说错名字的尴尬。

"安……安绫？"这几个字忽地从嘴里跳了出来，就连叶话自己也愣住了。他呆呆地望着面前的女孩，那种似曾相识的熟悉感再次涌了上来。

三

　　七岁的安绫跟着父母来到了乡下老家度假。面对陌生的环境，她显得有些不安。

　　眼前，一群同龄的孩子正在嬉笑打闹。在那群孩子的身后，有一个男孩被远远地孤立在一旁。尽管如此，那个男孩还是带着笑容，希望加入到孩子们中。

　　安绫不知道他们在玩什么，她很想加入，但不知该如何开口。

　　孩子们似乎决定了游戏的去处，看着渐渐远处的人群，安绫失落地低下了头。

　　忽然，耳边响起了一个声音。安绫抬起头，发现那个被孤立的男孩正挠着头害羞地冲她笑。

　　"喂，要一起来玩吗？"男孩问。

　　"嗯？"安绫有些意外，她紧张地红了脸。身后的父母看到这一幕，忍不住笑了起来。

　　"好……好呀。"在得到父母的允许后，安绫害羞地点了点头。

　　男孩拉着安绫的手，朝着人群追去。

　　那群孩子来到了村口，那里有一棵大树，树上有一个巨大的蜂窝。小男孩们争先恐后地想把它捅下来，以证明自己的勇气。

　　因为被孩子们排斥，小男孩只好带着安绫在一旁远远地看着。蜂窝被孩子们轮番袭击，但依然稳稳地盘在树上。

　　安绫似乎有些好奇，她忍不住跑上前去，想要看得仔细些，但就在安绫跑到树下时，空中突然飞过一个石块，准准地砸在了蜂窝上。

　　"哐当"一声，巨大的蜂窝碎成几片。原本安静的群蜂突然发狂，耳边充斥着聒噪的嗡嗡声。

　　树下的孩子们一哄而散，但安绫却被这突如其来的状况吓得愣在原地。蜂群的声音就像机器般在耳边不停地轰鸣，安绫的眼中满是惊恐，眼泪也瞬间流了下来。

恍惚中，似乎有什么东西盖在了安绫的身上。有人抓住了安绫的手，带着她冲出了蜂群。不知跑了多久，安绫就这样不停地跑着，直到耳边恢复平静。

"你没受伤就好。"

安绫回过神，发现自己的身上正披着小男孩的外套，因此幸运地没有被蜂群蜇伤。而小男孩则没有那么幸运了，他的脸上还有胳膊上起了许多的包。

"刚才真是太危险了。"小男孩接过外套，转身准备回家。

"谢谢你！"安绫望着小男孩的背影，说道，"我叫安绫，你叫什么名字！"

"叶话！"小男孩回过头，露出温柔的笑容，"很高兴认识你！"

第二天，叶话家里突然来了客人，那是安绫和她的母亲。

"安绫已经把昨天的事情告诉我们了。"安绫的母亲拿出准备好的药水和礼品，"真是太感谢了。看到安绫能在这里找到朋友，我们也安心了不少。"

安绫听着母亲的谈话，害羞地躲在她的身后。叶话也站在母亲的身边，两个孩子彼此看着对方，不约而同地笑了起来。

/ 四 /

"想起来了？"安绫笑嘻嘻地问道。

"嗯。"叶话点了点头，微笑道，"这么多年不见，都认不出你了。"

事实上，自从安绫一家回到城市后，他们已经十年没有见过面了。不过这些年来，叶话时不时都会收到安绫的来信，因此并没有感到陌生。

"你怎么回来了？"叶话好奇地问道。

"因为妈妈有些事情需要回来处理，所以我也跟着回来了。"说完，安绫伸手便要帮叶话拎些食材。

"没关系。"叶话拒绝了安绫的好意，"这种事情交给男生就可以了。"

"是要拿回店里吗？"安绫好奇道，"你在信里说过开了一家饭店对吧。"

"嗯。"叶话点点头，"有时间的话可以去店里尝尝看。"

"那现在可以吗？"安绫期待道。

"也可以的。"叶话笑了笑。

两人边走边聊，似乎是说话声音太大，一旁的路人也忍不住用好奇地眼神看向他们。

"想吃什么？"叶话问道。

"烤红薯吧。"安绫笑道，"我可还记着呢。"

听到这里，叶话忽地笑了起来。他仿佛又想起了，十年前的那个午后。

自蜂窝事件后，叶话和安绫之间也变得熟络起来。安绫刚来不久，对乡下的一切感到既好奇又兴奋，叶话每天带着她在山间田野到处玩耍，直到日落时分才各自回家。

今天，叶话和安绫来到田间。这是一片红薯地，虽然已经收割，但仍有一些遗漏的埋在地里。他们的乐趣就是找到那些被遗漏的红薯。

寻找的当间，安绫突然问道："为什么其他人都不愿意和你一起玩呢？"

"因为……"叶话顿了顿，"因为大家觉得我和他们不太一样吧。"

安绫皱了皱眉，神情有些失落。

"你不会很难过吗？"安绫低声问道，"是我的话，一定会觉得自己很差劲，所以才会没有朋友。"

“不啊，我有朋友。”叶话看着安绫，乐观道，“你就是我的朋友，我也是你的朋友。”

安绫听完忍不住笑了起来，她点了点头。

这时，叶话突然翻出一个大红薯，两个孩子激动得雀跃起来。

“你真厉害！”安绫欣喜道。

“嘿嘿。”叶话害羞地挠了挠头，“你们在大城市里有自己烤过红薯吗？这个用火烤一烤，可甜了。”

安绫想了想，摇了摇头。

“这样啊，我可以烤给你吃呀！”叶话骄傲地说道，“我烤的红薯可香了，又面又甜。秋天最适合……”

还没等叶话说完，田野间响起了母亲的呼喊。叶话知道这是提醒他回家的信号，只好和安绫告别。

“你烤的红薯真的那么好吃吗？”安绫冲着叶话大声喊道。

叶话已经走远，听到喊声的他也不忘用力地回应着。

“当然啦！下次烤给你吃！”

“好啊！你要记得！”

“当然啦！”

……

一阵急促的铃声将叶话从回忆中拉出，那是口袋里的手机，此刻正响个不停。“啊……妈，有客人……现在吗……可是我现在……好吧，知道了。”

叶话收起手机，回头看着安绫。

“抱歉，安绫。家里来客人了，我妈让我回去帮忙，所以现在……”叶话顿了顿，他轻咬着嘴角，脸上透着歉意。

“没关系，记得下次让我尝尝你的厨艺哦。”安绫微笑道。

“嗯，我会记得的。”

五

叶话推开家门，迎面走出一个陌生的男人。

那男人要比叶话高出一些，身体也强壮许多。他的头上束着一团发髻，显得有些奇怪。但从年轻的五官来看，似乎只比叶话大上几岁。他看到叶话，嘴角浮出一抹微笑，礼貌地点了点头，随后朝着隔壁的房子走去。

还没等叶话回过神，母亲的声音已经传了出来。他走进房间，发现客人正是几年未见的表姐。

叶话向表姐打了个招呼，随后问母亲："刚才那个男的是谁？"

母亲答道："隔壁搬来了一个外地人，今天来咱们家拜访，这不，刚走你就回来了。"

叶话听完又看向表姐，发现她正挺着一个大肚子。印象中表姐早在几年前就随着丈夫搬到了市里，前不久就听母亲说，因为这边空气环境好，所以可能会回来养胎待产，没想到这么快就来了。

寒暄几句后，叶话回到了楼上的房间。他放了些轻快的音乐，靠在阳台边晒起太阳。

街对面有棵大树，一个菜农正靠在树下休息，身旁放着他的扁担和货筐，里面装满了新鲜的红薯。

忽然，一个年轻人鬼鬼祟祟地走了过来，抓起几个红薯塞进怀中。

叶话正要喊醒菜农，可转瞬间那人就消失不见。叶话以为自己眼花，赶紧揉了揉眼，果真没有看见那年轻人。

晚上，厨房里传出了细小的沙沙声。叶话觉得有些奇怪，便轻轻地下了楼。越接近厨房，那声音便越加嘈杂。就在叶话推开厨房门的瞬间，一团黑影箭一般地冲了出去。此时厨房已经被翻得乱七八糟，冰箱的门大开着，食材也散落一地。

"小偷！"叶话来不及收拾，穿着睡衣便跟了出去。

那黑影跑得极快，又在夜里，所以轻易地甩开了叶话。

"阿嚏！"

叶话猛地打了个喷嚏，他环顾四周，发现自己已经跟进了山里，夜里的山风极冷，似乎在提醒他赶紧回家。

突然，叶话的脚边闪起两道淡淡的荧光。那荧光一闪一烁间，像是有生命般慢慢向前挪动。他好奇地俯下身子，这才发现原来是两列发光的蚂蚁。

"是菌人啊。"叶话有些惊讶，他也是第一次看到这种妖怪。

菌人是一种很古老的妖怪，长得像人却极其微小，早在《山海经》里就有记载。眼前被叶话误以为是蚂蚁的其实就是菌人。

菌人们排成两列，每人手提一个灯笼。领头的菌人鸣锣开路，中间有两个稍大些的菌人抬着轿子，神情庄严。

眼前，一大段枯枝挡住了前行的路，领头的菌人放下了锣，回头和同伴比画着，像是在商量什么。

叶话看着这群小人，觉得十分有趣。便随手拿走枯枝，又顺便帮菌人清了清道路。菌人们见此景象，纷纷手舞足蹈。忽然，轿子的帘子开了，从里面走出一个拖着红裙的菌人。叶话仔细一看，原来是一位衣着华丽的菌人少女。

其他菌人见到少女，纷纷跪了下去。菌人少女抬头仰望叶话，神态端庄，面对巨大的人类却没有丝毫的畏惧。

叶话情不自禁地将手伸了过去，菌人少女跳上指尖，走向掌心，随着收回的手掌一起升到了空中。

红色的长裙沐浴在月光中，不停地变换着颜色，时而像是烈焰，时而如同彩云。瀑布般的披肩长发之下是牛奶般白皙的皮肤，精美得像是一位公主。

菌人少女抬起手，指向了西北方。

叶话一怔，像是想起什么。他轻轻放下菌人少女，起身朝西北方向赶去。

/ 六 /

叶话穿过一片农田，发现田间的稻草人已经支离破碎，作物更是七零八落，似乎有野兽来过的痕迹。

突然，眼前的一片草丛里传出几声异响，空气中也飘来一阵让人作呕的腥臭，似乎还带着血的气息。叶话不安地皱了皱眉，目光锁定在那片草丛。就在这时，叶话的后背忽然感到一阵寒意，一道黑影咆哮着从身后袭来。

叶话心中一惊，急忙躲闪，总算勉强避开了黑影的冲撞。就在黑影与他擦肩的一瞬，叶话终于看清了黑影的模样，竟然是白天见到过的偷红薯的男人。

对方见一击未中，又调整姿势准备再度攻击。

此时叶话背靠一块巨石，再无躲闪的余地。眼见避无可避，叶话这才下定决心，一把扯下脖子上的项链。

项链的系绳两端带有磁力的金属，因此很容易扯下。作为家族最为宝贵的物品，叶话平日都将它藏在衣服里面，鲜有展示。项链上挂着一个长约5厘米的月牙形玉石，通体碧绿，在月光的映射下闪闪发亮，似乎它自身也在发光。

叶话神情专注，像是在进行某种仪式。他的右手紧紧握住玉石部分，系绳自然地垂在空中，左手的食指和中指横搭在右手手背之上，随即起势念咒。

渐渐地，叶话的右手开始发出莹莹的绿光。念咒声止，绿光忽地从拳心炸开，透过指缝映射出无数条光带。那光带飘散在空中，像是浮在海里的水草，不停地扭曲变形，最终变成一个个咒印，齐齐朝着那人身上打去。

随着一声声惨叫，对方那原本挺直的腰身开始变得弯曲，身上也冒出了厚厚的鬃毛，牙齿两旁生生凸出了两颗尖牙，清秀的五官此刻也化成了丑陋残暴的模样。

叶话这才看清，对方竟是一只山猪妖怪。

"噜！噜！"

山猪妖怪背后的草丛里再次传出响动，两只小山猪哼唧着从草丛里跳了出来，看上去像刚出生不久，走起路来还有些跟跄。紧接着一只巨大的母山猪也跟了出来，小心地护着自己的孩子。那母山猪走起路来一瘸一拐，一只后脚完全不能落地，关节处还带着伤口，渗出暗红色的血液。

母山猪带着孩子来到山猪妖怪的身边，被他们挡在身后的两只小山猪努力扮演出凶狠的模样，对着叶话嘶吼起来。

"人类少年。"山猪妖怪张开双臂，将家人护在后面，说道，"东西是我偷的，和我的家人没有关系。放了他们吧！"

听到这里，叶话仿佛明白了什么。他犹豫了片刻，最终松开拳头，重新戴上项链，看了山猪一家几眼后就径直下山了。

七

与山上的静谧不同，山下的街道此刻依旧热闹。

路人们看到一身睡衣的叶话，都在一旁偷笑。叶话从笑声中反应过来，难为情地挠了挠头。

"嘿！"

叶话的肩膀不知被谁拍了下，待他扭过头去，却不见人影。等到转头的时候，安绫正笑嘻嘻地站在他的面前。

"晚上好！"安绫笑着说。

"晚上好。"叶话虽然有些意外，但还是笑着回道。

"你怎么这么晚还在街上？"叶话问安绫。

安绫叉起手，回道："这话应该是我对你说吧！谁会穿着睡衣逛街啊？"

"哈哈哈哈。"两人都忍不住笑了出来，引来不少路人的注视。

"很多年没有回来了，你能带我去逛一逛吗？"安绫低着头，似乎突然有些害羞。

"没问题。"叶话带领着安绫，像一个导游一样贴心地讲述着这个小镇的变化。

但随着时间的过去，安绫已经无心留意叶话正在说什么。她的眼睛偷偷望向叶话，又飞快地转了过去，白皙的面庞被冷风吹得有些泛红。此时此刻，她又想起了第一次见到叶话的场景。

第二天，下午五点半，叶话早早挂出了"休息"的牌子，背起装得满满当当的背包离开了店。

他又回到了昨天遇到山猪的地方，卸下背包，打亮手电筒，对着四周大声喊道："山猪先生！山猪先生！"

山猪一家似乎听到了叶话的呼喊，两只小猪率先探出了头，不一会儿，山猪先生和妻子也跟着走了出来。

"人类少年，找我有什么事吗？"山猪先生问。

"我叫叶话，这些是给你们的。"叶话倒出了包里的水果蔬菜，还有一些纱布和消毒的药品。

面对叶话的好意，山猪先生似乎有些惊慌："之前多有冒犯，幸亏您手下留情，又怎么敢索要您的馈赠。"

"没关系的。"叶话回道，"我知道你是在保护你的家人，我也并没有想要责怪你的意思。只是想告诉你，如果缺少食物的话，下次找我就可以了，偷东西始终是不好的。"

听罢，山猪先生跪倒在地，眼中泛起泪光："真是太感谢您了！很抱歉之前冒犯了您，因为小妖的妻子被人类的夹子弄伤了腿，为了照顾妻子和两个年幼的孩子，不得不设法获取更多食物。附近田里的作物已经被人类收割殆尽，小妖只好下山寻找食物，这才冒犯了您……"

"我带了些药来，我帮你的妻子包扎一下吧。"叶话拿起纱布，开始为山猪妻子消毒和包扎。

一通忙活后，伤口总算处理好了。小山猪们拱着食物，自在地玩耍，山猪先生则在一旁照料妻子，一家四口其乐融融。

山猪一家谢别了叶话，拖着食物走进树林深处，叶话看了看天色，也准备下山回家。

/ 八 /

叶话背着空荡荡的背包，悠闲地走在街道上。此时才过七点，但天色已经黑透，好在街道两边都有路灯，灯光把黑夜照得可爱了许多。

路灯下，一个老人正在叫卖烤红薯。一个穿着单薄的男孩正在烤炉旁耐心等候着。过了一小会儿，他从老人的手里接过一个刚出炉的烤红薯，匆忙跑向一个女孩。

女孩算不上漂亮，身上披着男士的夹克。男孩跑到她的身边，将热腾腾的红薯剥好皮递了上去。

"慢点吃，小心烫。"男生叮嘱道。

"嗯。真甜！"女孩轻轻咬了一小口，香甜的味道从嘴里沁到了心里，脸上洋溢着幸福的笑容。

"是吗？你喜欢就好。"男生冷得一边搓手，一边傻笑。

"你也尝尝。"女孩把散发着热气的红薯朝他的嘴里送去。

"他们看起来真幸福呢，对吧？"

叶话一直注视着男孩的一举一动，正看得有些发愣，突然被身边的一个声音拉回了现实。

"安……安绫？"叶话转过头来，发现安绫正笑眯眯地看着他。

"晚上好啊，真巧，咱们又见面了！"

"安绫，你怎么总是晚上在街上晃悠啊？"叶话的语气透着些责备。

"还说我呢，你不也是吗？怎么，今天不穿睡衣逛街啦？"安绫回道。

"哈哈……"叶话挠了挠头发，有些讪讪地笑道。

安绫转过头，看着一脸幸福地吃着红薯的女孩，忍不住投去羡慕的目光。

叶话看在眼里，转身走向卖红薯的老人，可没过多久，又勾着头走了回来。

"准备请你吃烤红薯的，但是老爷爷说已经卖完了。"叶话失落地说道。

安绫忙忽地笑了起来："那你烤给我吃吧！你不是说你烤的红薯又面又甜吗？"

"今天我已经关店了，只能下次了……"叶话有些抱歉地说。

"没关系，我等着。"安绫顿了一下，接着说，"叶话，为什么烤红薯感觉特别甜呢？"

"因为比起其他做法，加热慢烤的过程中会把红薯里的淀粉最大限度地转换成麦芽糖，所以烤制的红薯会特别甜。"叶话不假思索地说道。他以为安绫是在考验他作为一个厨师的能力，所以回答起来也格外认真。

安绫听了叶话的回答，忍不住捂嘴大笑："嗯，真不愧是厨师。可是，我觉得除此之外，真正让红薯变得香甜的，应该是重要之人的心意吧。"

"心意……"叶话自言自语道，好像明白了什么。

一阵夜风吹过，让人感到阵阵寒意。叶话回过神，对她说道："天不早了，别在街上闲晃了，我送你回去。"

安绫点了点头。说是送她回家，但叶话却并不知道她家在哪儿，所以与其说是叶话送安绫，倒不如说是安绫领着叶话走。

两人走到了一个岔路口，叶话等着安绫选择方向。这时，不远处走过一队僧人。他们手持法器，在一个领头的老僧人的带领下，默默念着经文。

"好久没看到僧人了，还记得小时候如果谁家有人去世，都会请僧人来作法超度。不过这个年代，大家好像都不相信这些了。"叶话想起了同样因为社会发展而逐渐没落的驱妖人，忍不住有些感慨。

"就送到这里吧，被妈妈看到的话会和我开玩笑的。今天你也很累了，快回去好好休息吧。"安绫望着已经走远的僧人，回头对叶话说道。

"那，下次再见。"叶话没有多想，挥手和安绫告别。

"那个……"安绫叫住叶话。

叶话回头看了安绫一眼，她的表情有些凝重。

"怎么了？"叶话对安绫笑了笑。

"谢谢你，叶话。"安绫突然说道。

"嗯？"叶话似乎有些不解。

"谢谢你这么多年来一直鼓励我。"安绫说道。

"你是说写给你的信吗？"叶话笑了笑，"说到这个，我已经很久没有收到你的信了。"

"因为有其他的事情呢。"安绫笑了笑，说道，"真希望能够早点吃到你做的烤红薯啊。"

"下次一定做给你吃。"叶话轻轻拍了拍安绫的肩，很肯定地说道。

"好的，就下次。"安绫的语气突然有些激动，"一定要做到哦，光想想我都觉得饿了。"

叶话点了点头，不知为何，他隐约觉得今天的安绫有些奇怪。

九

接下来的几天都是阴雨连绵的湿冷天，阴暗的天空透着压抑。连绵的细雨夹杂着冷空气，很多人都不愿外出，叶话的店里也冷清了许多。就连街上也显得空荡没有生气。

"喂，老板，菜还没好吗？"客人不耐烦地喊道。

"抱歉，马上好。"叶话回过神，连忙将食物装盘端了出去。

"安……安绫？"

不知何时，安绫突然出现在门口。她一手扶在门上，一手捂住胸口喘着粗气。她勉强挺直了身子，额头上渗出了细细的汗珠。她随手一擦，对叶话露出了熟悉的笑容：

"叶话，我来吃你烤的红薯啦！"安绫满是期待地望着叶话。

"现在吗？"叶话看了看等候中的食客，"晚点可以吗？还有几个客人的食物没有做好。"

"现在不行吗？"安绫轻咬着嘴唇，像是受了委屈的孩子，眼神中透着失落。

"抱歉，等一会儿我就给你做。"叶话倒了一杯热茶递给安绫，"天气这么冷，当心感冒。"

啪！

安绫用力甩开叶话的手，杯子在一声脆响中变成碎片，滚烫的茶水溅在安绫的手上，她紧握起拳头，脸色变得更加惨白。

"骗子……叶话，你这个骗子！"安绫低声哽咽着，"一次又一次地让人期待，可每次都只会让人等到下一次。你不明白，有些人，是等不到下一次的啊！"

说完，安绫转身冲出了店门。

叶话怔了一下，脸上满是惊愕。他忽地回过神来，急忙冲出店外，然而街道上已经没有了安绫的踪影。

"安绫……"叶话停在原地，对着空无一人的远处看了一会儿，最后悻悻地回到了店里。

晚上，叶话走在回家的路上，白天的事情不断在脑海里回放。他不知道总是笑嘻嘻的安绫今天为什么会突然对他大发脾气，也实在想不起自己究竟对安绫做错了什么。但不论如何，他在心里想着，安绫的确是对他生气了，明天他一定要去向安绫道歉。

/ 十 /

回到家里已经快十点了，叶话疲倦地推开了门，发现屋里的灯还亮着。

"还没睡吗？"叶话看了一眼母亲，她正要下楼倒水。

"准备睡了。"母亲朝客厅走去，嘴里念道，"外面很冷吧，赶紧洗个澡去休息吧。对了，今天你黄阿姨来了，你要是回来得早，或许还能见上。"

"黄阿姨？"叶话想了一会儿，摇了摇头，"没什么印象了。"

说着脱下外套，准备回到自己的房间。

"也难怪，毕竟好多年了。不过你小时候和她女儿玩得挺好的，你已经忘了吧，她女儿叫安绫。"母亲说。

"安绫？！"叶话刚要迈出的步子生生收了回来，身体像是被定在了原地。

"你是说安绫的妈妈来过了？那安绫呢，她有没有来？"叶话的语气变得有些激动。

母亲放下手里的事，一脸疑惑地望着叶话："你在说什么傻话……"随即又低下头，语气有些悲伤，"噢，你还不知道吧，安绫她……已经去世了……"

安绫——已经——去世了。

母亲的话像是回音，不停地在叶话的脑中回响。他的大脑被这声音搅得天旋地转，身体也跟着失去了平衡。如同一棵被砍断的树，不由自主地瘫倒在地上。

终于，那声音停住了。安绫的笑容又浮了上来，但转瞬间，安绫的脸变成了母亲那充满疑惑和悲伤的模样。两张面孔不停地交织切换，像是信号混乱的电视节目，让叶话忍不住去拍打，好让情绪变得稳定。儿子的举动吓坏了一旁的母亲，她赶紧起身去扶叶话。

"没事，妈，我累了，坐会儿。你接着说。"叶话抬头看着母亲。

"没事就好，吓死我了。"母亲继续说道，"你黄阿姨说，安绫从小就得了一种怪病，身体一直很差，医生说她活不过十岁。或许是因为和其他的孩子不一样，安绫在学校几乎没有朋友，这也导致了她的性格变得十分内向。可那次回来后再回去，原本内向的她忽然开朗了很多，她告诉家人，她在老家认识了新的朋友，也更加配合治疗。

"那后来呢？"叶话焦急道。

"后来安绫开始接受漫长的治疗，这样才能维持她的生命。听说过程十分痛苦，但安绫从来没有想过放弃。她的母亲说，每当安绫觉得快要支持不下去的时候就会给你写信，而你总会在信里安慰她。她说她和你还有一个约定，她会治好病然后找你完成那个约定。"母亲顿了顿，情绪变得低沉，"她真的很努力了。所有人都觉得看到了希望，可是没想到几个月前，她病情恶化，还是走了。""怎么会这样……"叶话低着头，让人看不清他的表情。

"她家人都希望落叶归根，所以准备把她的骨灰葬在祖坟山里，听说明天很早就要举行送葬仪式。真是可怜的姑娘，希望来世投个好人家。"母亲叹道。

"信！信！"叶话突然想起了安绫写给自己的信，他冲回自己的房间，翻出安绫寄来的最后那封信：

"叶话，很抱歉。因为发生了一些事，我可能暂时没有办法给你写信了。谢谢你一直以来的鼓励，让我知道自己并不孤独。还记得小时候的那个约定吗？你总说下一次，真希望下一次能够快点到来啊……"

看着那一行行的手写字，叶话的手忍不住有些颤抖。

"妈，我有东西忘在店里了，我要回去一趟，你先睡吧。"叶话回到楼下，径直朝门外走去，他跨上院子里的单车，飞快地消失在夜色中。

/ 十一 /

淅淅沥沥的雨水落在叶话的身上，衣服很快就湿透。单车在街道上急速地穿行，店门被再次打开。叶话喘着粗气，径直冲进厨房。

再出来时，已是凌晨三点。

叶话合上保温盒的盖子。一直无眠的他显得有些憔悴，可脸上透着莫名的紧张。

叶话把保温盒装进背包，关上店门，跨上单车飞奔而去。

"快来不及了，快来不及了！"叶话在心里不断地重复道。

他回想起安绫那天失落地冲出店门，想起了自己和安绫在街上说笑时，路人看他们的奇怪眼神，直到此刻他才明白，自始至终，就只有他一个人看得到安绫！

叶话来到了那天和安绫分别的岔路口，安绫就是在这里和他道别的。他并不知道安绫的家在哪儿，心里焦急不已。忽然，他想起了那天见到的僧人，像是瞬间明白了什么，随后大步走向僧人来时的那条路。沿着那天僧人走过的路，叶话很快就来到了一片居民区。远远的有一栋房子挂起了白色的灯笼，气氛显得肃穆而沉重。

叶话敲了敲门，许久没有回应。他焦急地继续敲门，响声惊动了隔壁的邻居。一个老太太探出头，扫了叶话一眼，嘟囔道："又是来送葬的吧，这家老早就出发了，这会儿应该快上山了。"

叶话向老太太问清楚了方位，又转身狂奔而去。雨还未停，山路变得有些泥泞，车轮碾过的土地上留下了一道长长的车辙。

时间一分一秒地过去，叶话的焦虑和担心也变得更加强烈。他选了一条近路，虽然是一个陡峭的下坡，但会省去一些时间。尽管昏暗和雨水给山坡增加了许多危险，但一想到安绫失落的模样，叶话便像是疯了一般，踏着单车猛地冲下去。

然而才冲到一半，车身开始发出剧烈的抖动。叶话突然感到车身一歪，来不及反应就连人带车一起滚了下去。

叶话倒在湿润的地上，单车已经摔得有些变形。雨水不停地落在他的脸上，卷着泥浆从脸上滑落。他挣扎着想要站起，可身体却像是碎掉了一样不受控制。"安绫……安绫……"

叶话的声音一点点弱了下去，就连意识也渐渐模糊。

十二

送葬的队伍组成了长长的一列，每个人脸上都带着悲伤。

家人们走在队伍的最前列，安绫母亲的眼睛布满了血丝，怀里抱着安绫的骨灰盒，神态憔悴。

队伍的末端，安绫静静地跟随着队伍。她的步伐缓慢，没走几步便回头望向远处。然而雨水在空气中激起了一道稀薄的雾气，视野可见之处只有一片茫然。

忽然，一行人停下了脚步，似乎已经到了目的地。众人摆开架势，僧人也各自站好了位置，将要为死者送上最后的祈福。

安绫看着眼前的一切，心中如死水一般寂静。她最后望了身后的远方一眼，原本充满期待的眼睛终于变得暗淡。她知道一切都来不及了，当佛歌响起，她也将离开这个世界。

僧人们盘坐成一个圆圈，圈子中央摆放着安绫的骨灰盒。他们一手做着动作，一手拿着法杖，口里念念有词。

庄严的旋律从僧人的口中响起，圆圈内发出了耀眼的白光，安绫的身体渐渐浮起，衣角和头发也都飘在空中。

突如其来的强光让安绫失去了意识，当她醒过来时，发现自己正躺在一片白茫茫的云雾之中，眼前有一道长长的天梯。似乎是受到了什么指引，她站起来，情不自禁地朝着天梯走去。

每登上一级天梯，安绫眼前便浮现出记忆中的一个片段，有第一次见到叶话时他温暖的笑，有守在病床旁的母亲悲伤的脸，还有她来到这里时见到过的一团黑气妖怪……当跨过这一级天梯，对应的片段便会化作齑粉消失无踪。当登上天梯最顶层时，她就会彻底切断前世所有的牵挂，重新转世。

"老师对她很偏心，和对我们都不一样。我们才不要和她一起玩。"

学校里，几个学生正对着安绫指指点点。

因为从小身体不好，上学的时候妈妈都会拜托老师对自己特别关注下。然而这引发了同学的不满，他们开始孤立安绫。

安绫缩在自己的位子上，埋头啜泣。没有人愿意和她讲话，也没有人愿意和她成为朋友。

回到了老家，安绫遇到了同样被孤立的叶话。

"为什么其他人都不愿意和你一起玩呢？"

"因为……因为大家觉得我和他们不太一样吧。"

安绫皱了皱眉，她想到了自己，因此神情也变得失落。

"你不会很难过吗？"安绫低声问道，"是我的话，一定会觉得自己很差劲，所以才会没有朋友。"

"不啊，我有朋友。"叶话看着安绫，乐观地说道："你就是我的朋友，我也是你的朋友。"

"更何况，我觉得安绫从来都不比别人差！"叶话坚定地道。

安绫听完忍不住笑了起来，叶话没发现，安绫的眼眶有些湿润。

"谢谢你愿意成为我的朋友。"安绫在心里不停地念道。她看着叶话的脸，似乎永远都带着笑，回想起现在的自己，似乎也是受到了叶话的影响。

忽然，眼前的一切都消失了。像是一团烟雾，顷刻间便挥发掉。安绫有些惊诧，原来这就是记忆消失的样子。

渐渐地，安绫走到了天梯的顶端，她脚下开始扩散出一圈圈波纹，这意味着又将有一段记忆从她的脑海中消失。

"要一起来吗？"片段中，一个男孩挤开人群，向安绫发出了邀请。

"当然啦！下次做给你吃！"

"别在街上闲晃了，我送你回去。"

"下次见的时候做给你吃。"

看着眼前的一幕幕情景，安绫的心又跳了起来。她努力地想要停在原地,可仿佛有一股强大的力量在推着她前行。片段里叶话正对着她笑,轻声念着她的名字,可她只能看着叶话一点点地在自己的眼前消失。

"认识你,真是太好了。"安绫的嘴角微微扬起,缓缓闭上了眼睛。

"安绫。"
"安绫。"
……

远方传来了微弱的呼喊声。安绫在这一声声的呼喊声中逐渐苏醒,像是做了一个难过的梦。在她将要离开之际,那声音像是一只手,拉住了正要迈出最后一步的她。

安绫猛地睁开了眼,原本白茫茫的世界忽然变得清晰了。她看到了四周的僧人,吟唱还未结束,她还有最后一点时间。想到这里,安绫又惊又喜。她望了一眼声音传来的方向,起身飞去。

随着指尖微微搐动,叶话的意识逐渐恢复。他不知自己昏迷了多久,眯眼环视,四周仍有淡淡的夜色。昏迷中,叶话似乎听到了安绫的声音。那声音使他忘记了疲倦和疼痛,毅然驱使着身体再次站了起来。

地面依旧湿滑,叶话的每一步走得踉踉跄跄。然而恍惚中,他被地上凸起的石头绊倒,身体瞬间失去平衡,不自觉地朝前栽去。

停住了。

在即将触地的那一刻,他却忽然停住了。叶话的身体仿佛被什么给托住了,像是有人在他即将摔倒的一瞬间紧紧地抱住了他。

"又见面了。"叶话的耳边传来了熟悉的声音。

"还能够再见面,真是太好了,叶话。"

"这是……"

叶话睁开眼睛，此刻，安绫正紧紧地抱着他，黑色的短发紧贴着他的脸。

"安绫。"

叶话站稳了身子，呆呆地看着眼前的安绫。她的身体发出白色的光，像是一只黑夜中飞舞的萤火虫。

"对不起。"

安绫看着满身泥泞的叶话，心中无比愧疚。她的眼眶渐渐泛红，哽咽道："从一开始我就在欺骗你，甚至和你说了那么过分的话……我多么高兴你能看见我啊，但是我却不敢告诉你……我是妖怪……如果知道我是妖怪，你一定会害怕我、讨厌我吧。"

"才没有那种事。"叶话温柔却又坚定地道，"是人还是妖怪都不重要，变成什么样也都不重要，你一直都是我的朋友，这一点从没变过啊。"

安绫愣了一下，她看着叶话的眼睛，泪水忍不住顺着脸颊流了下来。

叶话从包里取出保温盒，递到安绫的面前。打开盖子，一股香甜的气息漫了出来。

"抱歉，让你等了那么久。还好，这一次终于赶上了。"叶话挠了挠头，露出了害羞的笑容。之前的疲倦与疼痛，都随着安绫的出现一同消失了。

"希望你会喜欢。"叶话笑道。

安绫看着叶话的笑容，心中仿佛有了一团篝火。火焰驱散了周围的阴冷与黑暗，而身处火焰旁边的安绫，也感受到了久违的温暖。

"嗯。"安绫停止哭泣，也跟着笑了起来。

盒子里是一个被烤得微微开裂的红薯，红薯露出里面金黄软绵的薯肉，还隐隐散发出热气。旁边还有几片炸干薯片，切得很薄，表面撒了一些霜糖，看上去非常诱人。

叶话把剥好皮的红薯递给安绫，安绫轻轻咬上一口，甜美的薯香填满了口腔，身体也变得暖和起来。

　　"真好吃。"安绫笑了起来，开心得像是一个孩子。

　　在这清澈的笑容中，叶话仿佛看到了曾经的自己与安绫。他们在田野间奔跑，安绫跑得越来越远，他已经追赶不上。他只能看着安绫在离他很远的地方，对他招手微笑。

　　"叶话……"安绫轻声喊道。

　　"嗯？"叶话从遐想中回过神来，可眼前发生的事情却让他措手不及。

　　安绫的黑色短发渐渐向上飘浮，身体也逐渐升到了空中。叶话仰起头看着她，她的身体正在一点点变成碎片，分离出去的碎片迅速气化，随风一同消逝。

　　"这是！"

　　叶话没有说出后半句，他很清楚这是妖怪升天时的情景。可他不愿承认，似乎一旦承认了，它就会来得更快。

　　"是啊。"安绫点了点头，显得无比释然。在她的脸上，看不到一丁点因即将消失而展露出的恐惧与悲伤，相反，她的眼中还带着笑。

　　"时间要到了。"安绫欣慰道，"我已经没有什么好遗憾的了。"

　　"是吗？"叶话看着安绫的脸，喃喃道，"那真是太好了。"

　　安绫的身体已经消失了大半，东方的天空也亮起了晨光。叶话沉默不语，眼里藏着安绫最后的笑容。

　　"能够认识你真是太好了。如果有来生的话，真希望还能再见面……"

　　一阵微风吹过，冲散了安绫最后的笑脸，天边不知何时架起了一道七彩的虹桥。叶话回过神，一切都已经结束了。

十三

天气变得越来越冷了。

外面寒风刺骨，而叶话的小店却异常温暖。每当客人呵着白气钻进店里，叶话都会先送上一杯热茶。小小的举动让人备感暖意，再冰冷的脸也会被这热力融出笑来。

"厨师先生，好久不见。"两位客人走进店里。

来人是一对夫妇。丈夫背着一个竹篓，一手搀扶着妻子。

"山猪先生，好久不见。"叶话认出了对方，笑着和他们打起了招呼。

山猪先生卸下竹篓，里面装满了新鲜的红薯。他把竹篓推到叶话面前，说："因为您的帮助，小妖妻子的腿伤已经好了很多，所以特意来道谢。这是我们的一点心意，希望您收下。"

叶话接过竹篓，从中挑出一个大小适中的红薯。

"那么，大家就一起来品尝一下这红薯吧。"叶话拿着红薯走进了厨房，开始做起烤红薯。

小心清洗红薯，尽量不要损坏外皮。因为外皮一旦破损，加热时含有糖分的物质就会从破损处溢出来，从而影响烤红薯的口感。

洗净后沥干水分，往表面刷上一层蜂蜜。接着用提前被蜂蜜浸透的纸巾将红薯包裹起来，置于烤箱中。以大火高温烤制，时间根据个头大小而定，约为三到五分钟。接着为红薯翻面，使得两面受热均匀。再次加热三五分钟后，即可装盘食用。

在等候的间隙，叶话又做了一道小零食。将红薯均匀切薄片，入油锅炸脆，沥干后捞起即可食用，也可撒上些许精盐或者糖粉。烤好的薯片酥脆清香，当作小零食或下酒佐食都是不错的选择。

"蜜烤红薯，请慢用。"

去掉了外层包纸的红薯被轻轻切开了一角，浓郁的香气顺着切开的部分冲了出来。

"真是美味。"山猪夫妇细细品尝着薯肉，满口都是香甜的热气。

这香气也打动了前来看叶话的母亲和表姐，二人满面红光，说笑着走进店里。

表姐怀抱着一个婴儿，那是她前不久刚生下的女儿。

"哭闹了一整天，终于知道累了。"表姐叹气道，"生她的那天，天上出现了彩虹，以为是个好兆头，没想到是个小哭包，真是伤脑筋。"

说话间，正逢怀里的婴儿睡醒，一睁眼便哇哇大哭起来。

叶话上前看了看那婴儿，长得甚是漂亮。那婴儿看见叶话，憨憨地睁大了眼睛，随后破涕为笑，伸出小手要去抓叶话。

"真是奇怪。"表姐诧异道，"这丫头倒不见外，像是上辈子见过你似的。"说完，众人都笑了起来。

叶话看着婴儿，伸出手要去抚摸她，那婴儿立马抓住了叶话的小指头，睁着大大的眼睛望着他。

两人不约而同地笑了起来。

十四

与此同时，花妖正拎着一瓶酒，醉醺醺地走在街上。

恍惚中，一个身影与他擦肩而过。就在那一瞬间，花妖的酒突然落在了地上。酒瓶霎时碎裂，花妖突然从醉酒中清醒，只觉一股令人恐惧的气息扑面而来。

花妖回头看了那个身影一眼，那人并没有表现出任何异样，径直走进了一栋房子。而那栋房子隔壁，正是叶话的家。

"这股可怕的气息是怎么回事……"花妖自言自语道。

娓的蒸苹果

/ 一 /

"相传在过去有一个女妖，凶残丑陋，且以杀人为乐，常扮成年轻貌美的姑娘，四处狩猎。山上有一个男子，对女妖有救命之恩。但女妖劣性难消，先是屠杀了过路商团，后对恩人狠下毒手，引得人神共愤，最后终被山神镇压，换来一方平安……"

说书人说罢致谢，围观的看客纷纷叫好。叶话从这群人里勉强挤出一条路，缓缓地前进着。

"今天街上的人可真多。"叶话环顾四周，尽是摩肩接踵的人流。

"毕竟是一年一度的双庙会，人自然不会少。"母亲挎着小篮，里面放着自家的贡品，悠然道，"等会儿拜完了状元庙你再和我上山拜山神去，为你祈福。"

状元庙不大，是座老建筑。相传是为了纪念本地唯一的状元而建造。庙里供着状元的塑像，平日里没有什么人，只有一个看护的老人在负责日常的维护。

然而今天却不同，小小的庙里围满了人。一边的人想要进去，另一边的人想要出来。在这两拨人冲撞的过程里，母亲的篮子被人打翻，贡品滚落在地上，随时都可能被踩烂。

忽然，一双手飞快地捡起了地上的贡品，恭敬地呈到母亲面前。

"是你啊，小伙子。"母亲抬头望向眼前的年轻人，笑着接过他手里的贡品。

那是一位二十多岁的年轻人，身材高大，要比叶话高出一截。五官清秀白皙，但头上却束着年轻人中不多见的发髻。好在看起来并不违和，甚至让人觉得有些修道之人的气质。更特别的，是他的腰间系着一个藤葫芦，看上去似乎有些年头了。

"这是我的儿子叶话。"母亲介绍道，"叶话，这个就是我和你提起过的来拜访的客人。"

"你好。"年轻人看了叶话一眼，微笑道，"我是刘枫洋，是一个外地来的旅客，现在租住在你家的隔壁。早就听说有个叫叶话的年轻厨师，希望下次有机会尝尝你的厨艺。"

"好的。"叶话礼貌地笑着，但不知为何，这个叫刘枫洋的人让他感到有些不自在，尤其是刚才他看自己的一眼，就像是看穿了某个人身上所有的秘密，却又装作一无所知的样子。

"有时间再聊吧。"母亲看了一眼里面的长队，急道，"我们要先去排队准备上香了。"

刘枫洋礼貌地点了点头，笑道："好的，我也准备走了。很高兴认识你们，另外这个地方也比我想象中更加有趣。"

一番等待后，叶话终于和母亲走出了状元庙，但很快他们又要奔往下一个地点——苹丰山。

苹丰山是当地的一座高山，山上有棵粗壮古老的苹果树，山神庙就坐落在树旁。每年的这几日，上山的人数都会激增，沿途也会冒出很多商贩摆摊叫卖，十分热闹。

拜完山神，叶话先母亲一步下山。在山路的一旁，有一个穿着绣花裁边衣裳的少女，手挽着一篮苹果在叫卖。那苹果色泽鲜亮，看上去十分香甜。

"大哥哥，来一个苹果吧。"少女笑着递给叶话一个苹果。

叶话还在犹豫着，那少女就已经把苹果塞到了他的手上。

"多少钱？"叶话摸出钱包。

"我来得晚，你是今天第一个客人，这个就送给你吧。"少女的两只大眼睛冲叶话看了许久，随后笑盈盈地说道，"就当讨个好彩头，你可一定要收下。"

"叶话！"

突然，身后传来了母亲的声音，叶话回过头去，发现母亲也赶了上来。母亲见叶话手里拿着一个苹果，忍不住问道："你手上哪来的苹果？"

"是一个卖苹果的姑娘送的。"叶话指了指少女，"就在……"

"在哪儿？"母亲对着空荡荡的四周问道。

"奇怪，刚还在这儿啊。"叶话挠了挠头，"可能去其他地方了。"

/ 二 /

夜里，叶话回到了自己的房间。白天那枚苹果正安静地立在书桌的一角，叶话瞟了一眼，忽然被它给吸引住了。虽然苹丰山生产苹果，但眼前的这枚苹果比他之前见过的都要鲜红美丽，表面精致得没有一粒坏点，光滑得似乎能够泛起光泽。

叶话盯着苹果看久了，便越发觉得诱人，鲜红饱满的果肉似乎在炫耀着自己的可口。他有些犹豫，但最终还是拿了起来，轻轻咬了一口。

"好甜啊。"叶话忍不住感慨道，果肉清脆，香气也比一般的要浓郁。他很快就吃完了手里的苹果，随后幸福地躺在床上。这一晚，叶话做了一个梦。他梦见自己离开了家，外面的天还黑着，他在街上漫无目的地游荡。一名熟悉的鱼贩突然拉住他，向他推荐刚刚捞上来的鲜鱼，可他似乎很不耐烦。在两人的纠缠中，夜色一点点散去，太阳逐渐升了起来。叶话看着初升的太阳，显得有些紧张。他赶紧甩开鱼贩，匆忙跑回了家。

又是新的一天，准备出门的叶话嘴里不停地打着哈欠。忽然，院子里飞过一只苍甲——一种独角仙形的妖怪，角的部分会发出不同颜色的光，那苍甲飞得歪歪斜斜，一头撞在了蛛网上，动弹不得。

"以后飞的时候小心点。"叶话把苍甲从蛛网上拨弄下来，让他飞了出去。

不久后，叶话赶到店里，开始了一天的忙碌，到晚上回家时已是深夜。他躺在床上，疲惫带来的倦意使他很快便进入了梦乡。

梦里的叶话和昨天一样，在夜幕中独自走出家门。就这样走了近一个小时，苹丰山的轮廓逐渐浮现在眼前。他顿了顿，起身又往山上走，静谧的山林里只剩下昆虫的低鸣。直到走至半山腰，他的脚步才停下。然而这停顿显得极不自然，像是发条用尽的人偶，僵硬且突兀。

远处，一个身影正朝着叶话缓缓走来。由于隔得太远，叶话并没有看清对方的脸。但石砖上嗒嗒的脚步声让他有些不安，那声音由远到近，原本聒噪的虫鸣也害怕得不再发声，诡异的气氛让人的心里开始有些发麻。

终于，那个身影完全地显现了出来。在月光的映射之下，那张冷峻的面孔显得更加惨白。

是她！

叶话心里一惊，在这场梦里，他所见到的正是那天卖苹果的少女。

那少女对着叶话微微一笑，身体开始一点点逼近。恐惧驱使着叶话想要离开，可双腿此刻却不听使唤，连一步也迈不出来。

千钧一发之际，一阵钻心的痛感贯穿了叶话的后颈。这痛感延伸到整个梦境，让他顿时清醒了过来。

"这是？！"

叶话瞪大了眼睛，他惊诧地发现四周的场景居然和刚才那个梦里的场景一模一样。他突然意识到，自己可能并非做梦。

空气中，一只苍甲拍动着翅膀从叶话的衣领中飞出。这让叶话更加坚信，自己并不是在做梦，如果不是苍甲的提醒，自己可能已经凶多吉少。

"呵呵呵呵。"少女勾着身子，双手捂住自己的脸，幽幽地笑着。

随后她的双手一点点从脸上移开，少女的五官变得清晰可见。白皙的皮肤上出现了几道长长的裂痕，原本美丽清秀的面庞此时如同一张泥土做的面具。面具开始一点点龟裂脱落，随之展露的，是一张仅有着一只巨大眼睛、面色惨白的怪异面容。

"果然是遇到了妖怪。"叶话在心里念道。

"把你的身体交给我吧。"女妖看着叶话，微微扬起了嘴角。这笑意让叶话倍感熟悉，回想起那天收到苹果时，还是少女模样的她也露出了相同的笑。

三

叶话躲在一棵树后不停喘息，刚才的狂奔让他的身体倍感难受。他悄悄看了眼下山的路，已经不见女妖的踪影。

"甩掉她了吗？"叶话自言自语道。

"没有哦。"头顶上，忽然响起一阵幽怨的笑声。

叶话猛地抬头，此刻女妖的脸就正对着他。她倒挂在树枝上，像盯着猎物一般盯着叶话。

"啊！"

叶话心中一惊，慌乱中身体失去平衡，猛地向后倒去。女妖看准机会，张牙舞爪地扑了过去。

忽然间，一团绿光在黑夜中炸裂，女妖的脸上露出莫名的恐惧，但她已来不及躲闪，只能任由绿光化作一把把利刃，朝着自己的身躯飞来。伴随着一声声哀号，女妖瘫倒在地，凶狠之情早已不复存在，取而代之的是痛苦的呻吟。

叶话吃惊地看着眼前的一切，胸前的佩玉散发出淡淡的绿色萤火。危急时刻，正是这块家族的佩玉保护了他。

冷静下来的叶话没有逗留，大步朝山下跑去。当他站在山脚下，回望这座高耸的大山，仿佛是做了一个可怕的梦。

"把你的……身体，把你的身体……"

下山的路上，一个身影正在缓缓地移动着。那是受伤的女妖，她从树林里跟了出来，她受了伤，看上去十分狼狈，每一次移动都好像用尽了全身的力气，完全没有之前不可一世的模样。

看着女妖落魄的模样，叶话突然变得不再害怕。他甚至没有急着逃离，而是站在山脚下，看着女妖朝自己移动。

此时，女妖与叶话之间的距离只剩下七八米，然而她却突然停了下来，表情痛苦的她似乎想要继续向前，可身体却无法再进一步。

她的手掌微微抬起，又猛地收了回来，仿佛是在触碰什么。一次又一次尝试，可依旧没能再前进一步。

一旁的叶话也感到奇怪，他仔细思索，希望弄清楚其中的原因。

"是结界吗？"叶话似乎明白了。他想起了说书人提到的传说。眼前的女妖，或许就是那个被封印在大山中的妖怪。这座苹丰山似乎有一个巨大的结界，把女妖死死地困在山中。

想到这里，叶话的胆子更大了一些。他不解女妖为什么把他骗到这里，为此他甚至朝着结界走了过去，想要找女妖问清答案。

"喂，你叫什么名字？"叶话拿着一根细长的木棍，轻轻地推了推地上的女妖。

女妖精疲力竭地趴在原地，无法动弹的她恶狠狠地瞪了叶话一眼。

"你怕太阳对吧。"叶话用木棍指了指天，"所以你才在晚上让我出来。"

女妖依旧没有回答。

"你是谁？为什么要抓我，告诉我真相，我就放你走。"叶话用木棍指了指佩玉的位置，提醒道。

女妖见状，知道自己早已没了胜算，她的眼神里透露着无奈和不甘，毕竟她已经没了选择。

"娓，我的名字是娓。"女妖叹道。

"娓是吗？"叶话继续问道，"我为什么会来到这里？"

"这个我也不知道。"娓答道，"我只知道有一个妖怪找到我，他为我安排了这一切，说可以帮我实现愿望，于是我就照做了。"

"其他的妖怪吗？"叶话皱了皱眉，感到有些不对劲。

"是的。"娓说，"不过我也无法提供关于他的信息，他总是在夜里出现，我甚至都不清楚他的模样。"

"好吧。"叶话犹豫道，"下一个问题，你为什么要杀我？"

"杀你？"娓苦笑了一声，"不，我可没想杀你。当然，你要是被我吓死了，我也不会意外。"

"那你的目的是什么？"叶话质问道。

"目的？"娓抬头望向天空，沉重地道，"我不过是想借用一下你的身体，去见一见那个家伙。"

恍惚间，记忆似乎又被带回到那个和他相遇的清晨。

四

三百年前。

我是娓，一个在人类世界游荡的妖怪。我不能在太阳下待太久，为此我必须找到人类的身体作为容器。我现在的身体来自一名少女，她死去的前一刻我寄生进了她的身体。依靠着这具身体，我得以去往不同的地方。

某天，我来到了苹丰山。山上有一片广袤的苹果林，这里出产的苹果大而香甜，不仅在人类的世界里享有名气，即便是妖怪也会被吸引到此。

"这里是我的地盘，赶紧离开这里，不然我就杀了你。"

拦在我面前的是一匹巨狼，准确地说，是这山林里的狼妖。

"好歹你也是选了一个美丽的少女作为容器。如果被我弄烂了，那可就麻烦了。"

我并没有理会狼妖的威胁，因此我的身体也被他咬伤，但只要我进入妖化状态，他并不是我的对手。

就在我正准备变身时，一个少年背着弓箭从树林中走了出来，他拉满长弓，一支羽箭射中了狼妖。狼妖发出了一声狼嚎，痛苦地逃了出去。

"你没事吧。"少年收回弓羽，问道，"你的家人呢？这山间有不少妖怪，虽然平日里不会打扰人类，但也十分危险。"

"我没有家人。"我看了一眼那个少年，看上去是个书生，可举动却像个战士。

"妖怪，你能看见妖怪？"我惊讶地问道。

少年点了点头，语气中带有些许自豪："这是命运给予我用来保护大家的眼睛。"

这就是我第一次遇到清欢的场景。

清欢见我受伤，又同情我的遭遇，就把我带回了村子里。清欢的父亲是村长，在他的安排下我住进了一户村民的家中。村民也非常热情，承蒙他们的悉心照料，我的身体很快就痊愈了。

在休养的这段日子里，清欢给我做了好吃的食物，他担心我在家里觉得闷，常带着我到处玩耍。他带我去看小溪，教我识花草。他勇敢又善良，有一次我们见到了一只受伤的兔子，也是清欢为它包扎了伤口。

不知从何时开始，我突然产生了想留在这里的念头。我已经受够了一个人四处漂泊的生活，我想和清欢在一起。

可是，因为一些原因。我再也没有见过清欢，而这一别，就是三百年。

"我说完了，可以放我走了。"娓抬头看着叶话，冷冷地说道。

"原来是这样啊？"叶话缓缓地回答着，他看上去有些犹豫，似乎在犹豫着什么，

娓没有回答，她艰难地站了起来，转身朝山上走去。

"你一定……很不甘心吧。"身后，叶话突然喊道：

"三百年对于人类来说，是比一生还要漫长的时间啊。想要见到对方的愿望可不止你才有，清欢也一定抱着这样的想法走完了他的一生。"

叶话对娓喊道："清欢后来过得怎么样，甚至葬在了哪里，难道你一点都不想知道吗？"

"住口。"娓停了下来，"求求你……不要再说了。"

娓的心被深深地刺痛，清欢这两个字对她而言就是一道咒语，足以唤醒她三百年来的思念的咒语。

"我想再见到他，哪怕是冰冷的墓碑也好，我想要知道清欢那被我错过的一生，究竟是怎样的一生。"娓顿了顿，声音变得哽咽，"可我……可我做不到。我的身体根本离开不了这里，无论我怎么做，尝试过多少次，我只能被困在这里。"

叶话陷入了沉默。

"可就算离开了这里，清欢也早已不在人世。你能找到的，最多是他遗留在人间的痕迹。即便是这样，你也无法说服自己放弃……"

娓缓缓扭过头，那只被泪水噙满的巨大的眼睛猛地瞪向叶话。

"那是当然了！"娓嘶声吼道。夹杂着哭泣的呐喊穿透了黑夜里的苹丰山，那些原本低吟的虫鸣也被这股决心震撼到沉默。

叶话的嘴角扬起一丝笑容，他凝视着娓的眼睛，长舒了一口气。

"既然如此，那让我来帮你吧。"

滴答！

一滴露珠从叶子上坠落，将一棵小草压弯了腰。

娓怔在原地，似乎也有一滴露水击中了她的心，激起了无数涟漪。

"只要离开这里就可以了吧。"叶话思索片刻，随即喊道。

娓也笑了笑，她看着眼前的这个人类少年，一时无法判断对方的真假。她从未想过，人类中会存在理解妖怪的家伙。

"你还在发什么呆啊？！"叶话脸上的笑容不见了，他变得认真而又严肃，声音也近乎咆哮，"既然这样，那就用我的身体去找他吧。哪怕一个人已经死了，一定还会有什么东西留在这个世上。"

叶话的声音响彻了苹丰山，无数的飞鸟从林中惊起，拍打着翅膀飞上天空。

"你说的……是真的吗？"娓愣住了，她的身体似乎在发抖，一瞬间，脸上似乎滑过一丝冰凉，她用手擦了擦，原来是泪水从眼眶流了出来。

究竟是怎样的思念，才会让一个妖怪在人类面前露出如此狼狈的一面？叶话想了很久，他突然有些明白当年被饕反复说起的话，或许，妖怪之中也有特别的存在。

"那是当然了。"叶话学着娓的语气，坚定道。

叶话深吸了一口气，好让自己的心情得以平复。他虽然有些紧张，但仍然迈出了脚步，一步一步地越过结界，来到娓的面前。

"你就寄居到我的身体里吧，我带你去找关于那个人的痕迹。"叶话拍了拍自己的胸口，他小时候听父亲说过，妖怪可以寄居在人类的人体中，只要自身意志足够强大，就能够保持两个意识的平衡。

　　"可是在我工作的时候，你必须保持安静。"叶话正色道，"如果你有危险的举动，我可会第一时间阻止你，明白吗？"

　　娓轻轻点头，朝着叶话走去，当二者接触的一瞬，娓的身体发出一阵强光，紧接着叶话的身体开始散布出一圈圈的波纹，宛如一滴水珠落在了湖里，二者很快地成为一个整体。

　　"人类的小鬼，我还不知道你的名字。"娓的声音忽然浮现在脑海里。

　　"叶话，我叫叶话。"叶话用手撑着额头，脑子有些沉，身体似乎还没适应这种状态。

　　"你为什么要帮我？我可是一个妖怪。"娓还是有些难以置信，"就算你能看到妖怪，也不过只是一个普通的人类而已。遇到妖怪这种可怕的东西，不是应该惊恐地逃跑吗？"

　　"我知道啊。"叶话忽然笑了起来，"我从小就和不同的妖怪们打着交道，当然知道妖怪有多可怕啊。尽管没有人相信，但我的心底一直有一个念头，那就是妖怪当中一定也有善良的家伙。他们和人类一样，也有能够成为朋友的。我希望这种想法是对的，为此，我也必须勇敢地去证明。"

　　"你为什么会有这样的想法？"娓问。

　　"是妖怪教给我的。"叶话说道，"在我最绝望的时候，我得到了妖怪的帮助。那种忽然有了希望的感觉，我也想让需要帮助的妖怪感受到。"

　　"真是个奇怪的家伙。"娓在心里默默念道，她蜷缩在意识的一角，嘴角咧出一抹浅笑。

此时，太阳也爬上了天空，又是明媚的一天。结束了这里的一切，叶话转身朝店里赶去。

/ 五 /

已经是深夜了，叶话送走最后一批客人，开始盘算着明天的采购。

"小鬼，你准备什么时候行动？"娓的声音响起。

"喂。"叶话一边在纸上写着食材一边回答，"都告诉过你了，我叫叶话。"

"我可是遵守了和你的约定，你要是违背承诺我会杀了你的。"娓说。

"知道了。"叶话放下了手中的笔，认真地问道，"你知道他后来去哪儿了吗？村子里应该还有其他人对吧，你之前问过他们吗？"

娓没有回答。

接下来不管叶话再怎么问下去，换来的都是娓的沉默。

又一天。

叶话坐在电脑桌前，仔细地看着屏幕上滚动的资料。这是县志，记载了当地数百年来的变迁。娓没有回答他，那意味着她要找的人和村民可能一起离开了苹丰山。如果过去苹丰山上发生过大量村民迁居的事件，那县志上或许有相关的记载。

"找到了。"叶话有些激动，他没想到这么容易就找到了。但看过之后，叶话的背后却升起阵阵寒意。

那是几行触目惊心的短字：

"康熙五十五年，山中有妖，逢人屠之；商团至此，皆暴毙；山中乡民，尽亡。"

"哼。"脑海中，突然传来了娓的冷笑，"难道你相信上面所说的？"

"那我该相信些什么呢？"叶话有些生气，他感觉自己被利用了，"一定还有很多东西你没告诉我吧，真相究竟是怎样？"

"真相？"娓的语气充满不屑，"真相就是，那些人确实是被我杀掉的。那些商团都该死！"

"你居然……"

一想到人类的生命在娓的口中竟然那么不值一文，叶话的心头涌上一股失落。

"所以，那个男人才会害怕得逃走吧。"叶话气愤道。

娓没有争辩，也没有承认。像上次一样，对话再次以娓的沉默而中断。

六

深夜。

梦里的叶话来到了一个陌生的地方。这是一个建在山上的小村庄，山上种着许多苹果树。所有人都穿着古代的衣服，最奇怪的是，所有人似乎都没有发觉叶话的存在。

叶话就这样在村庄里四处游荡，在一家村舍的门口，叶话发现了一张熟悉的面孔，那是曾经塞给他苹果且还未显露真实身份的娓。

"身体都已经好了吗？"村民关切道。

"托大家的福，已经痊愈了。"娓开心地应着。

村里的人都很喜欢娓，彼此的关系也十分融洽。村里有什么需要帮忙的地方，娓也会主动地站出来帮忙，完全看不出是一个外人。叶话有些难以置信，他无法将眼前的这个善良女人和凶残狠毒的娓联想

64

到一起。

一天，村口来了十余位陌生人，那是异乡的商团。因为在路上遭遇山匪，财物被洗劫一空，希望在村里休整几天。

善良的村民接纳了商团，一切都被安排妥当。

几天后。

"呜呜呜……"小女孩痛哭着跑回了家。

"铃铃，你怎么了？"娓放下木盆，蹲下身来安抚着小女孩。

"阿黄，阿黄不见了！"悲伤的小女孩在娓的怀里低声啜泣，哭声也变得哽咽。

阿黄是铃铃养的狗，除了看家之外更是铃铃的玩伴。村里的人都知道阿黄，人人都喜爱它。这次阿黄的消失让娓感到奇怪，她的心里忽然有种不好的念头。

深夜，村民们都已经睡了。唯独商团们居住的房间还亮着灯。商人们围聚在一起，似乎在商讨着什么。

"老大，村民们似乎对我们有所不满啊。"其中的一个胖子说道。

"是啊是啊。"一个瘦子跟着宣泄不满，"这破地方，连肉也吃不上几块。不就是偷杀了几条狗，你看那些人，看我们的眼神就跟看贼似的。"

"那他们眼神可不错。"刀疤男轻声笑道。

这个脸上带着刀疤的男人是商团的首领，此时他正坐在中间，在油灯下细心地擦拭着马刀。

"既然如此，那我们明天就走吧。毕竟麻烦了人家那么久，明天可得好好地答谢他们啊。"刀疤男看了一眼锋利的刀刃，满意地收进了刀鞘。

"哈哈哈哈哈！"房间里充满了疯狂的笑声。

翌日。

"姐姐，一起去玩啊。"小孩子们拉着娓的手。

"姐姐今天有其他的工作，下次再跟你们一起玩吧。"娓摸着他们的小脑袋，面带歉意。

"啊！"

村子里忽然响起了一阵惨叫，娓意识到情况不对，循着声音赶了过去。

"喂，臭老头。明明是村长，为什么家里这么穷啊！"胖子似乎很不满，一脚狠狠地踹到了村长的肚子上。年迈的村长被踹飞出去，嘴角淌出了鲜血。

商团的人围在四周，为首的刀疤男漫不经心地摆弄着马刀，毫不在意地上还躺着一些受伤的村民。

"你们为什么要这么做？！咳咳……"村长靠着木板，痛苦地问道。

"因为他们根本不是什么商团，而是一群杀人不眨眼的山匪啊！"娓终于赶了过来。

"被发现了啊，看来是被偷听了。"刀疤男咧了咧嘴，"既然如此，我更要送你们一份礼物了。这份礼物就是……"

就在这句话脱口的一瞬间，一支利箭从背后无情地贯穿了娓的身体。

"全部杀光！"刀疤男露出了凶狠的笑容。

鲜血从伤口不停地涌出，虽然不是致死的部位，可娓的身体还是因为重创而跪倒在地。

"你们这帮畜生、杀人的怪物！"村长声嘶力竭地咆哮着。

"老人家，别激动。"刀疤男抽出了马刀，笑着朝着村长走去，"马上就到你了。"

娓吃力地站了起来，她一手按住伤口，一边朝刀疤男的方向走去。

"今天我要去山下采购一些物资，可能要很晚才能回来。我不在的时候，我父亲就拜托你照顾了。"清欢笑着摘下一朵野花，插在了娓的头发上。

临别时，清欢那张期待的面孔再次浮现在娓的眼前。

"畜生！"娓停了下来，伤口的血也停住了。她扫了一眼在场的所有山匪，每一张脸都让她觉得恶心。

"喂！那是什么？！"在人们的惊呼中，所有目光都聚向了娓。

人们看到，娓的身体开始发生奇怪的变化。她的体形逐渐变得高大，头发疯长的同时也从黑色变成银灰色，双手的指甲变得长且锋利，宛如散发着寒光的弯刀。

突然，几道银光闪过，顷刻间山匪已倒下三人，浑身是血且一击毙命。

"妖……妖怪。"

村民们被眼前的一幕吓得魂飞魄散，鲜血和杀戮带来的恐惧让他们丧失了理智，像是待宰的猎物疯狂地想要逃离。

玲玲举着拨浪鼓指向娓，哭着喊道："那是姐姐，姐姐是好人！"

然而并没有人留意玲玲的话，她那稚嫩的声音很快便被接连的惨叫声吞没。

混战中，娓的身上沾满了鲜血，已经分不清是山匪的还是自己的，头发也被染红了一大片。

她一手举起刀疤男，另一只手拔出那把沾满鲜血的马刀。手起刀落，刀疤男的头重重地滚落下去。

"怪……怪物啊！"剩余的山匪在惊恐中四散逃走。

惊恐的村民们也陆续逃了出去，四周没有了一点活人的气息。

杀红了眼的娓并没有意识到战斗已经结束，她咆哮着，似乎那些被杀掉的山匪还不足以熄灭她的怒火。

就在娓充满杀意地扫视着战场时，身后传来了危险的气息。

"果然，还有漏网之鱼。"

娓笑了笑，露出了锋利的尖牙。她从山匪的尸体中抽出了寒刃一般的指甲，转身冲向对方。

那人早已架起弓箭，一双被泪水涨红的眼睛满是令人绝望的杀意。随着娓进入射程，那支锋利的羽箭脱离了拉满的长弓，呼啸着飞向娓的眉心。

娓原本是可以躲开的。

即便是妖怪，如果中了那一箭，肉身也会死亡。

但她犹豫了。

虽然只是短暂的一瞬，但那片刻的迟疑也足以带走她的性命。她那巨大的身体轰然倒地，从身上流出的血将身旁的草地染成了红色。

眼泪从两边的眼角流了下来，娓的意识开始变得模糊。她想起刚才那一瞬间，她看到了那张脸，那张愤怒的想要杀死她的脸。

"清欢，你终于回来了……"

七

"丁零丁零。"

随着闹铃的响起，新的一天又开始了。

厨房里，叶话正在专心地烹饪着食物。蔬菜旁边摆着几个苹果，叶话拿起一个苹果，看了看又放了回去。

"怎么又放回去了？"娓的声音响起，"苹果是个好东西。"

"不是说了吗？不要在我工作的时候出现，会让我分心的。"叶话稍微调小了火。

"看到苹果就情不自禁地出现了。"娓感慨着，"我记得在村子里有一种关于苹果的做法，是蒸出来的，味道很好。"

"是吗？"叶话关掉了火，准备装盘，"我昨天好像进入了你的梦，可能因为有两个灵魂的关系，我们的梦好像重叠了。"

"看来你要抓紧时间了。"婗没有说起梦，而是提醒着叶话，"如果我在你的身体里停留太久的话，你的身体总有一天会被我占据的。"

给客人上完菜，叶话开始清洗餐具。

"我从县志上查到，离这儿二十多公里外有一个村庄，村庄形成的时间和那次事件发生时间很接近。而且从那次事件之后，原有的村庄再也没有人居住过，县志上说村民全都死在了那场山匪发起的屠杀中。但事实并非如此，或许幸存的村民离开了苹丰山，建立了新的村落。"叶话擦干餐具上的水，整齐地摆放到柜子里。

"具体的我也无法确定，总之明天我们去那里看看吧。或许能找到一些线索。"叶话关上柜门，对婗说道。

"喂，小鬼，你今天看上去有些不太对劲。"婗似乎发现了叶话有些异常，好像在犹豫什么。

"嗯……"叶话吞吞吐吐道，"婗……对不起，是我误会你了，对你说了那么过分的话。"

"误会吗？"婗笑了笑，"算了算了，不过是再多一次而已。"

第二天，叶话搭上了去往目的地的客车。到达村子后，叶话开始向村里的老人打听起村子的历史，他希望从老人那里确定，这个村子正是由当年逃离的村民们所建立。如果是那样的话，或许就能找到关于清欢的消息。

可能是年代太过久远，叶话一连询问了几个老人，得到的回答都很令人失望。

"根本不是，对吧。"婗有些沮丧。

"别那么沮丧。"叶话安慰道，"不如我们直接去墓地里找找看吧。如果这里真的是当年村民的聚集地，或许能从墓碑上找到清欢的名字。"

说完，叶话就朝着村庄的坟山赶去。那是当地人的祖坟所在，坟山上矗立着无数的墓碑，有新立不久的，也有将近风化的。叶话从中仔细寻找着，不肯放过一丝可能。

"有危险。"娓提醒道。

远处，一群愤怒的村民举着锄头朝叶话冲了过来。他们听说村里来了一个奇怪的陌生人，到处打听村里的历史。有人看见他朝着祖坟山的方向去了，村民们以为来了盗墓贼，纷纷跟了过去。

"快走！"娓喊道。

"可是我还没找到……"叶话还想争辩些什么，但他的身体已经不受控制，飞快地跑了出去。

叶话来到了一棵大树下，这里离村庄尚有一段距离。村民们也没有再追上来。

"你为什么要这么做？我还没找到他的墓碑啊！"叶话疲惫地倒在草地上，他无法理解娓的举动。或许答案就在眼前，可娓却选择了放弃。

"我为什么会这么做？真是奇怪啊。可能是担心他们弄坏了我的容器吧。"说出这些话时，娓在笑，笑得让人难以猜透。

"真是嘴硬的妖怪。"叶话躺在草地上，双手枕在头下，对着无云的天空思索着。

"见不到的。"娓呆呆地望着远方，"就和那一次一样。"

八

三百年前。

我是娓，一个在人间流浪的妖怪。因为我杀了人类，所以神明罚我永远只能待在这座大山中。失去身体的我只能以幽灵的状态在山间游荡。每当我想逃离的时候，面前总是会出现一面又一面透明的墙壁，挡住我下山的路。我总是忍不住去撞击那些墙，可刺骨的疼痛却扼杀了我全部的幻想——关于他的幻想。

谁知道这种状态要持续多久呢？一百年还是更久？

"娓……"

浅浅的，耳畔突然传来一阵缥缈的回声。我愣了一下，被这幻听勾起了思绪。

"娓……"

声音再次从遥远的地方传来，我的心猛地颤了一下，这个声音——是清欢！是清欢在喊我！

从声音的强度来看，清欢似乎在山脚。只要能够下山，我们就能见面了。

这一刻，我忘记了自己已经没有了身体，忘记了那带给我伤痛的墙壁。我只想赶紧下山，去见他一面。

墙壁被我撞碎了一扇又一扇，但面前又很快产生了新的墙壁。我的灵体几乎要被撞得粉碎，唯一支撑着我的，是眼前的路越来越近。远远地，一个消瘦的背影已经进入了我的视野。

"清欢，回头啊，我是娓，我在这儿！"

砰！

面前突然出现了一堵高墙，可是这一次我没能撞碎它。

巨大的冲击力将我击退，意识在那一瞬间被彻底切断。我已记不清那背影是何时消失的。在我的世界里，黑暗就是没有阳光的地方。但当我从黑暗中醒来想要寻找希望时，空荡的大山提醒着我，不过是进入了一个明亮的黑暗当中。

再见了，清欢。

九

听完这一切，叶话的神情变得凝重。

"既然听到了清欢的声音，说明他也一定想要见到你。"叶话安慰道。

"不，有时候我会觉得，当时我并没有听到清欢的声音。那不过是因为太过想念对方而产生的幻觉。"娓无奈地冷笑着，"他怎么可能会想见我呢。我可是杀人的恶妖啊，村长还有大家……总之，他一定非常憎恨我吧。"

"如果见到的话，你也能寄生到他的身体里，然后离开结界吧。"叶话问道。

"不会的。"娓淡淡答道，"强行寄生是一件危险的事情，一方面可能会被本体的意志排斥导致寄生失败，另一方面寄生对于本体的体质也有着特别的要求。清欢的身体不太好，那么做的话太危险了。"

"喂！既然这么危险，为什么那么果断地就进入了我的身体啊！差别对待，太可恶了！"叶话像个孩子一样，激动地喊了出来。

"哈哈哈哈！"娓忍不住笑了起来，"你的体质和一般人类不同，而且你也可以看见我。再者，好像是你主动让我寄生的吧。明明可以跑掉，却不顾危险地帮助别人，你们人类真是奇怪啊。"

"是啊。真是奇怪啊。"叶话想到了自己，一面对妖怪心生恐惧和戒备，另一面又希望能和妖怪成为朋友，证明饕所说过的话。

望着广阔的天空，叶话的嘴角扬起一丝笑意，微风拂过，耳边忽然响起了悠扬的歌声。

"美丽的山中花，盛放在山崖。无人识得它，风雨中枯萎啊……"

"很好听的歌。"叶话也跟着旋律哼了起来。

"可惜只记得那么多了。"娓有些遗憾地说道，"是清欢教给我的。"

天色逐渐暗了下来，叶话决定先到此为止。他坐上了最后一班回家的车，到达车站的时候，天空突然下起了大雨。叶话想起状元庙就在附近，决定先在那里避避雨。

庙里只有一个清扫的老人，老人面善，看到谁都是笑呵呵的。听别人说，老人的儿女已经搬到了大城市，可老人却一直坚守在这个小地方，日复一日地维护着这座状元庙。

"好久没下过这么大的雨了。"老人仔细地擦拭着塑像。

"是啊。"叶话应了一声。他靠在门板上，听着磅礴的雨声。他的情绪有些不振，当初信誓旦旦地答应娓帮她找到清欢的痕迹，可接下来却不知道如何是好。

"美丽的山中花，盛放在山崖。无人识得它，风雨中枯萎啊……"

小小的庙宇里响起了熟悉的音符，优雅的旋律飞进了叶话的耳朵。不仅是叶话，连同娓也一道被这歌声所震动。这一次，他们不约而同地看向了同一个地方。

那歌声，竟然是出自老人的嘴里。

十

"你为什么会唱这首歌！快告诉我！"娓操控着叶话的身体，紧紧地抓住老人的衣领，质问着他。

"小伙子，这么对一个老人不太礼貌吧。"老人笑呵呵地看着叶话。

叶话意识到娓有些冲动，他连忙松开了手："对不起！只是突然听到了这首歌，忍不住失态了。"

老人的眼神突然愣了一下，可能是因为叶话的举动，也有可能是叶话对于这首歌谣的态度。

"这个是我们家族流传下来的歌谣，距今已经有三百年历史了。"老人平静地说道。

"三百年！"

这个时间包含着太多的信息，足以勾起娓对于过去的所有记忆。她突然意识到，眼前的老人一定是当年村民的后人。或许他会知道关于清欢的消息。

"那老爷爷听说过清欢这个名字吗？"叶话激动地问道。

"那个啊。"老人点燃几根香，走到塑像前拜了三拜。

"你说的那个名字，是我的先祖啊。"老人恭敬地插好了香，对着塑像轻声念道，"这座状元庙便是为他而建。"

叶话抬头看了看塑像，塑像消瘦的脸上布满了皱纹，花白的胡须顺着嘴角垂下来，这和他在梦里见到的清欢相去甚远。就在叶话反复辨认的同时，脸上忽然感到一丝温热，他拿手一拂，竟是从眼中掉落的一滴泪。

"是他！"娓的声音有些哽咽，"没错，就是他。"

叶话没有想到，跨越三百年的时光，他们居然会以这种方式再次相聚。

"老爷爷，能给我讲讲这里面的故事吗？按照县志的记载，所有人都死在了那场屠杀中。可实际上村子里的人都逃出去了对吧？为什么他却成了状元？下山之后都发生了什么？"叶话的声音变得越发激动。

老人的神情忽然变得严肃。他收起了脸上的笑，警觉道："你是谁？为什么会知道那些？"

叶话的右手开始颤抖，仿佛有一股力量在控制着它。他的右手肌肉开始紧绷，指甲也慢慢长了出来。

"快说！不然我就杀了你！"娓控制着叶话的右手，再一次抓住了老人的领角。

"快住手啊，娓！"叶话用仅剩的左手控制住右手，嘶吼着把它按了下去。

"娓吗？"老人整理着被叶话弄乱的衣领，若有所思道，"真是一个熟悉的名字。"

"老爷爷一定知道些什么，求求你，告诉我吧。"

叶话紧紧地控制着变形的右手，脸上一会儿变得狰狞，一会儿变得正常，看上去十分痛苦。即便如此，他也不忘恳求老人告知他真相。

老人没有回答，只是用怪异的眼神看着面前的叶话。他并不在意叶话的威胁，只是不理解，眼前这个怪异的孩子为什么知道那么多关于自己家族的事情。

"放开我，叶话。"娓咆哮道，"我等了三百年，马上我就能知道这一切。怎么可能就停在这里啊！"

"住手啊娓！这样下去我们只会被当成疯子被赶走啊！"叶话挣扎道，"三百年前你被清欢误会，难道还想让他的后人也误会你吗？！"

这一刹那，娓犹豫了。

她放弃了对叶话身体的抢夺，沉默着回到了意识的角落。

"妖怪吗？"老人好奇地问道，"你刚才是和那个叫'娓'的妖怪在对话吗？"

"没有没有。"叶话紧张地道，"世上怎么会有妖怪。"

这个回答似乎让老人有些失望，但叶话清楚，普通人是无法接受妖怪的存在的。如果承认的话，自己或许会被当成疯子，那样的话无论自己再说什么，老人都不会相信了。

老人似乎在思索什么，他看了一眼先人的塑像，低声道，"年轻人，你能看见妖怪对吧。就像清欢先人一样。"

老人的回答出乎叶话的意料，他更加坚信，老人一定知道些什么。对于妖怪的接受，或许正是来自清欢的影响。

"是啊。"叶话看着老人的脸，那双眼睛似乎在等待着一个肯定的回答。他放弃隐瞒，并且把已知的部分悉数告诉了老人。无论结果是否和自己想的一样，叶话都下定了决心要试一试。

听完叶话的说明，老人长叹一口气，脸上露出了欣慰的笑容。他似乎没有了疑虑，面对叶话，他终于说出了那隐藏了数百年的真相。

"没错，为了防止山匪的复仇，村民们制造了被妖怪屠杀的传说。与此同时，村民们逃离了大山，但是在新的去向上，大家产生了分歧。先人清欢因为太年轻，而且村民认为他曾患有失心病，纵然后来痊愈，也无法获得大家的支持成为新的村长。先人清欢听从了母亲的安排，发愤读书，参加科举考试，终于在后来高中状元，去北方成为造福一方的清官。"讲起那些过往的事，老人却显得记忆犹新。

"既然是去北方当官了，那为什么身为后人的老爷爷你却还在这里？明明是三百年前的事情，老爷爷你为什么记得那么清楚？"

"年轻人的问题果然是比较多呢。"老人笑了笑，"你说得没错，但是在先人清欢卸任后，我们举家又搬回了这里。起初我们都不明白原因，后来在清欢先人快要离世的时候，他终于告诉了我们真相。"

老人顿了顿，接着说道："先人清欢在年少的时候曾经救下过一位少女。他把少女带回了村庄，有一天村子里来了一个外乡的商团，村民们热情地收留了他们。可谁都没想到在那一刻灾难的种子已经埋下。那帮人其实根本不是什么商团，而是一群山匪。他们假扮成商团的模样，侵入村庄进行杀戮和掠夺。身为老村长的先人就是死在他们的刀下，就在所有人都以为自己会被杀掉的时候，那名少女却站了出来。"

"那个少女……"叶话应道，"是娓。"

老人没有被叶话影响，接着上一段话继续讲了起来："没有想到的是，那名少女其实是妖怪。然而身为妖怪的她却在那种时候保护了村民，杀掉了山匪。可刚刚回到村子里的先人清欢看到父亲的尸体，还有满地的鲜血，以为都是妖怪所为，悲伤过度的他举箭射杀了妖怪。在那场屠杀中，先人清欢的母亲因为受了刺激，神志有所损伤。休息了一段日子后才恢复清醒，先人清欢从母亲那里得到了真相。无法原谅自己的他用尽各种方法惩罚着自己。村子里的人认为先人清欢患了失心病，在治疗期间派了多人守护，防止先人清欢出现怪异的行为。从那之后，他便再也没有见到过那个妖怪。"

起风了。几片落叶吹进了庙里，老人拿起扫把清扫着落叶。

"这也正是我坚守在这里的原因。"老人低声道，"先人清欢得知，妖怪并没有那么容易死去。他坚信总有一天她会回来。于是数百年来，我们一代又一代的人坚守在这里，就是为了实现先人清欢的遗愿，找到那个妖怪，和她说一句对不起。"

"不可能！不可能！"娓慌了神，嘴里不停地重复着，"该说对不起的应该是我，清欢他一定是无比憎恨我才对啊！"

"并不是那样。"老人望着清欢的雕像，缓缓说道，"先人清欢从来没有憎恨过那个妖怪，相反，他却一直担心对方因为憎恨他而不再出现。直到临终之前，他还在不断重复着妖怪的名字，想要再见她一面。"

……

/ 十一 /

三百年前。

烈日中，一个少年伫立在山脚下。他目光所及的地方，正是曾经居住过的苹丰山。

"娓，对不起，对不起……"少年的嘴里不停地念叨着，"我早就应该发现，保护大家的，是你啊！"

"可恶啊！"

少年的鞋底已经被磨破，一双脚被碎石扎出了鲜血。精疲力竭的他终于撑不下去，跪倒在地上。

"对不起！对不起！"少年不停地捶着地面，眼泪不停地掉下来，"即使能够看到妖怪，却没有在那一刻看清你的脸。娓，你一定非常讨厌和憎恨这样的我吧！"

一阵风吹过来，吹停了少年的泪。他望向那条下山的路，幻想着娓的出现。然而出现的，只有闻讯赶来的村民。他们带走了异常的清欢，任凭他拼命地喊叫挣扎，也只能随着众人慢慢消失在山间。

"娓！"

这是少年最后的嘶喊，声音穿过山林，传向更深更远处。

十二

叶话送走了今天的最后一位客人，他看了看墙头的钟，已经是晚上 12 点了。

门帘被挑起，店里又来了一位客人。

"好久不见，娓。"叶话打完招呼，转身走进了厨房。

娓就近坐了下来："我是来向你道谢的。多亏了你，我和清欢才知道了彼此的心意。"

"那接下来有什么打算？"叶话的声音从厨房里传出来。

"我也不知道。"娓答道。

"慢慢想吧。"叶话从厨房里走了出来，手里端着一盘食物，走到娓的面前。

"苹果洗净切瓣，表面沾上一层蜂蜜水，蒸锅烧开，大火五到六分钟起锅。请慢用。"叶话介绍道。

"这是……"娸看着盘子里的食物，眼神中透着意外和惊喜。

"记得你曾经提到过一道关于苹果的菜，我试着做了一下。就当是庆祝你离开了我的身体吧。"叶话说着便笑了起来。

"好吃。"娸夹起一块放到嘴里，酥软的口感，带着浓浓的苹果香味。因为加入了蜂蜜水的缘故，口感变得复合，让人回味良久。

"和清欢做的一模一样。"娸满足地笑道，连同那只巨大的眼睛也笑成了月牙。

"谢谢你，叶话。"

十三

夜色缓缓褪去，东方升起一抹鱼白。

花妖满身酒气地走在街上，脸上透着满足。得知了叶话和娸的事情后，花妖感觉叶话对妖怪的态度正在发生改变，因此十分开心。

另一边，在离他不远的巷子里，一只瘦弱的妖怪正浑身颤抖地蜷缩在墙角。他的手脚被绑住，眼前的这个男人并不想让他有机会逃走。妖怪望着眼前的这个人类，心中止不住地恐惧。

"那个家伙也能看见妖怪吗？"那人发出意外且欣喜的笑。

"是的。"妖怪颤抖道，"虽然叶话大人看上去不怎么喜欢妖怪，但他却帮助了许多挨饿的妖怪们。"

说完这些，妖怪顿了顿，犹豫地看向那人。

"我说完了。"妖怪询问道，"可以放了我吗？"

"有趣，有趣。"那人自言自语道，似乎发现了比妖怪还有意思的存在。

巷子里发出一道耀眼的红光，紧接着传来一声凄厉的惨叫。短短几秒钟后，一切又恢复了最初的平静。

那人摇了摇手里的葫芦，隐约还能听到妖怪从里面传出的声响。但他并不理会，心满意足地盖上了塞子。

忽然，外面传来了一声碎响。那人立即追出巷子，然而并没有发现什么。"差点就被发现了！"花妖躲在某处屋顶上，神色慌张。直到看到那人离开，他才稍稍松了口气。

"那个家伙，到底有什么目的？"看着那人远去的背影，花妖意识到，事情似乎变得越来越复杂了。

几天后，叶话上街路过状元庙。他无意中瞥见，来往的人群中，有一个女人穿着绣花裁边的衣裳，撑着一把遮阳伞。她睁着那双大大的眼睛，深情地凝望着塑像。

泽的汤面

/ 一 /

"最近的天气太奇怪了。"叶话的母亲走进家中，边说边抖落搭在衣服上的雪。

叶话看了一眼窗外，街道已经被皑皑的白雪覆盖。但在一周之前，没有人相信这个时候会下雪。人们虽然觉得奇怪，但好在很快适应了这样的天气，尤其是小孩子。他们在雪地上开心地玩耍，似乎感觉不到寒冷，相比之下，大人们更喜欢待在温暖的房间里，再来上一碗热气腾腾的食物。

刘枫洋便是如此。这个异乡来的旅人似乎已经熟悉了小城的环境，他甚至找到了叶话的饭店，且渐渐成为其中的常客。

尽管如此，叶话却并没有对他有过更多的了解。那个家伙时常露出笑容，但和叶话的笑不同，那种笑让人分不清缘由。

夜里，客人们大都已散去，店里只剩下叶话和还在小酌的刘枫洋。

"真是一场突如其来的雪。"刘枫洋举杯说道。

"是啊，让人觉得意外。"叶话应道。

"可能和妖怪有关。"刘枫洋笑了笑，他缓缓抬眼，看向叶话的脸。

"是吗？"叶话顿了顿，"原来还有人相信妖怪啊。"

"听过一个传说吗，如果一个地方聚集的妖怪太多，那么当地的风水天气都会出现异常。"刘枫洋道。

叶话笑着摇了摇头。

忽然，门外传来一阵喊声，叶话眉头轻皱，知道是花妖的声音。

"我来买酒啦！"

花妖推开门帘，大步走了进来。他的手里抓着些许零钱，然而一瞬间，他的手突然握紧，身子也一动不动。一双满是吃惊的眼睛死死地盯着刘枫洋。

叶话也跟着瞟向刘枫洋，见他毫无反应，眉头这才渐渐舒平。

"为什么我会有些紧张。"叶话在心底想道，虽然店里还有别人，但一般人类是看不见妖怪的。

"好像来了特别的客人呢。"刘枫洋喝下杯中的最后一口酒，悠悠地站了起来。他放下钱，转身朝门外走去。

"这个家伙……"叶话暗自惊道，"果然不是普通人。"

"上次是你在偷看吧。"刘枫洋对花妖笑了笑，"不用这么紧张，我暂时对你们这些小妖怪没有兴趣。"

"我说。"刘枫洋走到门口，突然回头看向叶话，"我还是第一次见到除了我以外能看到妖怪的人呢。"

"啊。"叶话紧张道，"我也是。"

刘枫洋听后大笑："那下回见啦。"

刘枫洋走后，叶话长舒了一口气，气氛似乎得到了缓和。而花妖则像是逃过一劫，瘫软地趴在吧台上。

次日。

"您的面好了。"叶话从厨房中走出，托盘里装着两碗刚做好的热汤面。

客人是一对母女，母亲已经四十多岁了，不算年迈却长出了许多白发。她把筷子和汤匙递给女儿，关心地问起是否需要调料。

女孩很年轻，二十出头的样子。长着一双美丽的眼睛，笑起来让人倍感温暖。长长的头发被粉色的针织帽稍稍遮挡，帽子的两边挂着一团毛绒球，显得十分可爱。桌子上放着她的墨镜，一根导盲杖紧靠着桌腿，透露出女孩的盲人身份。

女孩接过母亲的餐具，轻轻舀起一勺面汤。面汤进入口中，温热的感觉暖入脾胃。

"味道真好。"女孩开心道，"感觉整个人都变得温暖了。"

"妈妈，厨师先生是个怎样的人呢？"女孩好奇地看着前方，满是疑惑。

母亲是女儿的眼睛，她一边看着叶话，一边为女儿描述。

"厨师先生非常年轻，瘦瘦的，留着整洁的短发，似乎非常享受自己的工作。他和食客们的关系好像都不错，会笑着和他们打招呼。笑起来的时候嘴角有深深的梨涡，看上去是个非常温柔的人。"母亲仔细地描绘道。

叶话无意中听到对方的描述，不由得露出了害羞的笑容。

汤面很快见底，母亲准备结账离开。

"等一下。"

叶话拿出软布，小心地擦去了镜框上的汤汁。一旁的母亲微笑着点了点头，随后欣慰地和女儿说明了情况。

"应该是之前溅上去的。"叶话笑了笑，"现在擦干净了。"

女孩戴上墨镜，会心一笑，随后同母亲一起离开了店里。

三

一位食客焦愁地看着自己的食物，他的手里举着空的调料瓶，里面的辣椒面撒得到处都是，瓶盖也落到了地上。

在食客的背后，忽然出现了一个奇怪的身影。他的身体被巨大的连帽披风所包裹着，在帽子的下面，是一张 V 形的面具。面具只有眼睛和嘴巴的轮廓，合成一张眯眼微笑的面孔。

"嘻嘻。"笑面男窃喜道。

"是你在搞鬼吗？"叶话的脸上闪过一丝不满，"面具妖怪。"

面具男好奇地看向叶话，他摆了摆头，叶话的眼睛也随之左右摆动。

"呀，被发现了。"面具男说完便飞快地飘了出去。

叶话准备追出去，但客人们已经催起来，只能作罢。

第二天早上，叶话骑车往店里赶去。街道的一侧，一个醉汉在家门口和家人吵了起来。醉汉气冲冲地走出门，没走两步便摔了一跤，疼得直咧嘴。醉汉家人闻声跑出来，搀扶着他回了屋。

但在叶话的眼里，事情并没有那么简单。"凶手"是面具男，是他在背后推倒了醉汉。

此时，面具男也发现了叶话，他警觉地逃走了。叶话担心还会有其他人被捉弄，也急忙跟了上去。

面具男在街道中飞快地穿梭着，很快就甩开了叶话。叶话虽然有些不甘，但也只能选择放弃。

回到路口，迎面走来一个女孩。那女孩戴着墨镜，挂着导盲杖缓缓前行。叶话看着那张脸，突然想起，她正是那天随着母亲一起来吃面的女孩。

　　而在那女孩身后，远远地跟着一个身影。那身影不是人类，而是叶话刚才追丢的面具男。

　　"站住！"叶话冲着面具男喊道。

　　面具男似乎发现情况不妙，转瞬间消失在视野中。

　　"不好意思……请问，有什么事情吗？"女孩疑惑地问道。

　　叶话这才反应过来，自己的喊声多半让女孩误会了。他慌忙停车解释道："抱歉，吓到你了。刚才看到了一个鬼鬼祟祟的人，很可惜被他逃掉了。"

　　"原来是这样。"女孩微笑着点点头，准备继续赶路。忽然间她似乎想起了什么，犹豫道："请问你是之前那家店的厨师先生吗？"

　　"你是之前和母亲一起来的客人吧。"叶话有些意外，没想到对方还能记住自己。

　　"我叫冬玥。"女孩笑着推了推镜框，"没想到能在这里遇到你。上次吃了你做的汤面，妈妈和我都非常喜欢。"

　　"谢谢，我叫叶话。"叶话打量着眼前的冬玥，和第一次见她时一样，脸上总是挂着温暖的笑。

　　叶话也曾见过一些失明的人，他们的脸上不会露出这种自信温暖的笑，所以冬玥才让他印象深刻。

　　"阿姨不在身边没问题吗？"叶话忍不住问道。

　　冬玥敲了敲镜框，说道："虽然眼睛看不见，可还是想自己熟悉下身边的环境。毕竟搬到这里已经有一段时间了，不想什么事情都麻烦妈妈。而且口袋里有存着妈妈号码的手机，如果迷路了会让路人帮忙联系的。"

　　"原来如此。"叶话安心道，"有机会你们再来店里吃面吧，我请你们。"

"谢谢，我会的。那下次再见。"冬玥挥手向叶话告别。

/ 四 /

次日，天气晴朗。

叶话走在街上，手里拎着满满的食材，许久未曾见到过的阳光照在身上，让人倍感舒适。

街道的一旁有一块休闲区，人们坐在长椅上惬意地说笑。在另一张长椅上，叶话看到了熟悉的面孔，那是之前遇到的冬玥。

叶话上前打了个招呼，这让冬玥感到有些意外，但脸上绽放出的笑容足以说明她的心情。

"没想到又遇见厨师先生了。"冬玥开心道。

叶话放下手里的食材，在一旁坐了下来，放松地伸了一个懒腰。

"叫我叶话就可以了。刚买了些东西，看到你在这里，就过来打个招呼。"

"嗯，自己打理饭店一定很累吧。"冬玥问道。

"累吗？"叶话想了想，"还好吧，毕竟是在做自己喜欢的事情。"

"自己喜欢的事情吗？真好。"冬玥重复道。

"那冬玥你喜欢的事情是什么？"叶话问道。

"我吗？"冬玥犹豫了，自从她的眼睛失明后，喜欢的事情似乎也跟着消失了。

"我最喜欢的是画画。"冬玥给出了她的答案。

"画画？"叶话愣了一下，对于一个失明的人来说，这样的爱好可能会显得太过艰辛。

"没错，是画画。"提起画画，冬玥的语气也都变得坚定起来，"听上去有些难以置信，但我的眼睛并不是天生如此，在几年前的那场事故发生之前，我的眼睛都是可以看到的。"

"原来如此。"叶话顿了顿，心中一阵惋惜，"那能治好吗？"

"妈妈带我去过很多医院，也拜访过很多医生。说是希望很渺茫，可能……"

"不要去想那些不好的可能。"叶话打断了冬玥的话，他靠着长椅，声音平和有力，"渺茫的意思可以理解成还有机会对吧。虽然很小，但终究是存在希望的。既然是这样，那无论如何都不要停下自己的脚步啊。"

"没错。"冬玥听完叶话的安慰，欣慰地笑着，"泽先生也说过同样的话。"

"泽先生？"叶话好奇地念道。

"嗯。"冬玥点了点头，"泽先生是我的朋友，和你一样，也是一个非常善良的人。"

叶话并不习惯被人称赞，在听到冬玥的夸奖后倒有些害羞。他看了看时间，差不多要回去了。导盲杖就靠在长椅的一边，叶话看了一眼冬玥，说道："我送你回家吧。"

冬玥摇了摇头，微笑道："谢谢你叶话。不用担心，我自己可以的。"

随着叶话的离开，冬玥继续坐在那张长椅上，似乎在等待着什么。

五

今夜歇业后，叶话并没有着急回去。他来到店前的空地，此刻的街道已经空无一人。他拿出三支白色蜡烛在地上摆放成一个不大的三角，又从白天买回的食材里取出了鸡、羊、鱼肉，对应着飞禽、走兽、鳞甲三类动物，依次摆放在蜡烛的外侧。而三角的中心处，则被画成了一个圆形。

与此同时，叶话已经准备好了黄色符纸，刺破指尖用鲜血画符咒，直到最后一笔。接着用蜡烛引燃符纸，扔向圆圈中心。

叶话往后退了几步，口中低吟着咒语，当符纸快要燃尽时，叶话猛地双掌合十，发出响亮的一击。

"啪。"

圆心处开始升起金色的光柱，那光柱升到空中后开始呈树枝状向四周扩散，没过多久便形成了一棵巨大的金树。树枝上长着数量众多的小花，随着花朵的摇摆，无数带着金光的花粉从花朵里飘散出来，从枝头飘向远方。

这是叶话小时候从父亲那儿偷学来的法阵，眼前四处飘散的金粉会吸引附近的妖怪到此，他提前藏好，耐心地等待着面具男的出现。

时间一点点过去，妖怪们也逐渐多了起来。各种各样的妖怪纷纷围聚在树下，仰头欣赏着眼前这壮美的画面。面具男也身在其中，但专注于美景的他并没有发现身后的危险。

就在这时，妖怪们突然表现出异常的躁动。叶话抬头一看，原来是巨树正在一点点消失。

"法阵的时间快到了。"叶话看着巨树，暗自说道，"再不动手的话就来不及了。"

随着巨树消失，叶话也站起身子，撑开手中的织网，猛地扑向了面具男。

金光散尽，诸妖退却。叶话拍了拍身上的尘土，对着空荡荡的织网失望地叹了口气。

"可恶，让他跑掉了。"

叶话收起织网,发现脚下似乎有什么东西。他俯身拾起,在月光的照耀下,一张 V 形的笑脸面具清晰可见。

　　"原来是你啊。"身后,突然传来一个男人的声音。

　　叶话赶紧拿起面具,小心地放进了衣服口袋里。接着他回头去看,发现来人居然是刘枫洋。

　　"我说怎么附近的妖怪突然少了那么多。"刘枫洋看了一眼地上的蜡烛,笑道,"你这样可是抓不住妖怪的。"

　　"你这话是什么意思?"叶话有些不解。虽然他知道刘枫洋可以看见妖怪,但一直不清楚他到底对妖怪知晓多少。

　　"我听说最近有个妖怪给你带去了不少麻烦。"刘枫洋笑了笑,"不如让我来帮你处理吧,保证以后他再也不会出现。"

　　"你想做什么?"从刘枫洋的话中,叶话感受到一股不太友好的气息。

　　"我想做什么?"刘枫洋突然大笑起来,"当然是把他解决掉啊。那可是妖怪,邪恶的东西必须被解决。"

　　"原来是这样。"叶话低着头,一边思索一边走着。当他与刘枫洋擦肩而过时,他忽然抬起了头,缓缓说道:

　　"我还是想用我自己的方式去处理。"叶话厉声道,"我想解决的是麻烦,可不是妖怪啊。"

　　"这就是你的回答吗?"刘枫洋背对着叶话,黑暗中,他的嘴角露出一丝笑容。

六

　　过了饭点,食客也少了许多。叶话来到门口,外面的雪还没有化,寒冷的天气还在继续。

不远处，有几个孩子正在嬉闹。他们围在路人的身边，似乎是在起哄。叶话突然发现，他们围着的正是冬玥。

其中一个孩子嘲笑道："原来是个瞎子。"另一个孩子似乎有些怀疑，随手抓起一团雪朝冬玥扔了过去。

冬玥感觉有什么东西砸到了棉衣，她下意识地扭过头去，却什么也看不见。

眼见捉弄成功，孩子们发出了得意的笑声，然而没过多久，笑声便停了下来。

为首的那个孩子忽然感觉有一只大手按住了自己的脑袋。他抬头望去，一张微笑的脸正在死死地盯着他。

"欺负别人，可不是什么好玩的游戏。"叶话按着那孩子的头，厉声道。

其余的孩子见状顿时四散逃走，而被留下的人在做出保证后，也哭着跑掉了。

"你没事吧？"叶话来到冬玥面前，关心地问。

"叶话，又见面了。"冬玥像是什么都没发生过一样，脸上总是带着笑，"我很好啊。"

叶话见冬玥又是独自一人，忍不住问道："阿姨怎么没和你在一起呢？"

冬玥摇了摇头："妈妈因为要工作，所以比较忙。而且这一带我已经比较熟悉了，就算是一个人的话也没有关系。"

说完，冬玥的肚子传来咕咕的响声。叶话被这响声逗笑，说道："既然来了，就去我的店里坐坐吧，有什么想吃的我可以给你做。"

冬玥点了点头，向叶话要了一碗汤面。

"只需要一碗汤面吗？"叶话问。

"我最喜欢的食物就是汤面了，尤其是天冷的时候，总觉得应该吃上一碗热腾腾的汤面才对。"冬玥解释道，"身心都变得温暖了。"

很快，面被端了上来。那是一碗手工的细面，沉在清澈鲜美的汤底当中。菜码除了香气浓郁的肉块，还有翠绿的菜心。面上撒了一些葱花点缀，配上熟度刚好的鸡蛋正显合适。只需轻轻一戳，微微流出的蛋黄就沁在面上，随着升起的热浪一道滋润着食客的脾胃。

厨房和外面之间有一条不长的吧台，冬玥坐在另一边，正好和叶话面对面。她吸了一口面，露出满足的神情，嘴里念道："刚才是你帮我赶走了那些调皮的孩子吧？"

叶话擦着餐具，漫不经心地回道："现在的熊孩子，真是让人生气啊。"

冬玥放下手中的筷子，对着叶话笑了笑，"叶话和泽先生一样，帮了我不少忙呢。"

"是吗？"叶话摆弄着厨具，说道："上次也听你说过这个名字。应该是个很不错的人吧。"

"是啊，第一次遇到泽先生还是在一年前。"冬玥每每回想起那天，心中都充满了感激和幸运。

七

一年前，大雪过后。

"冬玥，要不要妈妈陪你一起出去走走？"母亲递上导盲杖，关心地问道。

此刻，冬玥已经穿戴整齐，身上裹着厚厚的棉衣和防寒的帽子手套。听说雪停了。她想去感受一下。

"一个人的话，真的没问题吗？"母亲还是有些担心，一再确认道。

"已经走过很多遍了，没问题的。"冬玥抿着嘴角，情绪低落，"我不想永远都让妈妈担心。我不想成为一个废物啊。"

世界是一片没有尽头的黑暗，冬玥能感受到的只有寒冷。即便如此，她还是固执地选择了前行。

耳边传来路人们的议论声，"瞎子"的称呼深深地刺痛着冬玥。冬玥把脸埋在围巾里，焦急地想要逃离这里。在她的身后，是一群穿着臃肿的孩子。只见那群孩子从手心里攥出雪球，朝着冬玥砸了过去。

他们似乎想试探冬玥是否真的失明，或者只是单纯地想捉弄别人。

冬玥感到后背好像被什么东西给砸到了，虽然不疼，可数量却逐渐多了起来。忽然间，一个雪球打到了她的镜框，墨镜瞬间飞了出去。一个孩子飞快地捡起墨镜，冲着冬玥喊道："抓到我就还给你。"

"还给我！"冬玥焦急地大喊。她顺着声音追去，却一头栽进了厚厚的雪中。那帮孩子哈哈大笑，心满意足地扔下墨镜，各自散去。

冬玥爬了起来，跪坐在地上。她的身上到处都是雪，小脸被冻得通红。她拍了拍身体，把积雪尽可能地拍落，好让自己看上去没有那么狼狈。她紧咬着嘴唇，嘴角微微搐动，泪水在眼眶中来回打转。

她就这样跪在地上，一点点地摸索着墨镜的位置。但它似乎消失在了黑暗当中，徒劳无功的冬玥最终选择了放弃。伴随而来的是情绪的崩溃。她双手掩住自己的脸，身体随着啜泣声一同颤抖。

"就在你右手边了。"空气中，响起了一个男人的声音。那是一个陌生的声音，以至于冬玥听到后都没有第一时间去遵从。她犹豫了一会儿，但还是伸出手，按照提示摸索，终于找到了自己的墨镜。

"站起来。"陌生的声音继续说道，"不要一直待在那里。停下来的话可什么都改变不了。既然讨厌自己无能为力的样子，就更应该继续走下去。只有走得越远，那些讨厌的部分才会离你更远。"

冬玥愣住了，她的心底突然涌出一股暖意。这些话对她来说是一种从未有过的理解，同为安慰，在此之前她遇到的都只是一味的同情。在内心深处，人们依然觉得弱势群体需要的只是照顾和帮助，而忽略了她内心想要被正视的想法。

冬玥站了起来。她戴上墨镜，继续拍打着身上的雪，脸上的低沉已经消失，并且慢慢变得坚定。

"谢谢，请问我要怎么称呼你？"冬玥向陌生的声音道谢。

"泽。"对方简短地回答道。

"这就是我和泽先生认识的经过。"冬玥满足地放下了筷子，"因为自卑和恐惧，曾经的我害怕离开熟悉的环境，永远都要依靠妈妈的陪伴。但与其因为害怕而不敢迈出自己的脚步，不如带着想要摆脱它的那份决心，勇敢地前行。这是泽先生教会我的道理。"

"是啊，说得没错。"叶话端走冬玥的空碗，感慨道，"真高兴有泽先生这样的人。"

"这顿我请你，谢谢你给我讲了你的故事。"叶话转身走进了厨房。

八

深夜，温热的水流从花洒里倾泻出来，叶话赤裸着上身，看了看镜子里自己的脸。

忙碌的一天使他有些疲惫，面具男的事情依然困扰着他。上次捕捉失败以后，面具男必然更加谨慎。叶话越想越没有头绪，抓狂地拨弄着自己的头发。

突然，叶话似乎想到了什么。下一秒，他冲出浴室，带着那张奇怪的面具重新回到了镜子面前。

面具是木质的，工艺简陋。表面有着明显的风化痕迹，颜色也变得深沉。可无论怎么看，这都只是一张普通的面具。

叶话拿着面具，好奇地和自己的脸比较起来。他见大小似乎合适，就试着戴在了脸上。透过面具的眼睛，叶话看到镜子里的自己，那喜感的笑脸看上去十分滑稽。

镜子的表面渐渐被浴室的水汽所包裹，透过弯孔看到的景象也逐渐模糊。叶话感觉面具越来越重，迫使自己的头跟着低了下来。他费力扬起自己的脸，眼前只剩下白茫茫的一片。随之而来的还有自己那越发昏沉的意识……

不知过了多久，眼前的白色终于退散。世界也变得清晰起来。

片段一：

雪夜下的森林里，一个男孩正在树下休息。他的脸上有一大片烧伤变形的皮肤，身体因为寒冷而蜷缩成一团，显得恐惧又无助。

寂静中传来了一声异响，那男孩也随之惊醒。尽管感到恐惧，但内心的好奇驱使着他去寻找响动的来源。在不远的一处，一团燃起的篝火正在熊熊燃烧。男孩在火堆边坐下，炽热的火焰让他感受到了一丝温暖。虽然眼下这里空无一人，但他坚信之前的声音就是来自这里。

"喂，你是谁，是妖怪吗？"空气中忽然传出了怪异的声音。

男孩被这声音吓到了，直到四周重新安静，他才壮着胆子喊道："怎么看都是你比较像妖怪吧！有本事出来，不要鬼鬼祟祟的。"

"奇怪，我就在你旁边。你看不到我吗？"那个声音继续说道。

"难道，你是……妖……妖……"男孩的声音不自觉地颤抖起来。

"是啊，妖怪。"对方答道。

"妖怪啊！"男孩大叫着退向一边。

"可是从模样来看，你长得才比较像妖怪啊。"对方似乎并不理解男孩的紧张。

"要你管！臭妖怪！"男孩的情绪变得激动，他下意识地护住了自己的脸，想要把那块烧伤的部分给遮住。

"可恶！"男孩咬牙说道。

此时，烧伤的皮肤开始发痛。像是有成千上万根针扎在了脸上，男孩虽然努力强忍，但眼泪还是落了下来。

"人类也好，妖怪也罢，都只会嘲笑不幸的人。你们又怎么会明白，别人都经历了些什么啊！"

木材在火堆中噼里啪啦地燃烧着，四周陷入了一片沉寂。

"对不起。"妖怪的声音响起，"这里太久没有出现过人类了，我只不过是想和你说说话。"

妖怪的道歉让男孩感到无比意外，他甚至怀疑是自己听错了。这个世上，怎么会有向人类道歉的妖怪。

"看样子是被人类讨厌了啊。"妖怪的声音里透着沮丧，"太激动的话伤口可能又会发痛，你好好休息吧。这些树都是我的朋友，森林里发生的一切都被它们看在眼里，它们会守护你的安全。"

说完，妖怪的声音便消失了。

长夜让人心生恐惧，但妖怪的话却让男孩感到了一丝心安。不知何为，他忽然觉得妖怪似乎也没有想象的可怕。

次日，男孩醒来，发现眼前摆好了食物。"你终于醒了。"妖怪道，"我给你找了些吃的。"

"谢……谢谢。"男孩接过妖怪的话，犹豫着说出了谢谢。

饱食之后，男孩满足地靠在树旁。他的脸上已经没有了昨日的恐惧，面对看不见的妖怪，他也能卸下防备，平静地回答对方。

片段二：

在接下来的几天里，他们之间开始互相熟悉。男孩是一个流浪者，很快他就要离开这里。

"我要走了。"男孩对妖怪说道。

妖怪没有回答。

就在这时，四周的树木发出了浅浅的白色光芒。木片如同雪花一般从树干脱落，那些木片汇聚在空中，发出了一阵耀眼的白光。白光散去，一张 V 形的笑脸面具呈现在男孩的眼前。

　　"送给你的。"妖怪的声音再次响起，"你说你没有朋友，那就把我当作你的朋友吧。"

　　面具落在了男孩的手上。他的眼里闪着光，紧握着面具的手也跟着有些颤抖。已经习惯被他人恐惧和讨厌的他，从未想象过会有人称呼自己为朋友——即便对方是个妖怪。

　　有些人，在黑暗中行走久了，便不相信会有光的存在。可一旦真的有光出现，哪怕只是一点点的光亮，也足以照耀他们的内心。

　　男孩离开森林后，流浪到镇里。然而时局动荡，诸业不兴，男孩最后沦为了乞丐。但不管走到哪里，他都会将妖怪赠予的面具，紧紧地系在腰间。

　　男孩常常回想起和妖怪在林中畅聊的场景，尤其在和乞丐们闲聊时，更是自豪地介绍起自己的妖怪朋友。起初，众人只当笑话来听。但听得久了，都觉得男孩是中了邪，所以才会说些神志不清的话来。

　　那年天下各地灾害频发，各地流行起杀邪物以祭天。知县大人悬赏重金，向民间征求用来祭祀的邪物。乞丐中有人听了男孩的故事，便向知县上报，声称此人四处散布妖邪之说，企图搅乱人心。在重金的诱惑下，其他的乞丐也都纷纷站队，把男孩送上了衙门。

　　大牢里，犯人们对这位"妖邪"充满了好奇。对面的老汉得知男孩进来的缘由后，发出了冷冷的笑声。

　　"小娃娃，你这是被人害了。"老汉看了男孩一眼，叹气道，"这世上，哪有什么朋友。"

　　"有的。"男孩低头擦拭着面具，头也不抬地回道。

　　"是吗？"老汉苦笑了一声，似乎在嘲笑男孩的无知，"你可知道你活不久了。"

男孩望着面具上的笑脸，竟也跟着笑了起来。

"即便没有进到牢里，身为乞丐，在这样的乱世里也很难活下去吧。"男孩想起了平日里的乞讨，同伴接连饿死的场景依然记忆犹新。他感叹道，"拿到赏金的话，大家应该都可以活下来吧。"

老汉摇了摇头，转身不再说话。

处决当天，来看热闹的人把刑场围得水泄不通。他们指着男孩烧伤的脸，像是在看一个怪物。他们高喊着，迫不及待地想要见到怪物被杀死，似乎这样就能让上天满意。

男孩对此早已麻木，他想起了自己遇到的人和这些年的经历，似乎都在把他往死亡那里赶。人类的世界对于他来说太过残酷，以至于当死亡真的来临时，都像是一种解脱。

回想起自己短暂的一生，能让男孩在这个冰冷的世界里感受到一丝美好和温暖的，也只有那个称他为朋友的妖怪了。

"你也一定，会遇到一个更好的朋友吧。"

寒光一闪，面具滚落在血泊当中。

男孩虽然死了，可自己的视角仍在继续。一场突如其来的大雨驱散了所有看热闹的人，人群中只有一个人没有离开。他被长长的披风裹住了身体，完全看不到隐藏其中的表情。他来到男孩的尸体旁边，捡起了那张面具，口里喃喃道："是我，害死了你……"

雨水将鲜血冲刷殆尽，来人举起面具，套在了自己的脸上，转身消失在雨中。

九

叶话摘下面具，心情久久不能平复。

透过残留在面具上的意识，他开始了解到面具男那不为人知的过去。作为朋友的遗物，显然他不会就这么放弃。

叶话隐约觉得，这一次，或许不用自己出手了。

第二天，叶话走在去往店里的路上。他没有骑车，而且比起以往，今天的步子要慢上许多。叶话神色警觉地拐了几个弯，随后钻进了一条鲜有人经过的小巷。

"出来吧。"叶话对着空气说道。

一个高大的身影逐渐显现出来，依旧是躲在巨大的披风下，原本面具下的面孔也因为帽檐的遮挡呈现一片黑暗。

"把东西还给我。"面具男冷冷地说道。

叶话拍了拍系在腰间的面具，得意道："想拿回去的话就来吧。我也想弄明白这一切是怎么回事。"

话音刚落，面具男瞬间便来到了叶话的面前，一只大手朝着面具夺去。好在叶话及时拉开距离，让面具男抓了个空。

这一幕正好被路过的刘枫洋看见，他微微一笑，靠在巷口边远远地注视着眼前的战斗。

双方似乎陷入了混战，谁也没有成功控制住对方。叶话的体力也在一点点耗尽，如果不能尽快解决战斗，那么拖到最后的情况将对他非常不利。

趁着一个间隙，叶话扯下了自己的项链，将月牙玉紧紧攥在手心。随着咒印的解开，数道绿光从指缝中飘出，化作一枚枚光锥，将面具男死死地钉在了墙上，使他动弹不得。

"我有很多问题要问你。"叶话一步步朝面具男走去，"首先，是弄清楚你的真面目。"

他伸出了手，准备扯下那厚厚的遮掩。

面具男无论怎么挣脱，都没能从光锥下逃脱。看着一点点逼近的叶话，面具男终于掩饰不住内心的恐惧，咆哮道："臭小子，住手！"

......

"泽先生，是你吗？"

叶话的耳边响起了冬玥的呐喊。原本伸出的手，此刻又停了下来。他回头一看，冬玥不知何时出现在巷口。而原本靠在这里的刘枫洋却不见了踪影。

"泽先生，我听到你的声音了。你在哪儿？"

冬玥有些激动，她挥着导盲杖，朝着叶话的方向慢慢走来。

叶话眉间一皱，似乎意识到了什么。他的视线迅速地聚焦在眼前的面具男上，将信将疑地望着他。

正是这片刻的迟疑，让面具男找到了机会。他挣裂了自己的披风，趁着叶话大意的瞬间逃了出去。

虽然面具男的逃走让叶话有些怅然，幸运的是面具还在，所以面具男一定还会再回来。

"冬玥，我是叶话。"

叶话应了一声，大步朝冬玥走去。

远处，一只落在屋顶上的乌鸦被这声音激起，拍着翅膀飞向远方。

十

深夜。

店里迎来了最后一位客人——面具男。

叶话像是事先知道一样，从始至终都表现得非常平静。他招呼面具男坐下，为他倒上了一杯热茶。

面具男看着茶叶在水里舒展翻腾，仿佛在思考着什么。在没有任何预兆的情况下，他突然拉下了自己的连帽衫。伴随着遮掩褪去，一张清秀的面容逐渐从阴影中释放出来。那是一张白净的面庞、精致的五官和一双深邃的眼睛。与人类不同的是，他的牙齿更加锋利，眸子呈白色，耳朵和西方的精灵类似，但是更大。

"这就是你想知道的答案。"说完，面具男重新掩住了自己的脸，"现在，可以把面具还给我了吧。"

叶话取下面具，推给了面具男。

"抱歉。之前还误会你是个恶妖。"叶话把手一摊，显得十分无奈。

……

时间回到白天，叶话和冬玥分别后在回去的路上遇见一对夫妇。

"和你说了多少遍，你的胃病不能沾辣。你要再这么偷跑到外面吃辣，我可不管你了。"妻子指着丈夫，不满地控诉着。

一旁的丈夫如同做了错事的孩子，一个劲地哄着妻子，同时不停地保证。

虽说是争吵，但是字里行间透出的关心，让叶话忍不住笑了起来。当目光再次扫过对方，叶话意外地发现那个男人的脸似乎在哪里见过。

叶话突然想起，面具男曾经捉弄了一个食客。原本食客只想撒些辣椒面解馋，但他却把一整罐都撒到了对方的菜里。一番犹豫后，客人终于放弃了尝试的念头，丧气地离开了。

那个离开的客人，正是刚才那位不能吃辣的男人。

在路的另一边，有一对父子正在聊天。儿子搀扶着父亲，唏嘘道："爸，你常去的那家牌馆被大火烧没了。说来奇怪，着火的那天你正准备出门，却突然摔了一跤，也算是因祸得福吧。"

叶话望着那位父亲的背影，忍不住陷入了沉思。随着儿子搀扶着父亲回到路边的家，叶话赫然发现，这里就是当时面具男推倒那个男人的地方。

……

面具男没有搭理叶话，他重新戴上了面具。起身准备离开。

"泽。"叶话接着说道，"明天早上，在你们经常聊天的地方，冬玥在等你。"

面具男听到"泽"的时候，像是经历了片刻的迟疑。然而他没有更多的表示，径直朝外面飞去。

"多亏了你的鼓励，冬玥终于做出决定，要去很远的大城市治疗她的眼睛。她想在离开之前，亲口和她最好的朋友告别。那个家伙，就是名为泽的你！"

叶话的声音很快散去，店里变得空荡荡的。望着面具男远去的背影，那场与冬玥的对话再次浮现在脑海：

"什么，你明天晚上就要走了？"

"是啊。犹豫了很久，还是想去试一试。"

……

"很想亲口把这个消息告诉泽先生，可是无法联系上他。"

……

"明天早上我会在那里等等看。那是我最常去的地方，很巧的也是我遇见泽先生最多的地方，或许可以再遇见他。"

……

/ 十一 /

我是泽，一个在人间游荡的妖怪。

从有意识的一刻起，我就是孤独的。我曾经遇见了森林里的狼妖，我问他："你能成为我的朋友吗？"

狼妖不屑地亮出了他的尖牙，他告诉我，妖怪是不会有朋友的。有些人的一生，是注定孤独的存在。

某天夜里，我点燃了一堆篝火。火焰能够照亮黑暗，而黑暗使我焦虑——哪怕我是个妖怪。与此同时，火焰也吸引来其他的生物。看上去是个人类，不过脸似乎被烧伤了，乍一看比我更像一个妖怪。

人类可以听到我的声音，但看不见我的身体。所以在我和他打招呼的时候，他似乎受到了惊吓。他很介意自己脸上的伤，起初我并不知道那意味着什么，直到熟悉之后，我才了解到这个人类所经历的不幸。

他的生母很早就去世了，继母担心他以后会分走家产，所以非常讨厌他。而他脸上的伤，也是继母所为。村民们嫌他丑陋，将他驱逐在外。四处流浪的他小小年纪就学会了坚强，但在这坚强之下，却隐藏着和我一样孤独的灵魂。

我们都希望自己可以拥有一份友情。

"那我们成为朋友吧。"我和他说。

作为见面礼，我做了一个面具送给他，帮他遮住脸上的伤。他的举动很奇怪，骂骂咧咧的同时却流着眼泪收好了面具。

后来我送他离开森林。他戴上了我送给他的面具，希望他以后能和这面具一样，开心地活下去。

我时常会想起这位朋友，他让我相信，狼妖的话是错的。这个世上没有谁是注定要孤独的。

有一天，远方的鸟儿告诉我，有一个人类声称自己有妖怪朋友，所以被当成邪物关进了大牢。我突然有一种不好的预感，在找来一些人类的衣服后，我急忙朝刑场赶过去。

"是我，害死了你……"

雨水稀释了地上的鲜血，泛红的液体汇聚在面具四周。血色的笑容像是一种讽刺，告诫着我和人类成为朋友的代价。

我带走了那张面具，面具也带走了我对于朋友的幻想。

很多很多年以后，我遇到了一个人类女孩。她总是带着笑，不需要面具就能让人看到的笑。

她喜欢画画，但一场事故让她的眼睛失明。从此她再也不能画画了，更因此失去了所有的朋友。

我突然有些同情她，就好像你什么都没做错，却什么都失去了。可这就是命运，有些人的一生，是注定孤独的存在。

很长一段时间，我都没有再见过她。有时候我会想，她大概再也笑不出来了吧。

直到有一天，我看到了在长椅上晒太阳的她。她戴着墨镜，手里握着导盲杖，脸上露出了和以前一样的笑容。

为什么还会笑呢？明明是很孤独地活着啊。那个女孩，就好像无视了命运给予的孤独，在自己的道路上一直走着。为什么会这样呢？

于是，我对她产生了好奇。我开始观察她的生活，在一次被捉弄的事件里，我帮助了她。因为我还没有找到我想要的答案，所以不希望她那么早就倒下。反正我也不过是说了一堆用来骗人的鼓励。

可她不一样，她坚信我所说的都是对的。正如她坚信这个世上没有永恒的孤独。坚信，我是她的朋友。

经历了之前的事情后，我早已不再抱有幻想。但她的出现却让我重新产生疑惑，我可以再有朋友吗？

后来，我们会经常坐在长椅上聊天。无论我讲什么，她总能带着笑容倾听。当她觉得我的想法很悲观时，就会温柔地打断我的话，安慰、鼓舞我。这种感觉让我很安心，就像在当你已经说服自己习惯黑夜，却忽然有人为你点燃了一堆篝火。

同时她也和我分享她的心情。不知从何时开始，我突然发现，她的心情居然开始影响到我的心情。

"泽先生笑的声音很好听哦。"聊天的时候，她突然对我说道。

那一瞬间，我才意识到，我居然笑了，就像第一次在树林里遇到了朋友一样。

再后来，我遇到了一个奇怪的人类。那家伙可以看到妖怪的存在，并且试图捕捉我。为了避免给女孩带来麻烦，我已经很久没有找过她了。

就在刚才，我拿回了我的面具。在我离开的时候，那个人类少年告诉了我关于她的消息。

"真好啊，冬玥，终于决定要继续前行了吗？"

十二

今天的天气依然寒冷，外面落着细小的雪花，叶话蜷缩在被子里，伸出一只手按停了手机的闹铃。

另一边，冬玥正在焦急地等待着。她坐在长椅上，手里紧紧地攥着导盲杖。她很早就来到了这里，曾经很多次，泽先生就在这里和她交谈聊天。也是在这里，他们成了朋友。

"冬玥，好久不见。"

是泽的声音，冬玥悬着的心终于落了下来。

像往常一样，他们分享着彼此的生活。当冬玥说起的时候，面具男就在一旁认真地倾听。他看着冬玥的脸，温暖的笑容像是可以照进心里的阳光，照亮了每一个拥有阴影的角落。

"冬玥，为什么你总是能带着笑？明明没有那么多开心的事情不是吗？"面具男突然问道，"明明被困在了这样的世界里，每迈出一步都会经历更多的痛苦。为什么，你还可以一直笑着，一直想要前行。"

"因为……"冬玥笑了笑，"因为泽先生曾经说过，不要一直停在那里。继续走，就会离自己讨厌的越来越远。因为讨厌孤独，我才不能停滞在那种状态里。因为讨厌流泪，所以无论何时都要提醒自己不要放弃笑容。这次决定去很远的城市治疗眼睛，也是因为我想要重新看到世界，看到泽先生。无论这一生是怎样，我都不想轻易放弃啊。"

"原来是这样啊，明白了。"面具之下，那张清秀的面孔欣慰地笑了起来。

此刻，他似乎找到了一直以来想要找到的回答。又或许他早已知道，只是此刻，他终于不再怀疑。

十三

深夜，店里迎来了最后一位客人。

面具男轻轻地掀开帘子，在叶话的面前坐了下来。

"和朋友聊天是一件很开心的事情吧。"叶话说。

面具男看了叶话一眼，失落地道："是啊。原来妖怪也可以和人类成为朋友啊。只不过从今以后，又只剩下我自己了。"

叶话摇了摇头，转身走进厨房。

随着炉灶重新燃起火焰，叶话又开始忙碌起来。

面是手工的细面，架锅烧水，在水中撒入一些盐。这样煮起来面条不容易粘连，同时让面本身带上一些味道。

面条煮熟以后捞起，置于冰水中冷激，这么做可以使面条保持口感和弹性。

紧接着在油锅七成热的时候放入鸡蛋，两面微微煎出金色即可盛出备用。用剩下的油把时蔬简单过火煸炒，倒入骨汤和肉块，盖上锅盖转中火加热。

三五分钟后，开启锅盖，带着温度的香气扑面而来。

把面沥干水分，放上煎蛋，将散发着热气的汤汁浸过面身。筷子轻戳，蛋液从煎蛋中慢慢流出，把面条染成了金黄。

"冬玥说，她最喜欢的食物就是汤面，尤其是在这种天气，会让人感到温暖。她之前拜托过我，她离开之后你又成了一个人，如果有机会遇到你，就让我给你做一碗汤面。"叶话把热气腾腾的面条摆在了面具男的面前。

"这是……"面具男拿起筷子，他把面具往上推了推，开始一口一口地吃起了面。

"身体都变得温暖了。"面具男看着碗里的面，脑海中浮现出冬玥的笑脸。

"泽先生，感到孤独和寒冷的时候，就吃一碗热腾腾的食物吧，它会带给你温暖。让你可以在疲惫的时候恢复体力，然后继续前行。"

"食物给人以温暖，而人则将温暖传给身边的人。"叶话顿了顿，"这大概就是她的目的吧，即便一个人也要努力感受生活中的温暖，更何况，如今的你已经有了朋友啊。"

"啊。"面具男放下了手里的筷子，他低了低头，泪水一滴滴地落了下来。

"谢谢你，冬玥。"

十四

冬玥乘坐的火车正飞驰在广阔的平原上，透过车窗，远方的天空已经升起一丝光亮。伴随着阳光的出现，怪异寒冷的雪期也渐渐接近尾声。

阳光下，一只乌鸦飞进了一片密林中。当它落地收起翅膀的一瞬，身体忽然化作一只浑身赤黑的鸟妖。

"艮大人，那个孩子好像丝毫没有察觉发生在自己身上的变化呢。"乌鸦对着密林深处说道。

"哼。"密林回应道，"我都有些等不及了。"

"还是艮大人厉害。"乌鸦笑道，"能够想出那么厉害的办法。不过娓那个妖怪也真的太蠢了，难不成认为艮大人会无缘无故地帮助她离开大山？只不过是想借她之手，让叶话吃下种下诅咒的苹果。这样叶话那双能看见妖怪的眼睛就彻底失效了。"

"嘘。"密林发出一阵幽笑，"你的话真的太多了。"

随着一声惨叫，一支黑色的长枪犹如一发脱膛的子弹，从密林尽头飞出，直直地射穿了乌鸦的心脏。

"叶天，你看着吧。你们驱妖一族引以为豪的阴阳眼，还有你的儿子，我全都要毁掉。"

攸的白玉卷

／ 一 ／

"我说，"深夜的饭店，喝得兴起的花妖对着正在打包食物的叶话说道，"你对妖怪的态度和以前不太一样了呢。"

"是吗？"叶话停下手里的动作，愣道，"可能最近遇到的都是一些善良的妖怪。"

"还有一些善良的人类。"花妖笑道，"但不管怎么说，看到你和妖怪的关系越来越健康，你父亲知道的话一定也很欣慰吧。"

"他吗？"叶话不明白其中的意思，疑惑道："听上去你好像和他很熟的样子。"

"没有啦，喝多的妖怪话都比较多，哈哈哈哈。"花妖醉醺醺地摸着头，转身就要离开。

月光下，叶话提着一份食物，推着单车走在回家的路上。

一些游荡的妖怪聚集在路的两边，借着路灯，妖怪们看到了迎面走来的叶话，纷纷迎了上去。

"这是今天店里多出的食物。"叶话走到妖怪中间，他蹲下身子，把饭盒从袋子里取出，整齐地摆放在一旁。当盖子打开，食物的香气引得妖怪们纷纷流下口水。

"很普通的食物嘛。"妖群里传来了一声失望的叹息。

那是一个陌生的妖怪，他的下半身是一股白色的烟雾，上身则是中年男人的模样。肤黑发短，面稍宽且无须，下巴上有一颗红色的痣，一双细长的眼睛在食物之间不停地来回扫视。

"你这家伙，真是太没礼貌了！"一旁的妖怪们气愤地围了上去。

"没关系。"叶话急忙劝阻，"其实说得也没错。确实是一些很普通的食物……"

"味道也没有什么特别的，这个菜的盐多放了几克。"说话间，那个陌生妖怪已经开始吃了起来。

"你这家伙，居然对叶话大人如此失礼！他可是被人类和妖怪都称赞的厨师呢！"妖怪们见叶话被冒犯，愤怒地抓住了对方，"不向叶话大人道歉的话，我们不会放过你的！"

"大家住手吧。"叶话觉得是自己引起了这场矛盾，不免感到有些自责，"是我做得还不够好，抱歉。"

妖怪们心有不甘，但看到叶话依然坚持，这才缓缓松手。叶话又转过头，对着陌生妖怪说道："大叔，看到您刚才评价的样子非常专业，您也是一位厨师吗？"

"别开玩笑了！"对方突然大吼道，脸上带着被冒犯的愤怒。

"我才不是什么厨师！"陌生妖怪瞪了叶话一眼，他猛地推开四周的妖怪，飞速地消失在大家的视野中。

叶话愣在原地，眼中生出一丝困惑。

二

第二天深夜，店里迎来了一个特别的客人。

来人是一个妖怪，双手插在宽松的袖袍中，谦卑地候在门外。他的身高和叶话相近，下半身是一缕白烟，上身是人形——却又与人类不同。他的皮肤像是上等的白玉，黑色的长发朝两边均匀地散开。洁白的脸上没有五官，只有四颗金色的圆瞳呈菱形散布在脸盘中央。在月光的照耀下，他的身体似乎正闪烁着微弱的荧光。

"真是抱歉，之前对您说了那么过分的话。"叶话的耳边忽然响起低沉的男声。

他看着对面的妖怪，那妖怪也看着他。叶话突然意识到，刚才听到的声音正是来自眼前的妖怪。

"您是……昨天的妖怪大叔？"叶话看着那缕熟悉的烟雾，小心翼翼地猜测着。

"没错。"妖怪点了点头，"正是在下，但是，却又不是在下。"

叶话皱了皱眉，眼中露出困惑。

"抱歉。"妖怪解释道，"这一切要从我最初遇到他时说起……"

"我叫攸，是行走在人间的妖怪。同时，我也是专门帮助幽魂们实现愿望的妖怪。

"当人类死亡时，他们的灵魂便会升天。可是，有些人因为有着太过强烈的执念，即便死去也无法释怀，从而导致一部分灵魂留在了人间。我寻找这样的灵魂，并让它们寄生到我的身上，借助我的身体在人间继续游走，直到执念消散。

"我们共用一个身体。当寄生的灵魂清醒时，我就会沉沉睡去；当我清醒时，它们就会睡去。事实上，绝大多数时间里我都处于沉睡状态。

"那个家伙就是寄生在我身上的灵魂。昨天你所看到的'我'，其实就是他。今天我难得清醒，就从妖怪的口中听到了昨天发生的事情。

"他很快就要醒了，所以我便趁着自己清醒来向你道歉。"攸朝着叶话微微鞠躬道。

"原来是这样。"叶话忽然笑了起来，"没关系的。身为厨师，食客的评价，对我来说也是异常重要的声音。"

"厨师吗？"攸发出了一阵笑声，"真是一个有趣的职业。"

说完，攸与叶话告别。

/ 三 /

饭店里每天都会迎来不同的食客，有些是捧场已久的老主顾，而有些则是第一次来到这里的新食客。

一个年轻人对着店里简单的菜单思索了许久，他怯怯地看向叶话，忍不住问道："老板，你这里有白玉卷吗？"

叶话抬头看了对方一眼，对于一家小饭店来说，食客一般都以店里的菜单为主。所谓的白玉卷又叫翡翠白玉卷，是一种用白菜叶卷着肉馅的食物。其口感细腻，是一道卖相和味道都不错的菜品。

"白玉卷吗？"叶话犹豫了片刻，他看了看现有的食材，倒也能做出来，因此便应了下来。

年轻人见自己的要求被满足，脸上露出欣慰的笑容。

不久，叶话端出了一盘颜色鲜艳的食物。白玉卷被整齐地摆放在一起，丰富的肉馅在晶莹的菜叶下若隐若现。年轻人迫不及待地夹起一份，他咬开了一个口子，香气瞬间便冲破了菜叶的束缚，卷着肉汁一同滑进了口腔，肉馅的鲜美混合着菜叶的清香，美味之余也不觉油腻。

叶话在一旁观察着对方的表情，那些微小的变化意味着食物在食客心目中的位置。他看到年轻人脸上带着满意的笑，但笑容又很快变成失落。

"味道有什么问题吗？"叶话察觉到异样。

"不，没有那种事。"年轻人激动地摆着手，"老板的手艺很棒。只是和我习惯的味道有些不同。"

"原来是这样。"叶话在心底松了口气，"的确，每个人的口味或多或少都会有差异。"

年轻人点了点头，轻叹道："白玉卷是我爸爸最拿手的菜，也是我和妈妈最喜欢的菜。可惜他们已经去世了，我再也没办法尝到那种味道了。"

"那真可惜。"叶话想了想，安慰道，"如果你知道做法，我可以帮你做出来。"

"真的吗？"年轻人惊讶地望着叶话，"真的可以吗？"

叶话点了点头，作为厨师，他对自己有足够的信心。

"那真是太好了。"年轻人激动之余又有些犹豫，"我不确定自己能够说清楚……"

"没问题的。"叶话指了指厨房，"有时间的话就教给我吧。"

"嗯。"年轻人吞吞吐吐道，"好……好的，如果……真的可以的话。"

／ 四 ／

之后，那个年轻人常来叶话店里吃饭，彼此之间也开始熟悉起来。

年轻人叫陆平，二十五岁，是附近一家公司的职员。在和他的交流中，叶话可以感觉到他对烹饪有着极高的热情。但是他似乎很少做饭，每次都是在外面解决。

又结束了一天的工作，陆平来到了叶话的店里。他看上去有些疲惫，脸上毫无生气。

"叶话，你喜欢现在的工作吗？"陆平解开了衣领的纽扣，让自己稍微放松。

"嗯。"叶话应道，"成为厨师，是我从小的梦想。"

"从小的梦想……"陆平喃喃道，"那你的父亲呢，他支持吗？"

"他吗？好像一直都挺支持的。"叶话回忆道，"而且这家店也是因为他的资助，才能够顺利地开起来。"

"原来是这样。"陆平笑了笑，"真是让人羡慕。"

几天后，叶话迎来了本月的休息日。他拎着刚买来的食材，慢悠悠地走在街上。

某栋办公楼下，一个年轻人正在被上司痛骂。叶话看见那是陆平，不由得为他感到担心，同时他还发现在街的对面，还有一个妖怪也在注视着这一切。

"那是……"叶话看见那妖怪的脸，忽然想起了一个名字，攸——大叔模样的攸。

攸也发现了叶话，于是选择了离开。

另一边，随着上司的离去，落寞的陆平独自蹲在路口。叶话见此，便走上前打招呼。

"叶话？！"陆平惊讶地看着叶话，他难为情地低下头，神情失落，"你一定觉得我很丢脸吧。"

"你在瞎说什么。"叶话拍了拍陆平的肩膀，安慰道，"工作而已，总会有不顺心的时候，不要灰心。"

正说着，两人的肚子不约而同地响了起来。叶话尴尬地笑了笑，他看了看不远处的一家面馆，说道："先吃点东西吧。"

陆平摸了摸空空的肚子，犹豫着点了点头。

面馆里，他们面对面地坐了下来，在等面的间隙，陆平向叶话说出了自己的不满。

"这个工作，我已经做不下去了。每天对着一大堆的文件加班到半夜，再这样下去我的梦想永远都无法实现了！"说着，陆平的双手已经紧紧地握成了拳头。

"那你想做什么？"叶话问道。

"厨师。"沉默了一会儿，陆平从嘴里吐出了这两个字，"我想像你一样，成为一个优秀的厨师！"

"厨师？"叶话喝了一口水，他放下杯子，脸上露出笑容，"如果你认定了这就是你想做的事情，那就努力去做吧。"

"我也想……我也想的，但是……但是……"陆平的声音又低了下去，他咬着牙，眼中透着满满的不甘心，就连拳头也握得更紧了。

"我……永远都没办法成为厨师……"

叶话看到，眼泪顺着陆平的眼角，一滴滴地落下来。

五

面已经端了上来，可叶话和陆平却迟迟没有下筷。

"怎么会这样？"叶话问道。

陆平没有回答，只是摇了摇头。

"听上去很不可思议。"叶话忍不住说道。

"是啊，谁会相信，会有被诅咒成永远无法成为厨师的人呢？"陆平苦笑着。

叶话没有回答。在他的世界里，发生过太多寻常人觉得不可思议的事情。他细细地回想着陆平刚才说的话，想要从中破解些什么。

"每当我走进厨房，想要自己做菜，奇怪的事情就会接连发生。如果点火，没过多久火就灭了，开关似乎永远都会被按灭；等到切菜，刀刃就莫名其妙地卷曲，变得无法使用；哪怕是刚买回来的食材，只要我有一点想要烹饪的念头，那些食材就会被破坏得无法食用。"

陆平的语气里透着绝望："即便是这样，我也不想就这么放弃呀。"

叶话默默地吃着面，脑袋里似乎在想着什么。

几天后，叶话找到了陆平。

"做一次菜给我看看吧。"叶话对陆平说，"不亲手做做看的话，可是永远也实现不了梦想的。"

"可是我……"陆平的担忧已经写在了脸上。他的内心充满着向往，可诅咒又让他有所惧怕。

叶话拿出一张字条，递给了陆平。

"上面有我家的地址，如果可以的话，就过来吧。我会帮你把食材和厨具准备好的。"

说完，叶话挥挥手，转身说道："让我看看，你想成为一个厨师的决心到底有多强。"

像是坚信陆平一定会来一样，叶话已经提前布置好了一切。那是他家的院子，临时的灶台已经备好，各种厨具食材也都一应俱全。

"你好，请问有人在吗？"陆平轻轻地敲着叶话家的门，即便内心陷入过纠结，但他终究还是来了。

"叶话在家吗？"陆平一边敲着门，一边注视着院子里的厨具，那似乎是叶话早已准备好的。院子足够大，在离他不远的地方还长着一棵高大茂密的树木，然而放眼望去，最应该出现的叶话却不见人影。

没敲几下，门便自己开了。一个笑容可掬的女人从里面走了出来，一副要出门的样子。

"陆平是吗？"女人温柔道，"我是叶话的妈妈。"

"阿姨好。"陆平紧张地点了点头，"是叶话让我今天来这里的……"

叶母笑了笑："他和我说过了，有一个很想成为厨师的朋友。这里的东西请随便用吧。叶话他临时有事出去了，有一会儿才能回来。他说希望回来的时候，可以看到你做的菜。"

交代几句后，叶母便走了。陆平看着空荡荡的院子，一时间竟然有些不知所措。

陆平深吸了一口气，他来到桌案前，看着桌案上摆放整齐的厨具以及食材，这些只有在梦里才会出现的场景此刻却真实地发生在眼前。陆平的心狂跳不已，成为厨师的愿望似乎将要成真。想到这里，他握着刀柄的手竟然兴奋地开始发抖。

洗净洋葱，取刀。

刀尖抵着洋葱的表皮，在片刻的犹豫后，刀刃终于重重地穿过了洋葱。辛辣的味道不断地刺激着陆平的嗅觉，那一刻，他的眼角忽然隐隐泛酸。

与此同时，刀刃并没有变卷，一旁燃气灶的火焰也燃得正旺——诅咒并没有发生。"这……究竟是怎么回事？"

当那些习以为常的怪异现象突然消失时，陆平的心头竟然产生了一丝恐惧。

六

忽然，一个巨大的人影直直地从树冠中掉落。待那影子站起身来，陆平惊讶地发现，从树上掉落的正是叶话。

"你怎么在树上？"陆平惊道。

叶话拍了拍身上的树叶，呆笑道："我看树上有个鸟窝快要掉下来了，就帮着加固了一下。"

陆平没有继续追问，回过神的他开始介绍起自己做好的菜。叶话拿起筷子尝了一口，点头道："还不错。不过火稍微大了些。"

陆平也尝了一口，果然如叶话所说。

"看来想要达到老爸的水准，还差得远呢。"陆平挠了挠头，难为情地笑道。

说到这里，陆平突然想起了什么。他收起笑容，紧张地看着叶话，缓缓道："诅咒……那个诅咒，居然没有出现！"

叶话笑了笑，安慰着紧张的陆平。

"说不定是你的决心太强，连诅咒也被感动了。"

陆平的眉梢紧锁，他凝视着自己的手掌，显得有些迷茫。

"好了，不要想那么多了。"叶话拍了拍陆平的肩膀，将他从沉思中拉出，"既然可以下厨，也就意味着你可以成为一名厨师。"

"是这样吗？"陆平的嘴角扬起一丝微笑，原本紧张的情绪也渐渐放松。

"谢谢你，叶话。"

送走陆平之后，叶话回到了自己的房间。他躺在床上，呆呆地望着天花板，脑海里如电影般重演着刚才发生的一切。

"是妖怪吧。"

小面馆里，当陆平说出那个奇怪的诅咒时，叶话的第一反应就是他遇到了妖怪。

这让叶话开始为他感到担心，为了验证这一猜测，叶话特意设计了这场测验。而他则早早地躲在树冠里，暗中观察事情的经过。

陆平如约而至，透过树叶的缝隙，叶话发现，在陆平的身旁紧跟着一个妖怪，那是大叔模样的攸。

当陆平准备拿起刀时，攸突然抬起了自己的手。喷涌的白烟迅速从宽大的袖袍中飘了出去。白烟很快缠住了菜刀，强大的力量让刀身开始颤抖，刀刃也似乎有了变形的倾向。

就在同一瞬间，叶话也念出了咒语。无数条绿光从树冠中射了出来，光带像是蜿蜒的灵蛇，循着白烟的位置飞去。

攸吃了一惊，急忙收手，白烟也顿时散去。他凝视着那片树冠，细长的眼睛里透着愤怒和不甘。

攸愤怒地挥舞起袖子，空气立即被激起一团白雾。当白雾散开时，攸也不见了。最终，没有妖怪的打扰，陆平终于顺利完成了自己的菜品。

"为什么会找上陆平呢？"叶话百思不得其解，更让他想不通的是，攸似乎没有要真正伤害他的意思。

看来这一切，只有找到攸才会知道答案。

几天后，陆平兴冲冲地来到店里，照例点了一份白玉卷。他的手上拿着一份报纸，报纸上印有一个大大的标题。叶话瞟了一眼，看到了"厨神大赛"几个字。

"怎么，打算参加这个吗？"叶话笑着问道。

陆平害羞地将报纸收了起来，低头吃着盘子里的白玉卷。

"只是突然看到了而已。"陆平低声道，"爸爸他曾经参加过其中的一届。"

叶话点了点头："这是本地最大的厨艺比赛了，听说已经举办了十多届。任何优秀的厨师都会在这场比赛中证明自己。"

"那叶话你想去吗？"陆平突然问道。

"我吗？"叶话愣了一下，他想了想，目光从店里的食客身上缓缓扫过。

"对我来说，烹饪可不是为了和人一较高下。"叶话笑了笑，"而且那样的话这家店可能就要暂时休息了，来往的食客都是我的评审，能够做出让他们满意的食物对我来说就是最好的证明了。"

陆平听着叶话的回答，不由得握紧了手里的报纸。

"对你来说，可能只是一场比赛而已，可对我而言，这可是证明自己是一个厨师的舞台啊。像爸爸一样，成为一个优秀的厨师！"

叶话若有所思地看着陆平，他抽出报纸，仔细地看了起来。

"那就去报名吧。"叶话合上报纸，低声道，"如果是因为诅咒影响了你的决定，那上一次不是已经证明你可以拿起厨具了吗？"

"可是……"陆平放下了筷子，语气变得激动，"就算没有诅咒，现在的我恐怕连选拔赛都无法通过。上次，或许只是一个意外，诅咒还是一直存在的！"

"你到底在害怕什么？"叶话把报纸扔在陆平面前，"哪怕是因为技术不够被淘汰，也没什么好丢脸的。至少从你下定决心去参赛的一刻，你就已经把自己当成一个厨师了。"

"至于诅咒的问题。"叶话顿了顿，"既然你还不放心，那我们就再确定一次好了。"

"再确认一次？"陆平睁大眼睛，不解地望着叶话。

"既然比赛对你那么重要，就一定要用最好的状态去面对，所以多加练习是必须的。而且，我也想弄清楚，你所说的诅咒到底是怎么一回事。"

想起上次的经过，叶话的好奇心再次涌了上来。

"这一次，我不会让他逃掉了。"

七

"叶话这个家伙，今天歇业怎么这么早。"

花妖站在紧闭的店门前，疑惑地挠了挠头。此刻天才刚刚黑，叶话平时不会这样，更奇怪的是，空气中似乎有一丝奇怪的味道。

随着花妖的脚步声渐渐远去，叶话的脚步也开始忙了起来。他的手里抓着一块碎布，顺着其他妖怪的指引，正在朝着某个方向跑去。

那是上次攸逃走时遗留下来的碎布，凭借着嗅觉灵敏的妖怪的指引,叶话来到了一片长长的巷子前。巷子的一侧有灯,但灯光格外微弱,从巷口往里看去,灯光的背后,是一片深不可测的黑暗。

"该死的人类,一次又一次地破坏我的计划。"寂静的长巷里,开始回荡起愤怒的低吼声。

叶话警觉地握住了项链,此时他已经走进长巷,四周压抑的气息让他做好了随时战斗的准备。

"你说我破坏了你的计划,你的计划到底是什么?"叶话大喊道,"身为妖怪,为什么一定要折磨一个想要实现梦想的年轻人?!"

"住口!"攸呵斥道,"你明明什么都不了知道,却装作一副热心肠的模样。我是不会让他成为厨师的。那个家伙就不是这方面的天才,没必要再经历他那没用的父亲所经历的痛苦。"

呐喊声顺着长长的巷子,像是回音一般一点点消失。

"你可没有资格否定别人的道路!"叶话的拳头已经咯咯作响,攸的话让他倍感愤怒,"我不允许你这么侮辱他的父亲,陆平他,可是对自己的父亲充满了钦佩啊。"

巷子里的灯光开始闪烁不定,似乎随时都会熄灭。一个高大的身影从黑暗中缓缓走了出来,叶话定睛看去,那正是他要找的攸。

此刻的攸终于露出了妖怪凶狠的一面,白色烟雾像是蜘蛛的腿,从背部两侧向外生出,将他高高地托举在半空中。这种高度差产生了一种奇怪的压制感,像是猎捕者在俯视自己的猎物。尤其是从两只袖口中生出的白烟,像极了螳螂的前臂,锋利且充满杀意。

"我不能再让你去打扰他了。"攸冷冷地瞟向叶话,接着一跃而起,高举着异化的如同巨镰的前臂朝叶话劈去。

叶话飞快地取出项链,伴随着熟悉的咒语声,幽绿色的光芒从掌心间喷射开来。光带迅速地交织集结在一起,化成一只强壮的手臂,生生挡下了攸的进攻。

强大的能量在长巷中激荡开来,原本微弱暗淡的路灯突然爆发出刺眼的亮光，将四周照射得如同白天。但也仅仅是一瞬，在一声声刺耳的爆裂声中，巷子里所有的灯光都熄灭了，四周又重新回归黑暗。

天明时分，叶话独自走出了长巷。激烈的战斗使他浑身疼痛，尤其是自己的眼睛，好像一使用强大的力量就会隐隐作痛。更糟糕的是，虽然他赢下了这场战斗，但攸却逃走了。

另一边，攸虽然逃了出来，却也受了重伤。叶话显然比他想象的要强，这更加激发了他复仇的念头，但当务之急是要找到一个安全的地方。

四周是一片茂密的树林，人们称呼这里为妖怪之森。攸不知道自己走了多久，疲惫的身体已经开始支撑不住，终于倒了下去。

眼前的景象开始变得模糊，天空和白云似乎也都离自己远去。攸仿佛听到了有人在呼唤自己。他顺着声音跑去，看到了一个美丽的姑娘正在等着他，那是他年轻时的妻子。妻子的手里还牵着年幼的儿子，母子俩笑着和攸挥手。

攸想要追上去，但他无论飞得多块，都无法接近妻子，反而与他们的距离变得更远了。攸焦急地喊着，四周却逐渐变白，像是升起的浓雾。终于，攸的记忆连同他的妻子，全都消失在白色的浓雾之中。

八

"我叫不凡，我的梦想是成为一名优秀的厨师。"

当瘦小的不凡说出这番话时，周围的人都笑了起来。

这是一家普通的饭店，孤儿出身的不凡被老板收养留作小工。他原本是想成为厨师，但老板断定他没有做菜的天赋，只让他做些打杂的事情。

　　静是老板的女儿，母亲因病早逝，她从小就和不凡一起玩耍，每次不凡说起他的梦想，静都听得格外认真。

　　二人彼此喜欢对方，这让不凡更加坚定了自己的梦想——成为一个优秀的厨师，以及让静过得幸福。

　　但事与愿违，几年后，静的父亲给她安排了一场相亲，对方家境雄厚，财气十足。

　　静为此和父亲陷入了争吵，店里的人都不理解，不凡那个家伙能给静什么。他根本没有天赋，也没有人认为他能成为一名优秀的厨师。

　　争吵并没有持续太久，几天后，静拖着行李箱，出现在不凡家的楼下。

　　"我们离开这里吧。"静看着不凡，白皙的脸上露出了笑容。

　　不凡眼眶有些泛红，他犹豫道："可我们要去哪里好呢……"

　　静忽然抓紧了不凡的手。她笑着说道："去哪里都好，我会陪着你。"

　　于是，不凡和静离开了故乡，在一个陌生的城市生活下来。不久后，他们举办了简单的婚礼，也有了自己的孩子。为了维持生计，不凡不得不同时做很多份工作，这也限制了他对于工作的选择。

　　他唯一能做菜的机会，就是忙碌过后，为家人做上一顿美食。他们最喜欢自己做的白玉卷，看着妻子和孩子吃得一脸幸福，成为优秀厨师的念头便又不断地被想起。

　　这一切都被静看在眼里。当不凡终于鼓起勇气，告诉她自己想要辞掉工作，去参加一期专业的厨艺学习班时，静不仅没有意外，反而拿出家里不多的积蓄充当学费支持他。

　　"年龄已经不小了，却还是不肯死心……抱歉。"不凡看着渐渐变老的静，心中充满了愧疚。

　　"你在胡说些什么。"静忽然咳嗽起来，表情也变得严肃。她抱住了自责的丈夫，"从我认识你开始，就知道这是你的梦想。从你认识我开始，也应该知道你的梦想也是我的梦想。"

不凡颤抖着拿过钱，红着眼点点头。培训是在外地的一所厨师学校，那里格外严格，在这为期一个月的封闭式培训里，不凡成了其中最努力的学员。

每当不凡闭上眼睛，眼前就会浮现起静的笑脸。或许他并没有什么天赋，但他也在坚持等候着一个机会，一个实现自己梦想，同时给家人带去幸福的机会。

九

第一届"厨神大赛"。

这是一个由众多知名组织机构举办的大型线下厨艺比赛，不仅网罗了许多优秀的厨师，而且每一个环节都有专业的评委进行点评。如果成为第一名，不仅象征着在当地厨师界的身份，还能获得巨额的奖金。

街道一角，不凡盯着墙上"厨神大赛"的宣传海报，眼神里满是向往，像是孩子见到了梦寐以求的玩具。他不知道自己在这里驻足了多久，但海报上的每一个字似乎都有着强大的魔力，吸引着他，让他无法离开。

"去报名吧。"静指了指海报，"会是一次非常重要的机会吧。"

"嗯。"不凡点了点头，可他有些紧张。

"去吧。"静笑着说道，"你可是我们心里的厨神，你不在的时候孩子一直吵着要吃爸爸做的白玉卷呢。"

不凡也被逗笑了，他忽然想到，在孩子的心里，自己已经是一个优秀的厨师了。只是对他来说，只有家人的肯定是不够的。为此，不凡下定决心，准备向厨神大赛发起挑战。

比赛在市里举行，进入预选的选手都要提前半个月去往市里，不凡也在其中。

静每天都会和不凡打电话，询问彼此的状态。面对孩子关于爸爸在哪儿的疑问，静总是开心地回道："爸爸他，正在为了自己的梦想而努力。你长大了也要像爸爸一样哦。"

孩子点了点头，满脸的自豪与兴奋。

不凡顺利通过了初赛与半决赛，几天后他将迎来决赛。听说决赛会有电视直播，冠军也将在众人的注视下，从进入决赛的五人中产生。

这五人几乎都是有名的大厨，还有一个被称为天才的少年。但不凡并不担心，这些年来的努力给予了他自信，一路赢上来的胜利感让他对此深信不疑。哪怕很多人都说他没有天赋，但接下来，他会让所有人知道，哪怕没有天赋，自己也可以实现梦想。

比赛当天，静和孩子满怀期待地守候在电视机前，共同期待厨神的诞生。

赛场上，那位天才少年被安排在不凡的对面。少年染着金色的头发，神态轻松而又自信。传闻他曾前往国外进修，无论是中餐还是西餐他都掌握得游刃有余。在比赛开始前，他就对采访的主持人说过，今天他将轻而易举地拿下这场胜利。

少年的操作行云流水，刀具在他的手里仿佛变成拥有灵魂的舞者。在观众们的尖叫与赞叹声中，一道美味的西式烤肉在少年的手里产生。而此刻其余的选手还在紧张地进行烹饪。

当比赛的时间结束，评审们开始细细地品尝选手们的菜品。所有人都屏住了呼吸，生怕自己没能听清冠军的名字。

"冠军是，天才少年！"

不凡不敢相信这一切是真的，自己的努力仿佛成了一个笑话。他激动地冲上评审台，抓起一片烤肉塞进了嘴里。这一刻，不凡终于清醒地意识到自己和对方的差距，他知道，自己输了。

"听说你就是那个想要证明没有天赋也能实现梦想的厨师？"少年看着不凡惊诧的脸，笑道："来到这里的每一个选手，都梦想着成为最优秀的厨师。但只有像我这种具备天赋的人，才能实现自己的梦想。而你们，不过是在浪费自己的人生而已。"

冰冷的话音像是一记耳光，狠狠地打在了不凡的脸上。他想起了临行前妻子的脸，还有等待父亲捧回厨神奖杯的孩子。这一刻，他的坚持碎掉了，心里那条通向梦想的前行之路也就此断了。

没有天赋的人或许不应如此执着地追寻梦想，那东西给人以假象，让自己成了一个骗子。他骗了自己，也骗了静的信任和期待，最终将它们通通打碎。

不凡难受极了。他不知道要怎么面对静，要怎么和她说起，这一切都是一场只有她还在相信的闹剧。

接下来的日子里，静的身体变得越来越差。不凡从儿子那里得知，原来他在外地培训期间，静就突然晕倒过一次。这些年来都没有联系过的岳父也在得知情况后，迅速赶到了这里。

"终究还是来了。"静的父亲涨红了眼睛，看着憔悴的女儿。

"这是一种难以治愈的遗传疾病，你的母亲就是因此才病逝的。"父亲抓紧女儿的手，流泪道，"我不希望你和他在一起，就是担心如果你也生病了，他根本承担不了高昂的治疗费用。"

静咳嗽了几声，泛白的脸上露出了浅浅的笑。

"爸，不要告诉他。我不想让他为我担心。"

父亲看着苍白女儿的脸，含泪答应了她。

"你这个笨蛋，为了他的梦想你付出了那么多，可他都为你做了什么！"

静温柔地看着一旁的儿子，笑道："他已经做得很好了。"

来到医院，不凡低着头，他没有勇气去看妻子的眼睛。

"爸爸，爸爸。"孩子抓住父亲的手，焦急道，"妈妈什么时候才可以看到你实现梦想啊。"

眼泪从不凡的眼角滑落，他沉默着，似乎正在抉择什么，就连身体也跟着颤抖。

"我……再也……再也不会说出那种蠢话了。"不凡哽咽道，"梦想那种东西，根本就不是我这种人能够去追寻的！"

"你……"

静躺在病床上，病痛让她无法开口。看着一旁痛哭的不凡，静也跟着难过起来。

之后的日子里，不凡再也没有提起关于厨师的事情。他找了份新的工作，也再也没有做过饭。甚至对于对做饭有着极大兴趣的儿子，也被他严令禁止接触任何厨具。

静终究还是走了。

静的死彻底击垮了不凡，他不断地质问自己，如果不是没有天赋的他执意要追求梦想，或许他就能更多地关注自己所爱的人。身为丈夫，不仅没能第一时间发现妻子身上发生的变化，也做不到在她痛苦的时候陪伴在她身边。这样的自己，不过是被梦想欺骗的浑蛋。

连同一起被厌恶的，还有烹饪这件事。尤其是在得知儿子的梦想也是成为一名优秀的厨师后，那种痛苦和担忧又一次刺痛着他。他自责自己影响到了孩子，而且这孩子并没有展现出任何烹饪上的天赋，如果执着地想要坚持，他很有可能会变成下一个自己。为了杜绝这种悲剧的发生，不凡严令禁止自己的孩子走进厨房，甚至不让他有一丝接触到这个领域的机会，直到自己死去。

……

一团不知从何而来的黑气出现在攸的面前，他打量着虚弱的攸，嘴角发出了一声诡异的冷笑。

"使用的力量越多，越能加速诅咒的生效。可怜的妖怪啊，让我来帮助你打败叶家的驱妖人吧。"

说完，黑气飞快地钻进了攸的衣袖，原本虚弱的攸突然发出一阵痛苦的怒吼，一股强大的力量从身体四周喷涌开来。他的眼睛开始发出红色的凶光，原本白色的烟雾也变成夹杂着电流的黑气。攸重新站了起来，一股复仇的念头油然而生。

"我绝不会让他再经历同样的痛苦的。"

十

随着厨神比赛报名截止的时间将近，叶话也开始了对陆平的第二次检验。

时间定在午后，地点和上次相同。陆平需要独立完成五道菜品，叶话则在一旁全程观察。

切菜、调料、翻炒，陆平专注地完成每一步操作。看着不同的食材在火焰的加工下变成一道美味的食物，他的斗志也跟着沸腾了起来。

完成了。

陆平将菜品摆放整齐，等待叶话的点评。他似乎已经提前感受到了比赛的紧张，当叶话的筷子高高举起时，他不由自主地闭上了眼睛。

"砰！"

叶话的手定在半空，脸上闪过一丝诧异，此刻眼前盛装菜品的盘子全都裂成碎片，盘子里的食物也顺着桌角落到了地上。

"这是……"

听到响声的陆平猛地睁开了眼。眼前的景象让他错愕不已，那种一度以为已经消失的无力感再次涌上心头。

"是诅咒。"陆平的声音变得颤抖，他绝望地低下了头，言语中尽显失落。

"等等！事情不是你想的那样。"叶话喊道。

忽然，桌子上的厨具发出了震动。那些金属制成的厨具以可见的速度逐渐变形，扭曲。余下的食材也在瞬间变成碎片。最后竟然连锅具也在砰的一声中，裂成了几瓣。

"又来了！"陆平失控般地大叫道。那种诡异的恐惧感压制了他的理性，此刻能感受到的只有绝望。

他缓缓举起双手，对着掌心出神。不久前，他就是用这双手完成了十几年来的第一次烹饪。那一刻他真的以为诅咒消失了，自己的梦想已经被自己牢牢抓在手里，一切都只是时间的问题。

"果然，诅咒真的存在。"一滴热泪忽地落在了掌心处。陆平猛地抬头，一双眼睛已经被眼泪涨得通红。

"可为什么会是我！还是说，像我这样普通的人，根本就没有实现梦想的资格吧！"

陆平的手渐渐垂了下来，声音变得冰冷。

"或许，爸爸是对的。"

"这样的你怎么能够登上厨神大赛的擂台！"叶话大喊道。他抓住陆平的肩膀，想要让他打起精神。然而陆平却像失去了灵魂的躯体，任凭叶话怎么鼓舞，都无动于衷。

"你这家伙，不可原谅！"叶话猛地看向身后，眼里带着无尽的愤怒。

不远处，攸抬起了一只手，几根黑线迅速地缩回袖口。就在刚才，正是那些飞出的黑线如同出膛的子弹，将那些餐具轻松击穿。

冷笑。攸的脸上露出了诡异的冷笑。

一转眼，几支黑色长枪从攸的袖口中飞出。那长枪以极快的速度冲向空中，朝着叶话刺去。

恍惚中，叶话感到肩膀传来一阵痛楚。枪刃划破了他的肩膀，红色的血液顺着伤口缓缓流下。

"陆平，你听我说。那根本不是什么诅咒，而是……"

这时长枪又飞了过来，叶话不得不全心应战。他挡在陆平的前面，嘴里飞快地念起了咒语，不一会儿，项链里生出了几条宽阔的绿色光带。那光带飘浮在空中，像是海里的水草，将攸的长枪全都卷住。

此时陆平瘫坐在草地上，仿佛和叶话不在一个空间。一滴飞溅的血花落在了眼前的绿草上，猩红的血色渗进了草地，也穿过了陆平的世界。陆平被这红色刺得发痛，他猛地回过神，发现叶话身上不知何时多了几处伤口！他惊慌地看向四周，只看见叶话十分吃力，似乎在和什么对抗，可眼前却什么也没有。

"你受伤了！"陆平站起身来，担心地叫道，"究竟是怎么回事！你为什么会受伤！"

"不要过来！"叶话吃力地道，"是……是妖怪。"

此刻，两股强大的力量交织在一起。像是正在角力的战士，谁也不敢有一丝松懈。然而令叶话诧异的是，自己的攻击正在渐渐被对方压制。席卷而来的黑气正在一点点吞食他的绿带，叶话不得不更加专注精神，以召唤出更强的力量。但这却消耗了他更多的精力，眼睛又开始刺痛起来。叶话渐渐发现，攸的力量要比之前强大许多。黑色的气体正在逐渐吞噬他的力量，这迫使他不得不更加专注精神，以发挥更强的力量。可这也让他的体力消耗巨大，眼睛也变得刺痛。

"为什么会突然变得这么强？"叶话有种不好的预感，眼前的攸似乎成了另外一个妖怪，而他也开始渐渐招架不住对方的攻势。

"妖……妖怪？"陆平愣在原地，脸上带着茫然和不解。

"你听我说，那个家伙已经留意你很久了。从始至终，那些诅咒全都是他在捣鬼，因为他不想让你成为厨师。"

更多的黑气从攸的袖口中飘出，不断累积后汇聚成一片黑色的云。

叶话的手止不住颤抖，巨大的压力驱使他不断后退。忽然，黑云中射出一道蓝色的闪电，直直地击中了毫无防备的叶话。

巨大的痛楚袭遍全身，叶话止不住发出痛苦的惨叫，仿佛内脏都跟着翻滚起来。

"叶家的后人就只有这么一点本事吗？"攸嘲笑道。

"咳咳。"一团鲜血从叶话口中咳出，他努力地保持平衡，重新挡在了陆平面前。

攸没有给叶话喘息的机会，黑云中又接连射出几道闪电，每一道都卷着杀意，朝叶话袭去。

"已经躲不了啊。"叶话看着那几道蓝色的闪电，眼中升起一丝绝望。

砰！砰！砰！

空气中接连传来爆炸声，当爆炸的烟雾散去，叶话的身子依然屹立着。

叶话睁开眼，发现四周出现了一个巨大的红色能力罩，刚才的攻击全都被他所挡住。更奇怪的是，自己的身前站着一个他从没想到会出现的人。

"怎么会是你？"叶话惊讶道，"刘枫洋！"

"现在可不是聊天的时候啊。"刘枫洋回头看了看叶话，脸上露出自信的笑容，"先活下来再说吧。"

"总算找到你了。"刘枫洋回头看向攸，笑容逐渐兴奋。

"叶话，你还好吗？！"陆平担心道。

"不要出来，躲在我们的身后。"叶话提醒道，"这个家伙很危险。"

此刻，原本飘浮在空中的黑云也变化成一张巨大的手掌。随着黑气源源不断地增加，手掌变得越来越大，远处的攸挥舞着手臂，那手掌也随之快速抬起。

"不好……"刘枫洋话音刚落，巨大的手掌如海啸一般，卷着巨大的力量朝他袭来。护罩在顷刻间变成一堆碎片，巨大的冲击力将刘枫洋和叶话也一同震飞出去。

"大意了。"刘枫洋的嘴角渗出一丝血迹，身体渐渐失去力气。

"我究竟要做些什么才能帮到你。"陆平看着受伤的叶话，自己也万分痛苦。忽然，他的脸色变得凝重，似乎想到了什么。

"你能跟我说说那个妖怪的样子吗？"陆平低声问道。

"他是一个中年男人，肤黑发短，眼睛细长……对了，他的下巴上有一颗红色的痣。"叶话忍住痛苦，一一回忆道。

这些描述在陆平的脑海中渐渐形成一张熟悉的面孔，他的眼中满是震惊，嘴角微微抽动。很快，那股错愕从眼中一闪而过，取而代之的是透着酸楚的泪水。

"爸爸！真的是你吗？！"

十一

这哭声让叶话无比意外，刘枫洋意识到似乎发生了什么。

"如果真的是你，为什么会变成这样，那不也是你的梦想吗？！"

陆平的呐喊像是一尊被击响的铜钟，震撼的钟鸣让所有人都停了下来。叶话惊讶地发现，攸的步子突然停了下来。他的脸上开始变换出不同的表情，从愤怒变成悲伤，从杀意变回正常。

"这副身体究竟是怎么回事。"攸的动作似乎变得僵硬，"快点给我走过去啊。我要杀了他们。"

随着一阵痛苦的挣扎，攸的身体突然向外爆出一团黑气，随后攸发出了一声痛苦的咆哮。

当一切恢复平静后，攸的表情重新变回狰狞和坚决，之前的悲伤与迟疑也全都被杀气所吞噬。

"可恶！"叶话强忍着身上的疼痛，挣扎着站了起来，"妖怪就这么喜欢毁掉一个人的信仰和理想吗？"

叶话拖着受伤的身体，一步一步朝着攸走去。

攸伸出一只由黑气凝成的利爪，嘶吼着冲向叶话。

"我听从饕的建议，这些年来都在努力让自己不那么讨厌妖怪。可是你这种家伙，无论是不是妖怪，我都无法原谅啊。"

叶话立定身子，将项链紧紧握在手上。绿色的能量从指间渐渐溢出，他正要再度反击，可忽然之间，眼前变得一片模糊，所有的景象都混成了一片，熟悉的刺痛感又一次涌了上来。

叶话揉了揉眼睛，世界这才重新变得清晰。然而他已经错过了反击的时间，攸的利爪已经避无可避。

"来不及了。"看着近在眼见的利爪，叶话无奈地闭上了眼睛，他似乎已经感受到利爪刺破皮肤的绝望。

这一瞬，时间仿佛定格于此。

"爸爸，住手吧！"

随着陆平发出的巨大咆哮，叶话也重新睁开了眼睛。这一次，陆平展开了双臂，将他紧紧地挡在了身后。而原本应该伸向叶话的利爪，也在触碰到陆平的前一刻，硬生生地停了下来。

"停……居然停了下来。"叶话惊道。

"妈妈知道的话一定会很难过的。"陆平涨红了眼，对着眼前的空气声嘶力竭地喊道。

一阵风吹过，地面的小草跟着微微摆动，四周变得一片肃静。而攸的手也像那株小草，开始轻微地颤抖。

"妈妈走后，你因为内疚开始厌恶起自己的梦想。可是你根本不了解，妈妈她的想法。"陆平喃喃道。

此刻，妈妈的面容开始在脑海中渐渐浮现，曾经模糊的记忆又重新变得清晰。陆平不断地回想起，孩童时代里妈妈对他讲起的那些"真相"。

"妈妈，爸爸在哪儿？"年幼的陆平看到厨房里只有忙碌的母亲，不解地问道。

妈妈回头看了一眼陆平，脸上露出幸福的笑容："爸爸他，正在为了自己的梦想而努力。你长大了也要像爸爸一样哦。"

陆平睁大眼睛，自豪地点了点头。

"这是我学着你爸爸的做法自己做的，快尝尝味道怎么样。"妈妈端出一盘做好的白玉卷，有些紧张地问道。

陆平看着晶莹剔透的白玉卷，忍不住"哇"了一声。

妈妈被陆平夸张的模样给逗笑，她打趣道："这是爸爸妈妈给你做的白玉卷，有机会的话，也让爸爸妈妈尝到你做的白玉卷吧。"

"嗯！"陆平飞快地点了点头，"我也要做这道菜，我也要成为一个厉害的厨师！"陆平一边吃着一边称赞起妈妈的手艺。然而妈妈并没有回应他。陆平好奇地回过头，发现妈妈已经晕倒在地上。

"妈妈！"陆平害怕地哭出声，白玉卷也落在了地上。

……

"这件事情不可以告诉爸爸哦。"妈妈躺在医院的病床上，对陆平说道，"爸爸他正在准备厨校的考试，不可以让他分心。"

"可是妈妈你生病了！你快让爸爸回来，我才不管什么考试的事情，爸爸现在应该回来照顾你才对！"陆平无法理解妈妈的决定，他愤怒地冲出医院，蹲在门口的一角偷偷哭泣。

接下来的几天，外公赶到了医院，负责照料妈妈。然而爸爸却一直没有回来，这让他的心里开始有些怨恨。

再后来，爸爸在厨神大赛中落败，妈妈也因为身体状况再次住进了医院。病床前，妈妈一个劲地咳嗽，尽管如此，她还是努力保持着笑容，不断地安慰失利的爸爸。

"明明痛苦的是你，可妈妈你还……"陆平看着憔悴的妈妈，那些积累在心底的愤怒终于爆发，他对着爸爸大喊道："妈妈为了你的梦想付出了那么多，可你都干了些什么？！"

"陆平！你怎么能这么说爸爸！"因为太过激动，妈妈咳得更加厉害了，"爸爸他，一定比妈妈更加难过……"

"别再说了。"爸爸低下了头，贴在腿边的双手紧紧地攥成一团，"孩子说得没错。"

"我……再也……再也不会说出那种蠢话了。"爸爸的声音变得哽咽，"梦想那种东西，根本就不是我这种人能够去追寻的啊！"

从那以后，爸爸再也没有提起做厨师的事情，他一连干了好几份工作，想要赚更多的钱补偿妈妈。然而妈妈却不断地劝说爸爸，希望他能够做自己喜欢的事情。

"只是一次失利，为什么就这样放弃了，那可是你从小以来的梦想啊。"妈妈质问道。

"别说了，我根本没有成为优秀厨师的天赋。再怎么坚持，都只是浪费。"爸爸激动地道，"从此以后，我会认清现实，我会努力工作赚钱让你们开心地生活下去。"

劝告就这样一次又一次地失败，妈妈的脸上也不见了笑容。似乎只有在讲起爸爸的过去时，妈妈才会重新笑起来。

"妈妈，为什么你一直对爸爸说不要放弃？"陆平陪在妈妈的身边，和她说起了自己的疑惑。

"因为我爱他，就像妈妈也爱你一样。即便他不能成为世上最好的厨师，我也不想让他为了我们而放弃梦想。是不是最厉害的厨师根本不重要，因为妈妈的愿望，就是希望你们能够用自己热爱的方式活下去。"

后来陆平终于明白，原来那就是妈妈的真相。

"住手吧，爸爸！妈妈从来没因为你的失利而感到失望，她最想见到的，就是你能够实现自己的梦想，成为一个优秀的厨师啊！"

陆平的话好像对攸产生了刺激，攸的精神仿佛陷入了混乱，不仅身体变得迟钝，身体外的黑气也变得飘忽不定。他猛地退了一步，身体变得极不协调，原本滴水不漏的防御瞬间变得漏洞百出。

"继续说下去！"叶话冲陆平喊道。

陆平点了点头，坚定道："你总说你没有做菜的天赋。可是妈妈和我最喜欢的就是你做的菜，那是能让一家人开心地聚在一起的味道，是只有你才能做出来的味道！这就是只有爸爸才有的天赋啊！"

"静……静……"

攸的嘴里发出些许模糊的声音，伴随着痛苦的低吟，他的身体开始不受控制地颤抖，原本放下的手又缓缓抬了起来。攸拼命地想要停下，可那只手却不受控制地伸向了陆平的脖子。

"住手，快住手！"攸的脸上满是恐惧，他一边用另一只手按住自己，一边冲陆平喊道，"孩子，快逃、快点逃走啊！"

然而陆平听不见这些，他的眼神坚定地看向前方，丝毫没有后退的念头。

"你逃不掉了！"

叶话猛地冲了上去，此时他的体力已经恢复了一些，重新汇聚的绿带将整只手包裹成一副铠甲，朝着攸的身体狠狠挥去。迸射出的绿光击穿了攸的身体，那些环绕在身体四周的黑气也在一瞬间消散。攸的身躯忽地跪倒在地，发出重重的喘息。

"请替我告诉那孩子，诅咒消失了。"攸的声音似乎变得温和起来，他的眼睛也恢复成了黑色。凶残的妖怪模样一去不复返，此刻，他像极了一个疲惫的中年人类。

"抱歉，给你添麻烦了。"攸向叶话说了一声道歉，随后不舍地看向陆平，眼中满是怜爱与自责。

"追逐梦想的感觉可真好啊。你们说得没错。能够坚持自己的梦想，本身就是一种天赋吧。"攸的脸上露出幸福的笑，"这孩子没有放弃……静……你一定也很开心吧。"

一团细小的黑气此时从攸的袖口中悄悄溜出，刘枫洋见后起身去追。然而叶话却感觉眼前一晕，整个人累得倒了下去。

十二

数天后，叶话家中。

叶话躺在二楼的床上，身体已经恢复得差不多了。花妖也在他的旁边，和他讲起最近发生的趣事。

忽然，房门被慢慢推开。刘枫洋在叶话母亲的带领下，走进了叶话的房间。

"刘枫洋来看看你好得怎么样了。"母亲似乎为叶话有了这样的朋友而感到高兴，"你们两个年龄相差不大，应该能成为很好的朋友才对。"

"知道了，你先出去吧。"叶话无奈地叹了叹气。

刘枫洋靠在一边的墙壁上，笑道："既然我们都知道了彼此的秘密，那我就开门见山吧。我是一名驱妖人，最讨厌的就是妖怪。"

说到这里，刘枫洋对着花妖笑了起来。花妖被这笑容吓得抖了抖身上的树枝，下意识地缩向叶话身后。

"如果你还记得的话，那天有一团黑气溜走了。实际上，这就是我的目的，我很久之前就在猎捕这只妖怪，他是我见过的最强的妖怪。我不知道他为什么会来到这里，直到我跟着到了这里后才发现，那个妖怪似乎找的是你。"

"是我？"叶话疑惑道。

"没错。"刘枫洋继续说道，"虽然我不明白原因，但只要我待在你附近，总有一天那个家伙会再次现身。"

"是吗？"叶话表现得十分平静。

"所以我希望你能加入我，和我一起猎捕他。"刘枫洋得意道，"而且我发现这里的妖怪很多，想想就令人激动。"

"你抓住妖怪之后会怎么做？"叶话问道。

"怎么做？"刘枫洋哈哈大笑，"当然是消灭掉啊。你也看到了，妖怪有多凶恶。这种东西理所应当地要被全部消灭掉啊。"

"这样啊。"叶话低头沉思道，他看了一眼旁边的花妖，嘴角露出一丝微笑。

"抱歉，虽然很感谢你把我带了回来。"叶话看向刘枫洋，认真道，"可是，我拒绝。"

"理由呢？"刘枫洋似乎并没有因为这样的回答而生气，他的脸上依旧带着那副自信而又坚定的表情。

"理由吗？"叶话想了想，"虽然我并不知道你为什么讨厌妖怪，就我自己来说，曾经非常痛恨妖怪。但是现在不一样了，尤其是认识了花妖、娓、泽，还有攸之后，我希望能不带偏见地去了解他们，这是我的理想，和厨师一样重要的理想。"

"有意思。"刘枫洋的语气有些轻蔑，他转过身，准备离开。

"我讨厌妖怪，但并不讨厌你，所以我们最好不要有成为敌人的那天。"

"不然。"刘枫洋突然恢复笑容，"算了，你应该不愿见到那天。毕竟，我还挺喜欢你做的食物呢。"

　　随着身体的康复，叶话的小店也重新正常营业。

　　夜深了。

　　随着最后一位客人的离开，一天的忙碌得以宣告结束。最后的工作就是整理一天的财务。

　　屋外正在刮风，门帘也跟着轻轻摆动。忽然间，一只手从外面伸了进来，拨开门帘，露出了一张熟悉的面孔。

　　"打扰了。"攸站在门口，愧疚道，"之前的事情真是非常抱歉。"

　　叶话擦干了手，对着攸笑了笑："不用太在意。"

　　"那个……"攸似乎有些难为情，说话也变得支支吾吾。

　　"您是想问陆平的事情吧。"叶话问道。

　　"没……没错。"攸的回答有些紧张，"那孩子现在怎么样了？自从上次之后，我就没有见到过他了。对他做了那么过分的事情，那孩子一定无法原谅……"

　　"您可以稍等下吗？"叶话突然打断了攸，他擦了擦手，缓缓说道，"陆平他教会了我一道菜，我想麻烦您帮我品尝一下。"

　　"教给你的菜？"攸开始感到不解，但这时叶话已经走进了厨房。

　　厨房里，叶话拿出了一颗大白菜，切去白色的菜梗部分，留下了新鲜的菜叶。他抓出几朵泡发的香菇和木耳，将它们切碎。接着，他将猪里脊肉剁成肉糜，再和香菇、木耳搅拌在一起。

　　调味时，叶话依次往碗里加入盐、生粉、生抽、蚝油，最后倒进一个鸡蛋的蛋清。这些调料能使食材的口感变得更加细腻。

　　此时，锅里的水已经烧开了。叶话把菜叶倒入开水中烫至微熟，捞出后在桌上摊开，接着用手将搅拌好的肉糜捏成肉团，放在已经放凉的菜叶前端，然后将菜叶慢慢卷起，直到肉馅被完全包裹。

白玉卷需要蒸上十到十五分钟。等待期间，叶话将水淀粉烧开调制芡汁，加入些许的鸡粉调味。当滚烫的芡汁浇在白玉卷上时，菜叶表面透出了晶莹的光泽，再洒上几滴香油，一道清新鲜美的白玉卷便做好了。

"这是……"攸的声音里透着惊讶，就连语气也变得迟疑。

"尝尝吧。"叶话提醒道，"这可是按照他的做法来的，陆平告诉我说，他希望有一天，自己的爸爸也能尝到他做的白玉卷。"

攸笑了。他拿起筷子，缓缓伸向盘子。肉馅透过菜叶若隐若现，一块裹着芡汁的白玉卷被轻轻放进嘴里。轻轻撕咬，蔬菜的清甜开始进入味蕾，口腔被混合了不同食材的肉馅所带来的浓郁感填满。

这种幸福的愉悦开始涌向攸的大脑，他仿佛置身于另外一个时空。在那个时空中，他还是生前的样子。他看到了静和陆平，他们一家人围坐在一起。他从厨房端出一盘刚刚做好的白玉卷，陆平迫不及待地夹起一块塞进嘴里。这是他第一次做给静品尝的菜，也是静最爱的一道菜，当静的脸上扬起幸福的笑容，他的心里也同样无比幸福。做出心爱的人所喜欢的味道，让她开心地生活下去，这正是他坚持的动力。

攸的脸上忽然感到一丝温热，他拿手摸了摸，眼泪不知在何时落了下来。

"因为你对成为一名厨师的执着，教会了他坚持自己的梦想。这是你做得最多的一道菜，也是他每每提起，就能想起你们的菜。提起父母，那家伙的脸上，可是满满的自豪呢。"叶话开心地说道，"你不用寻求他的原谅，因为他从来没有恨过你，现在的他，应该正在备战厨师大赛中接下来的比赛吧。"

"那真是太好了。"尽管攸的眼眶仍显湿润，此刻，他却忽然笑了起来。他放下筷子，嘴里不断地重复着这句话。这时，攸的身体开始发出温和的白光，在他的四周升起一团团白色的光点。光点一点点吞噬攸的身体，没过多久攸便被白光完全包裹了。

一阵强风将门帘高高吹起，突如其来的气流涌进了店里，白色的光团像是遇见风的蒲公英，在一刹那爆裂成无数飘浮着的荧光，将四周变成一片星河。

　　而此时，攸的身体也恢复了原样，他不断打量着飘浮的白色光点，宛如在看美丽的星光。四颗金色的圆瞳也幸福地变成弯月。

　　"那家伙的执念，消散了。"

　　攸瞟了一眼叶话，发现他也沉浸在星光中。他看着眼前的少年，内心单纯明亮，和他不久前感受到的某种力量截然相反。

　　"可有些执念，却更强了。"花妖站在一棵树的顶上，眺望着空中的满月。

　　那天的战斗其实他也在场，他也见到了那团溜走的黑气。想到这里，花妖的脸上多了几分愁云。

　　"叶天，你担心的那家伙，回来了。"

饕的黄金糕

/ 一 /

清晨，叶话像往常一样，骑着单车朝店里赶去。

这段路他走过很多遍，路旁有一条小河。每当清晨和傍晚，居住在河边的妖怪们便会发出私语，声音细小，如同虫鸣一般。然而今天好像有些怪异，河畔处的声音喧闹又杂乱，好像是在争吵。

叶话停下车子，好奇地朝河畔望去。河岸的草地上，一群蛙妖张着大嘴，不停地叫着"走开！走开！"他们的脸色愤怒，几只暴躁的蛙妖更是捡起石块扔了过去。而被他们驱赶的对象，竟然也是一只妖怪。

那只妖怪体形如同一只河马，但却长着一张鹿的面孔。圆圆的脸上是两只大大的眼睛，光滑的身体因为肥胖竟然产生了褶皱，像极了一只硕大的巨型毛虫。

叶话有些奇怪，蛙妖作为一种常见的妖怪，不应该如此暴躁。而那只体形高大的妖怪也没有想要还击的意思，它的怀里抱着一团食物，委屈地啃了起来。

越来越多的蛙妖开始加入其中，铺天盖地的石子全都打在了对方的身上。而那只被驱赶的妖怪全程都只是紧紧地护着食物，强忍着的眼泪在眼眶里打转。

"喂，住手吧！"叶话停好单车，冲着蛙妖们大喊，"你们为什

141

么要欺负它？！"

"欺负它？"一只蛙妖愤怒道，"就是这个又丑又能吃的家伙，把我们辛苦收集到的人类贡品全都吃光了！"

叶话看了那妖怪一眼，它确实一直在吃东西，而且刚一吃完，它的肚子便又发出了咕咕的叫声。

"是因为食物的原因吗？"叶话看着那妖怪饿着肚子的模样，隐约觉得有些可怜，"这样吧，它拿走的食物我会帮它还给你们。希望你们不要再伤害它了。"

蛙妖们听罢，一个个放下手中的石块，他们转了转眼睛，冷静地想了想叶话的话。

"可恶的人类，一定和那个妖怪是一伙的，还想来骗我们，不可原谅！"蛙妖们突然喊道。

说完，原本要扔向那只妖怪的石块突然都转到了叶话身上。

"为什么突然连我也一起攻击了啊！"叶话一边忙着躲闪，一边喊道，"真是不可理喻的妖怪。"说着，叶话扯下了自己的项链。佩玉焕发出的巨大能量，顿时将蛙妖们全都喝退。

"喂，不用害怕了。"叶话走到瑟瑟发抖的妖怪面前，仰头笑道："已经没事了，以后自己要注意哦。"

妖怪看了看四周，确定蛙妖们不见了。它咧了咧嘴，将怀里剩下的食物推向叶话。

"廪！"妖怪眨着圆圆的大眼睛，开心地点点头。

"吃的你自己留着吧。"叶话笑了笑，转身准备继续赶路。可当他走上河岸，却发现那只妖怪也跟了过来。

"我要去工作了。你也快点回家吧。"叶话看着眼前的妖怪，不解地说道。

那妖怪见叶话看向自己，立即用两个果子挡住了自己的眼睛，仿佛这样叶话就看不到它了。

"我要走了哦。"叶话骑上单车，用力地蹬了起来。

随着车轮的转动，叶话也远离了河岸。就在他以为事情就这样结束的时候，耳边忽然想起了熟悉的叫声。

"麋！"

叶话猛地刹住单车，不知何时，那只奇怪的妖怪已经坐在了他的后车座上。

"喂！你什么时候上来的！"叶话惊道。

"麋！"妖怪摇了摇头，肚子里又传来饥饿的叫声。

看到这副可怜模样，叶话无奈地叹了一口气。

"好吧，那你就先跟着我吧。"叶话没办法，只好任由它跟着自己。

来到街上，紧跟的妖怪很快便被各种食物的香气吸引。

"麋！"

就在包子店老板转身的工夫，妖怪已经伸出了胖胖的爪子，飞快地将一个包子送进嘴里。因为吃得太急，连自己的爪子都被吞进去一半。

就在它准备继续下手的时候，叶话一脸严肃地出现在它的身旁，并且用拳头重重地敲了一下它的脑袋，然后默默地掏出钱付给了包子店老板。

"这是小偷的行为，下次可不许这样了！"叶话松开了拳头，脸上闪过一丝无奈。

"麋！"

妖怪用爪子按住脑袋上的包，发出了可怜的叫声。此刻，它像一个知道自己做错事的孩子，沮丧地勾着脑袋。

看着它沮丧的样子，叶话的气也全消了。他开始意识到，如果放任它这么下去，不知道事情会发展成什么样子。他想了又想，终于做出了决定。

"为了弥补刚才打你的一拳，同时也希望你不再做坏事，"叶话顿了顿，"食物方面，就交给我吧。不过，你不能再偷别人的东西了。"

"麇！"妖怪眨着大大的眼睛，似乎没有完全明白。

"总之，我允许你跟着我了。"叶话看着包子店里忙碌的厨师，自言自语道，"毕竟我是一个厨师啊。看着身边有被饥饿折磨的人，如果不做些什么，还有什么脸面说自己是厨师呢。"

就这样，妖怪开始跟着叶话。为了方便称呼，叶话根据它的叫声，为它起名叫"麇"。

叶话还给麇安排了工作，当叶话在店里忙碌的时候，麇就站在门口挥动爪子招揽客人——充当招财妖。作为报酬，叶话会提供食物，让麇不再感到饥饿。

"外面那只看上去蠢蠢的妖怪是怎么回事？"

刘枫洋要了一瓶酒，笑着看向门外。

"感觉自己被骗了呢。"叶话全神贯注地看着桌上的单据，表情复杂。因为麇的到来，最近各种食材的消耗量也都增加了许多。

"喂。"刘枫洋不满地敲了敲桌子，"老板怎么能不理会客人。"

"啊！"叶话突然回过神道，"因为看到它挨饿的样子，觉得太可怜了。所以就留了下来。"

"就因为这个？"刘枫洋大笑道，"可是那个家伙吃掉了你很多东西吧。"

叶话笑了笑："是啊，可只要看到它大口大口地吃东西，我也会觉得很开心。"

"这大概是只有厨师才会有的奇怪念头吧。"刘枫洋不解道。

"所以我才会想要成为厨师啊。"叶话背过刘枫洋，缓缓说道，"尤其是在经历过被饥饿折磨的日子后……"

／ 二 ／

十二年前。

餐桌旁，叶话对着一桌子的食物面露难色，母亲坐在一旁，脸上写满了担忧。

这种情况已经持续了很长一段时间。然而叶话原本并不是这样，自从父亲因为工作离开家后，各种妖怪便开始来找叶话的麻烦。不知从何时起，叶话每次吃饭的时候，耳边都会传来一阵怪笑。

"快吃吧，吃得越多越好。等你再长大一些，我就能吃掉你了。嘻嘻嘻嘻。"那笑声如此说道。

起初叶话并没有理会这声音，直到一天放学回家，邻居家的小黄狗——也是叶话的玩伴，突然死在了自己的家门前。

"记得要听话哦，不然的话，你也会和那只小狗一样……嘻嘻嘻嘻。"那天晚上吃饭时，怪笑声再次出现。

那天之后，叶话的生活便已经被恐惧所笼罩。为了不让自己快些长高长大，叶话开始抗拒吃饭。饿的时候就大口大口地喝凉开水，实在饿得不行就吃点水果或喝点粥。每一次吃饭，都是对他身心的一次折磨。

最终，叶话患上了厌食症，身体也越发消瘦。

看着越来越病态的自己，叶话的心底却莫名感到一丝开心。尽管身体的每一个细胞都透着饥饿，但他并没有让那怪笑声得逞。

然而这种状况让母亲无比担心。她带着叶话去往各种医院，可他的病情始终没有效果。

某天，叶话和母亲从医院中缓缓出来，外面的天也快黑了，街上支起了各种夜宵摊子，还没有吃晚饭的母子俩闻着食物的香气，肚子都忍不住咕咕叫了起来。

"想吃点什么？"母亲问叶话。

叶话看着琳琅满目的食物，默默地咽着口水。尽管他的胃已经饿得难受，可他还是有些犹豫不决。

"快吃吧，吃得越多越好。等你再长大一些，我就能吃掉你了，嘻嘻嘻嘻。"

耳边响起了妖怪的冷笑。

叶话的额头上渗出细细的汗珠，他开始感到紧张，心跳也变得更快，眼前的景象忽然变得模糊。他警惕地扫视四周，想要找到声音的来源。

在一家杂煮摊子前，一个高大的身形突兀地站在人群中。他的手里拿着小本子和笔，似乎是在观察眼前摊主手里的动作。

"妖怪！是妖怪啊！"

长久以来的压抑使得叶话的情绪崩溃，他惊恐地挣脱了母亲的手，朝着密集的人海逃去……

三

"你终于醒了。"

叶话睁开眼睛，发现自己正躺在路边。一只妖怪蹲坐在一旁，正好奇地看着他。

那是一个暗蓝色皮肤的妖怪，银色短发，头顶有角，看上去是人类四十岁左右的模样。体形高大，额头上绑有一圈白布的头带，头带正中央写有一个红色的"厨"字。

"我是饕。"妖怪自我介绍道，"是我在路边发现了晕倒的你，你看上去很虚弱。"说完，饕摊开手掌，露出几个果子。

叶话紧张地注视着饕的一举一动,他已经被妖怪折磨得不成人形,因此十分厌恶妖怪。在他的记忆里,所有的妖怪都是一样的,要么想捉弄他,要么想吃掉他。

叶话似乎恢复了一些体力,他狠狠地甩开饕的手,大叫着逃了出去。而那几枚送给叶话的果子也不知滚落到哪里。

叶话的消失,让母亲担心不已。她问遍了路边的商贩,但根本没有人留意到叶话的存在。警察为她做了登记,让她回家等待消息。

此时,家中的母亲正坐立不安地走动着。随着大门被缓缓推开,叶话平安无事地出现在母亲的面前。看着突然回家的儿子,纵使前一秒她还因为担心充满怒气,但到这一刻也只剩下满满的疼爱了。

"啊……路上遇到了朋友,所以……"叶话磕磕绊绊地说道。

"没事就好。"母亲没有责骂叶话。她连忙换上了围裙,转身走进厨房。

"妈,我吃过了。"叶话喊住母亲,随后跑回了自己的房间。

正在洗菜的母亲失落地叹了口气。因为叶话的厌食症,让她时常自责自己没有尽到母亲的责任。虽然丈夫并未责怪自己,但她总觉得是自己没有照顾好叶话,才会弄成今天的样子。想到这里,母亲的心里又忍不住难受起来。

凌晨,被饥饿唤醒的叶话开始一杯接一杯地灌清水,以此来稀释折磨着他的饥饿感。

"可恶……"看着镜子里瘦弱的自己,叶话绝望地咬着牙,心中满是不甘。

几天后的早上,叶话拖着硕大的书包,无精打采地走向学校。

在路口的前方,饕正在等他,手里还拿着一块蛋糕。

叶话停了下来,他警惕地看着饕,随时准备逃走。

"不用害怕,我不会伤害你的。"饕朝叶话走来,"虽然不清楚那天发生了什么,不过看你的样子,像是饿了很久。我做了一块蛋糕,给你吃吧。"。

"我，我不饿！"叶话没有接受对方的好意，对于妖怪的厌恶让他忍不住大声吼道，"你和其他的妖怪一样，只不过是想捉弄我，就因为我看得见妖怪！可是，我……我也不想这样啊……"说到这里，年幼的叶话再一次陷入了绝望，他蹲在地上双手抱头，身体微微颤抖。

"我没有想过要捉弄你。"饕也蹲了下来，看上去和叶话更加对等。

"我观察你好几天了，因为你好像总是很饿的样子，所以才想让你吃点东西。"

"我是人类，你是妖怪，我饿不饿和你有什么关系？别管我！"叶话站起身子，愤怒地瞪着饕。

饕的表情有些凝重，对于叶话的反应，他是始料未及的。

"你说得没错，你饿不饿确实跟我没关系，"饕的嘴角扬起骄傲的笑容，"但我可是要成为妖界大厨师的妖怪，无论是人类还是妖怪，看着他们被饥饿折磨却不做些什么，这样我可没有脸面说自己是一个厨师啊！"

一阵风卷走了地上的落叶，叶话愣在原地，眼角突然流下一滴眼泪。

四

自此以后，饕每天都会出现在叶话上学的路上，并且手里总是会有一份食物。然而叶话却一次又一次无视饕，都是径直从他的身边走过去。

"最近好像遇到了碍事的家伙啊。"叶话的耳边突然响起了妖怪的声音，"要不要我去杀掉他呢？"

"不行！"叶话激动地道，"我是不会吃他的食物的，你不可以伤害其他人！"

"是吗？哈哈哈哈，不愧是驱妖人的孩子，真是特别呢。"

又一天，饕准时出现在熟悉的路口边，手里捧着一份散发着香气的食物。叶话也像往常一样，径直走了过去。

"你好像又瘦了。"饕看着瘦削不堪的叶话，神情突然变得严峻，"我闻到了奇怪的气息，散发着恶意，而且就在你的身上。"

叶话没有回答，他抓紧了自己的衣服，头也不回道："厨师妖怪，不要在我身上浪费时间了。除了我，你还可以做很多食物给其他妖怪吃。"

"在看到你亲口吃下食物之前，我是不会放弃的。"饕坚定地回答道。

叶话摇了摇头，叹道："真是又固执又让人讨厌的妖怪。"

"有意思。"刘枫洋笑了笑，"既然从小被妖怪欺负，那为什么现在还会想要和妖怪成为朋友？"

这时，店里已经没了其他的客人。麋也从外面走进来，叶话为它准备好了水果蔬菜，摆满一盆放在它的面前。

"唉，看来明天又要去采购了。"叶话虽然有些无奈，但一看到麋大快朵颐时开心的样子，自己也跟着笑了起来。

而麋却似乎什么都没有发生过，它晃着脑袋，继续享受着美食。

另一边，蛙妖群中开始了激烈地商讨，他们召集了所有的同伴，准备实施复仇。

"可恶，那个人类果然和它是一伙的。不仅放任妖怪抢走我们的食物，还杀掉了我们的同伴，我们要让他们血债血还。"在一只受伤的蛙妖愤然声讨下，其余的蛙妖们也跟着喊起了口号。

"血债血还！血债血还！"

/ 五 /

夜里，刘枫洋跟着叶话一起回家，饕就跟在他们的身后，嘴里还不停地嚼着东西。

"你看，能有一个好的胃口是一件多么幸福的事情。"叶话指着饕，对刘枫洋如此说道，

"可如果没有那个家伙，我恐怕就无法感受到这种幸福了。"

十二年前，学校。

所有的孩子们都排成了一队准备打饭。叶话看着许多好吃的东西，却不知怎么开口。

"我要那个。"叶话犹豫半天，最后要了一碗粥。而其他的小朋友都正在开心地啃着鸡腿，叶话却只能暗自咽了咽口水，然后喝他的清粥。

"小孩子光吃这个是不行的。"饕的突然出现，让叶话有些措手不及。

"还是和我一起去吃好吃的吧。"饕伸出了一只大手，想要抓住叶话。

叶话抗拒地往后退了退，惊恐道："明明和其他的妖怪一样让人讨厌！一个已经快受不了了，为什么还要再来一个！"叶话扔下碗筷，开始朝门外逃去。饕也一起跑了出去，紧紧地跟在他的身后。

跑出食堂没多远，叶话就已经耗尽了所有的体力。他停下来，愤怒地回过头，可身后却没有了饕的踪影。

"果然有问题。"校园的一角，饕偷偷地观察着远处的叶话，自言自语道。

放学了，母亲骑着单车接叶话回家。回家的路上，一个小贩推着小车从他们身旁经过，小车里装满了糕点，散发出香甜的气味。叶话闻了闻，突然想到了什么。

"是黄金糕。"叶话忍不住多吸了几口香气。

"你还记得啊，"母亲说，"你以前最爱吃的就是它。"

叶话忽然想起，在父亲还没有去远方工作时，晚上常会买一些这种金黄色的香甜糕点回家。一家人围在饭桌上一边吃着美味的黄金糕，一边开心地聊天的情景让他备感幸福。

"那我们买一点吧？"母亲试探性地说道。

"好……"叶话刚要答应，但喉咙却像是被什么给卡住了。他没法继续说下去，妖怪的威胁让他不得不违背自己的内心。

"不了，我不想吃。"叶话拒绝了母亲的提议。

"小鬼，你倒是很守信嘛。"一团黑影从叶话的背后升起，发出幽幽的笑声。

回家的路上，叶话的身影显得格外落寞。

六

饕消失了。

叶话猜测，他终于走了。因为已经接连几天没有再看见他，熟悉的路口再也没有烦人的妖怪拿着食物等他了。但叶话并没有觉得高兴，相反，他觉得自己的生活中突然少了些什么。

然而第二天回家的途中，饕却再次出现了，这一次他的手里拿的是叶话最喜欢的黄金糕。

饕得意地说道："花了些时间去学做这个，虽然失败了几次，但好歹做得有点样子了。"

"所以，你这几天是去学做黄金糕了吗？"叶话有些难以置信。

"我可是一个厨师，"饕指了指自己的头带，"让食客吃到自己渴望的食物，难道不是应该的吗？"

叶话笑了。他已经很久没笑过了。

"你果然和其他的妖怪不太一样。"叶话顿了顿，他看着饕手里的黄金糕，眼眶竟然泛起一丝酸楚。他低下头，有些哽咽地说道："虽然我不能吃下你做的黄金糕，但是我要谢谢你。"

说完，叶话大步跑了出去。

"等等！"饕急忙追了上去，一只手想要拉住叶话。可就在同一瞬间，叶话的背后突然升起一团黑色的气云，两只鬼魅一般的猩红色眼睛猛地从黑暗中睁开，显得异常恐怖。

"不要再插手这个孩子的事情了！"黑气对饕发出警告。

"果然是被妖怪威胁了。"饕看着那团黑气和消瘦的叶话，终于弄清楚了原因。

"难怪那个孩子这么憎恨妖怪，他的厌食症也是你造成的吧！"饕的声音充满了愤怒。

"没错，就是我的杰作。"黑气得意地道，"不能饿死，也不能接触喜欢的食物，永远都只能感受饥饿和死亡带来的绝望，简直太完美了。"

饕的身体开始有些颤抖，拳头握得咯咯作响。黑气的话彻底激怒了他。

"居然这样对待一个无辜的孩子，不可原谅！"

饕解下了自己的头带，将它缠到右臂之上。紧接着一团银白色的光芒开始将手臂整个包住，原本健硕的手臂突然变得更加粗壮。他的眼神也变得异常凌厉，一副随时要展开战斗的模样。

"身为厨师，我绝对无法原谅你把食物变成折磨人的工具，那可是要给人带去温饱和幸福的东西啊！"

饕握紧拳头，开始缓缓蓄力，黑气妖怪也开始聚集起许多的黑云，云朵之间电光闪闪，使得空气中弥漫着阵阵的杀意。

黑气率先发动攻击，他的身体中央凝聚出一把锋利的长枪，长枪无限延伸，像是一条离穴的毒蛇，朝着饕冲了过去。

饕猛地挥舞铁拳，伴随着一声刺耳的撞击，饕硬生生挡下了长枪。刹那间，四周产生了强烈的气浪，街道两旁的树叶也被震得沙沙作响。

然而战斗并未结束，长枪开始发出尖锐的低鸣，一道突如其来的电流顺着长枪冲向了饕的全身。

饕发出了一阵惨叫，痛苦地朝后退去。黑气得意地笑着，长枪被高高举起，准备发动新一轮的攻击。

"住手！！！"

叶话的咆哮声通过空气传遍了每一个路人的耳朵，所有人都被这股强烈的气势所震撼，纷纷停止了手上的动作。

"好不容易，才遇到一个不会伤害我的妖怪。正因为是这样，我才更不希望……你因为我受到伤害啊。"叶话捂住自己的脸，让人看不见他的表情，然而眼泪却从手指间渗了下来。

"快走吧，饕。能遇到你这样的妖怪，真是太好了。"

饕松开了自己的拳头，眼角隐隐泛红。黑气也收起了长枪，他看着停下来的饕，不禁发出了嘲笑："身为妖怪，居然要靠一个人类的孩子来保护。哈哈哈哈！"

看着叶话的背影渐渐远去，饕也解下了手臂上的头带。在夕阳的照耀下，头带上那枚鲜红的"厨"字显得无比刺眼。

七

饥饿。

叶话不止一次有过这种感觉，自从被妖怪缠上之后，他每时每刻都在遭受着身体和心灵的折磨。

对于那时的叶话来说，他唯一能做的就是忍受。这也是年幼的他认为唯一可以保护自己和家人的方式。

叮叮叮叮……叮叮叮叮。

电话响了。

叶话等了一会儿，铃声却还在响。母亲好像还没回来，他只好来到电话机旁，拿起了电话。

"喂，阿美吗？"

"是我，爸爸。"

"是叶话啊。好久不见了，在家有没有好好吃饭？个子又长高了吧？"

"嗯……嗯。"

"明天就是你妈妈的生日了，爸爸明天比较忙，想提前祝她生日快乐，你帮我转达给妈妈吧。"

"是吗？妈妈她……明天……生日？"

"嗯。叶话，在家要照顾好妈妈，毕竟你也是一个小男子汉呀。"

"知道了，爸爸。"

"对了，爸爸，你什么回来？"

"这个啊，快了快了……"

"爸爸每次都这么说，可……喂？"

嘟……嘟……

爸爸已经挂了电话，叶话放下电话，情绪开始低落。如果爸爸还在家就好了，那样或许就没有妖怪欺负他了。

门开了，母亲下班回来了。

"饿了吧？"母亲一边关心道一边换上围裙准备做饭。

很快，桌子上摆满了热气腾腾的饭菜。为了治好叶话的厌食症，母亲在每顿饭上都花了很多心思。她满怀期待地望着叶话，希望他能够吃下这些饭菜。

看着母亲充满期望的眼神，叶话的内心也感受到了犹豫。他知道，此刻他应当吃下这满怀心意的饭菜，这样母亲也会跟着开心。然而长时间的厌食和对死亡的恐惧让他变得无比脆弱，久久都无法举起筷子。

"多少吃一点吧……"母亲眼中的期待消失了，言语中再次充满了失落。

"待会儿我还要去公司加班，要早上才回来。你一个人在家记得锁好门，害怕的话可以给妈妈打电话，晚上要盖好被子不要着凉，饿了冰箱里有吃的……"

母亲说着说着，忽然停了下来。这些日子她憔悴了不少，一想到叶话的可怜模样，她更是忍不住落泪。此刻，她的眼中又闪出了几缕泪光。

然而这泪水并不伤感，反倒让她觉得无比幸福。

叶话他，吃东西了。

"好吃。"叶话夹起一小块炒鸡蛋，津津有味地吃着。

母亲的脸上一扫之前的失落，哪怕叶话只是简单地尝了几口，也足以让她燃起希望。

"嗯，多吃点。"母亲擦了擦眼角的泪，久违地笑了起来。

叶话笑着点点头，随即又夹起一小块。直到母亲走后，他才放下筷子。

叶话回到自己的房间，因为进食而带来的不适感让他格外难受。他的呼吸也变得越发困难，好像有一股力量紧紧地扼住了喉咙，窒息感犹如死神降临一般呼啸而来。

"真是妈妈的好孩子啊。"黑气从叶话的背后升出，冷笑道，"既然你违背了规则，那就要受到惩罚。"

叶话本能地挣扎起来，那种随时都会被杀死的恐惧，让他下意识地想要抓住什么。情急之中他仿佛抓到了什么，那是黑气身体的一部分，叶话没有犹豫，狠狠地咬了下去。

黑气也愣住了，他没料到眼前的这个孩子居然已经敢反抗自己。就在这一刻，叶话突然挣脱了他的控制。

叶话逃出家门，疯狂地跑向远方，黑气则饶有兴趣地跟在他的身后。他不慌不忙，像是在玩一场猫抓老鼠的游戏。

大地被蒙上了一层银白的月光，叶话的脸上也多了几分惨白。由于长期的厌食，叶话开始感到体力不支。他的头越来越晕，身体也轻飘飘的。

"抓到你了。"

黑气从身体里分出一根枝权将叶话绊倒，看着他绝望的面孔，黑气像是一个猎人，发出只有捕获猎物时才会出现的笑声。

"真可惜，原本还想再多玩一会儿，看来只能提前动手了。"

叶话倒在地上，艰难地移动着身体。他的身上没有一点力气，更糟糕的是，熟悉的饥饿感再次涌向全身，他的眼中甚至产生了幻影，各种喜爱的食物近在眼前。奇怪的是，叶话突然就没有那么恐惧了，他甚至希望黑气能痛快地杀掉自己，仿佛这样自己就能得到真正的解脱。

黑气从身体里幻化出一把尖锐的长枪，直直地朝着叶话心脏刺去。

"再见了，大家。"

叶话紧紧地缩成一团，他闭上了眼睛，好让自己没有那么害怕，可眼泪还是顺着眼角流了下来。

八

"喂，快起来，已经没事了。"

耳边忽然传来了熟悉的声音，叶话猛地睁开眼，惊讶地发现自己还活着。

他寻找着声音的来源，发现竟然是来自面前的巨大身影——饕！

"呵，搅局者。"黑气不屑地对饕说道，"为什么你要为这个孩子冒险？我们都是妖怪，而他是人类，是驱妖人的孩子。人和妖怪是与生俱来的敌人啊！"

饕没有回头，他瞪大眼睛，死死盯着黑气，庞大的身躯像一座大山，紧紧地护着叶话。

"我才不相信什么与生俱来的仇恨！人类也好，妖怪也好，一定都有善良的存在。"

"真是天真！"黑气发出嘲笑的同时，一道蓝色的闪电飞快地朝叶话射去。

"我是不会让你伤害这个孩子的。"饕猛地抓住那道闪电，在它触碰到叶话之前，便已重新扔了回去。

黑气从身体里召唤出一把长枪，枪尖与闪电产生碰撞，迫使它在空中发生了爆炸。

"看来做了不少的准备是吗？"黑气看了看饕的手，他的手臂四周出现了一层银色的保护膜，所以才能平安无事地接下电击。

"那种招式我可不会再上当了。"饕握紧拳头，小心地观察着黑气的一举一动。

"那这招呢？！"

黑气升向半空，身体中央开始涌现一圈圈的波纹，一支支锋利的黑色箭矢冲破黑气的束缚，朝着饕的上方飞去。

"必须找到机会接近他才行。"饕虽然明白这个道理，但眼下他能做的也只有抱起叶话离开箭雨的范围。

　　忽然，一支黑箭射中了饕的后背，强大的冲击夹杂着剧烈的疼痛，使他的身体猛地失去平衡，险些和叶话一起摔倒。

　　"你怎么了？"叶话担心地问道。

　　"没事的。"饕勉强对着怀里的叶话笑了笑。

　　此时他们已经跑了很远，四周都是杂草与树木。饕小心地把叶话放下，让他藏好自己。而他则转身迎着箭雨，准备找黑气做最后的决战。

　　饕扯下身上的黑箭，然而眼前却落下了更多。他挥舞着铁拳，卷起的冲击波将箭雨一波波弹开。可即便如此，他仍然中了好几支黑箭。

　　战斗持续了很久，黑气和饕的力量都已经到了极限。

　　"呼。"黑气喘着粗气，看着浑身伤痕的饕，似乎连保持站立都无比勉强。

　　"既然如此，就一口气解决掉你好了。"黑气用尽全身的力气，发出了一声巨吼。黑色的身体里，缓缓凝出一发巨大的枪头，那枪头与他的身体相连，他似乎想要用这一招，通过距离的优势击穿饕的心脏。

　　饕知道自己此刻无比危险，然而身体却连一丝防抗的力气都没有。他的身体十分疲惫，不知道能不能躲过这最后一击。

　　巨大的枪头犹如一条出水的黑龙，呼啸着冲向饕。黑龙的身体是一条不断相连的黑色链条，黑气远远地躲在背后，用身体操纵着这场杀戮。

　　"啊，终于等到这个机会了。"饕的嘴角突然扬起一丝笑容。

　　他猛地移动身体，枪头擦过肩膀。强化过的手臂紧紧地锁住这条黑色巨龙的脖子，那环环相扣的链条被一圈圈地缠在了饕身上，黑气终于失算了。

　　"故意中箭好让我放松警惕吗？"黑气突然意识到了什么，他不断地后退，然而链条却连接着自己的身体。无论自己如何努力，还是无法避免地被饕给拖着往前移动。

看着饕一点点接近自己，那张愤怒的面孔终于让他第一次感受到了恐惧的滋味。慌乱中，他开始凝聚出新的黑箭，但都被饕一一击飞。

饕一手抓住长枪，像是牛仔挥舞着套绳，不停地在空中旋转。黑气也在这一次次地拉扯中发出剧烈的哀号，他的身体被反复地摔打，从高处摔向地面。伴随着一声声巨响，黑气终于没了力气，瘫倒在地上。

饕看着奄奄一息的黑气，终于放下了手里的黑链。他转身走向叶话，带着满身的伤痕来到叶话面前。他蹲下身子，笑嘻嘻地说："你看，那个家伙已经被我打败了，你再也不用饿肚子了。我给你重新做了一份……咳！"

饕没有继续说下去，脸上的笑容瞬间被痛苦取代。他低头看了看，一支锋利的黑色长枪从背后贯穿了自己的身体，枪尖紧紧地抵在叶话的眼前。

"啊！"叶话跪倒在饕的面前，哭声响彻树林。

"我绝不能就这么死掉。"黑气挣扎着站了起来。

"大……大意了……"饕一手捂住伤口，一手轻抚着叶话的脑袋。

叶话看着饕，他的脸上意外地透着笑容，叶话的情绪似乎被这笑容安抚，哭声也顿时止住了。

饕也站了起来，像是重新崛起的一座大山，坚毅地朝黑气走去。他紧握铁拳，手臂开始发出耀眼的银光。气流以此为中心，满满地聚集于此。

"可恶，身体完全动不了。"黑气眼中的红光渐渐暗淡下来。

砰！

空气中发出了剧烈的爆炸，银光吞没了黑气的身体，饕的手上也

159

冒出了阵阵的白烟。当光华散尽，黑气的身体已经化作一堆碎片。其中有一小片借着夜色，悄悄地溜进了草丛。

"终于……打败他了。"

说完，饕的身体轰然倒地。

"他不会再来找你了……"饕喘着粗气，忍着剧痛，断断续续地说，"从今以后……你再也不用让自己挨饿了……"

叶话扑在饕的身上，眼泪止不住地流了下来。

"我该怎么办？我不想你死……"

"没关系的。"饕努力挤出了一个笑容，"我是……妖怪，我死了你就不会害怕妖怪了……"

"不！"叶话摇头哭道，"你不是妖怪，你是我的朋友，好不容易才有的朋友，我不想你死！"

"不，妖怪里也有特别的存在。我已经不行了，你一定还会遇到更多更好的妖怪，他们都会是你的朋友。"饕爱抚地摸着叶话的脑袋，眼神中充满了理解与关爱，"可在此之前，你要按时吃饭，好好地活下去。"

"挨饿的痛苦……很难受吧……毕竟……我也深深体会过啊……"

九

"那个妖怪吃得太多了！"

"他会吃掉所有妖怪的食物的。"

"快走！赶紧离开这儿！"

……

饕是一种拥有强大力量的妖怪，可是他们在成长期时，需要不停地进食以存储能量。也因此，他们比其他妖怪更容易感到饥饿，而且对饥饿的感知也比一般妖怪强烈许多。

然而其他妖怪都担心饕会吃光自己的食物，于是他们开始排挤他，让他无法待在任何一个妖怪的村落。因此，他只能选择流浪。

饕已经整整三天没吃东西了，天上飘着鹅毛大雪，没有妖怪能在这种恶劣的天气里找到食物。终于，他撑不住了，一头栽进雪地，眼前的世界正在离他一点点远去。

不知过了多久，饕隐隐闻到一股食物的香气。那香气让他的身体不再僵硬，他缓缓睁开双眼，迷迷糊糊中面前似乎摆着一份散发着热气的食物。

"我们又不认识他，而且他都快要死了，我们何必浪费自己的食物。"饕听到一个妖怪传来抱怨。

"那可不行，哪怕是人类，只要有人挨饿，我都不能装作没看见。"耳边，又响起了另一个妖怪的声音，"我可是一个厨师啊，看着食客在自己的面前挨饿，如果不做些什么，还有什么资格成为厨师呢。"

风雪中，那两个妖怪的身影渐渐消失不见，饕自始至终，都没能看清恩人的面孔。但那份食物的味道他却令他毕生难忘，那是将他从绝境中拯救出来的英雄，尤其是那名厨师妖怪的话，更是深深地烙印在了他的心底。

从那之后，饕意识到食物能够给人带来幸福，通过味觉给予他人力量成了影响他一生的信仰。当他见到叶话后，那副被饥饿折磨得失去生气的面孔让他想到了过去的自己。

"看着食客在自己的面前挨饿，如果不做些什么，还有什么资格成为厨师啊。"如今，饕也是一个厨师了。

"希望你喜欢……"饕一只手伸进怀里，当他摊开手心，一块色泽诱人的黄金糕静静地躺在那里。

"好吃！太好吃了！"叶话拿起黄金糕，大口大口地嚼着，哪怕眼泪流进了嘴里，他都认为这是世上最美味的东西。香甜的味道驱走了压抑已久的悲伤，也是在这一刻，叶话突然理解了食物的意义。

"做厨师……真是太好了……"饕看着大快朵颐的叶话，欣慰地闭上了眼睛。

饕的身体渐渐发出银色的光芒，庞大的身躯逐渐化作白色的星光，一点点脱离，消失。

叶话忍住眼泪，不敢抬头去看。他大口大口地吃着饕为他做的黄金糕，没有浪费一丝一毫。

"你看见了吗？饕……我，全都吃完了啊！……"

天亮了，母亲疲惫地回到家中。她推开门，看见桌子上整齐地摆放着面包和牛奶。旁边还有一个小小的生日蛋糕。蛋糕下压着一张卡片，上面用彩笔歪歪斜斜地写着：

妈妈，生日快乐。

十

"当然，爸爸在那晚还是给妈妈打了电话，祝她生日快乐。"叶话回头看了看鏖说道，"从那以后，我开始对食物产生了兴趣。因为那件事，我不仅不再讨厌妖怪，甚至想成为一个可以给人类还有妖怪带去幸福的厨师。在看到鏖的时候，我想起了以前的自己。在饿的时候能够吃到让自己觉得幸福的食物，真的太好了。"

"原来是这样。"刘枫洋打量着一旁的叶话，不觉有些惊讶。他本想再说些什么，可此时家门已经出现在眼前。

次日，叶话又开始了一天的工作。花妖一大早就蹲守在门外，想找叶话要些食物。

"这几天你都挺奇怪的。"叶话一边准备食物，一边问道。大概从麋出现后，花妖的行为就有些奇怪，每天都会早早地来要吃的。

"没有，没有。"花妖接过食物，转身离开了店里。

到了深夜，店里的客人都已散去，只有刘枫洋还坐在那里。但叶话已经见怪不怪。

此时，店外隐约响起了蛙鸣，没过多久，那蛙叫声越来越大，像是训练有素的乐团，声音整齐，富有节奏。

刘枫洋感觉有些不对，闻声跑了出去，当他推开店门，眼前的景象让他大吃一惊。那是一群蛙妖，密密麻麻地将店铺团团围住。

"叶话，你快来看。"叶话闻声赶了过来，只见蛙妖们的脸上无不写着愤怒。

"可恶的凶手，我们不会放过你们的！"蛙群中，一只赤色的巨蛙跳了出来。

"凶手？"叶话疑惑道，"我不明白你在说什么。"

"还敢狡辩！"巨蛙拿出一张纸片，而那正是叶话店里之前用过的菜单。同时，他大喝一声，蛙群中立即抬出一只身受重伤的蛙妖，通过他的描述，那天叶话他们离开后不久，便有一个人类对蛙妖们进行了报复，杀掉了他们的同伴，只有他侥幸逃了出来。

"没错，这的确是我店里的菜单。"叶话仔细地观察道，"可这一批早就不再使用，应该已经被当作废纸处理掉了啊。"

"报仇！报仇！"蛙妖们没有听从叶话的解释，他们一边高呼口号，一边朝店里逼近。

这时，原本胆小的麋突然挡在了叶话和刘枫洋的前面，似乎是要保护他们。

"有意思。"刘枫洋笑道，"我居然会被妖怪保护，怎么，是在嘲笑我吗？"

"既然是你们主动来找麻烦，那就别怪我不客气了。"刘枫洋推开麋，一团红光如同火焰一般缠绕在右臂之上。他恶狠狠地扫视着蛙群，眼中满是杀意。

　　"住手！不要伤害他们！"叶话对刘枫洋喊道。

　　"你说什么？"刘枫洋用难以置信的眼神看着叶话，仿佛在看一个傻子一般。然而更令人不解的是，他居然听从了叶话的建议。

　　"好吧，随你的便。"刘枫洋转过身去，嘟囔道，"反正也不是找我的麻烦，我倒是想看看，你打算怎么处理？"

　　蛙群们继续逼近，叶话也倍感焦虑。他知道其中一定有什么误会，但凶手到底是谁，他也不知道。难道说，真的到了非战不可的地步了吗？

　　"等等！"

　　草丛中忽然传来奇怪的响声，接着慢慢走出两团黑影。当黑影渐渐走近，大家这才看清，原来是花妖正搀扶着一只受伤的蛙妖。

⁄ 十一 ⁄

　　"阿五，是你！"蛙群中有同伴认出了他。

　　同时，叶话也认出了花妖。

　　"花妖，你怎么会在这里？这究竟是怎么回事？"

　　"阿五，你不是被那个家伙杀掉了吗？"同伴惊讶道，"为什么你会在这里？"

　　那只叫阿五的蛙妖看了看一旁的花妖，花妖点了点头，对众人说道："大家都被骗了。"

　　蛙群中一片哗然，包括叶话等人也跟着陷入了疑惑。

"那天确实有一个人对我们进行了报复，但谁都没有看清他的脸，只是通过直觉和那张过期的菜单判断是那天出现的少年。然而在那天的屠杀中，我意外地发现了真相。"

"真相？"蛙妖们惊讶地看着阿五。

"没错。那天所有同伴都死了，我也身受重伤，不过我通过装死躲过了那场灾难。就在结束之后，那个人突然扔掉用来伪装的衣服，变成了一团黑色气体妖怪。我突然意识到，一定是有谁想故意嫁祸给那个少年，让我们去给他制造麻烦啊。"

得知真相的蛙群陷入一片死寂。如果按照阿五的说法，那么他们无疑是被利用了。

阿五继续说道："我本来想及时通知大家的。但因为伤势太重，没有办法行动。如果不是恰好遇到了花妖，我可能早就饿死或者不治而亡了。"

"原来你不断找我要吃的是因为这个。"明白真相的叶话突然笑了起来。

阿五接着讲起了自己遇到花妖的过程。

黑气走后，他因为受伤体力不支，最后晕倒在地。这时，路过的花妖发现了他。

"喂，小蛙妖，看起来你受的伤不轻呢！你要去哪里？"

"我这里有一些食物，你拿去吃吧。"

"真的吗？太感谢你了！"

"没关系。你要谢的话就谢谢那个家伙吧。"

"那个家伙？"

"就是那个可以看见妖怪的人类厨师啊。那小子虽然拒绝承认自己接受妖怪，但遇到挨饿受伤的妖怪，他都会义无反顾地帮助对方。如果他知道自己的食物是用来帮助受伤的妖怪，他一定也很开心吧。"

……

"在得知大家要为我报仇后，无论如何我都得来阻止这场误会的发生，那个人类少年，可是能够信任的家伙啊！"

蛙妖们面面相觑。随着误会的解开，原本海潮一般的蛙妖也纷纷退去。只剩下赤蛙和阿五他们几个。

"既然是这样的话，那这次就算了。"赤蛙看了麋一眼，低声道，"还有你这个家伙，以后如果饿了，直接告诉我们就好了，我们蛙妖可不是小气的妖怪。"

说完，赤蛙带上剩下的同伴，准备离开这里。

"麋把你们的食物给吃光了，你们一定也很饿吧。"叶话叫住了他们。

"才没有。"赤蛙倔强地抬起头，继续朝前走着，可没走两步，肚子却诚实地叫了出来。

"不如大家都到店里坐坐，我给大家准备一些食物，也算是庆祝误会被解除吧。"叶话诚恳地邀请众人。

一旁的麋也重重地点了点头，似乎也在邀请他们。

"无聊，我走了。"刘枫洋有些不服气地说道。

"你也一起来吧。"叶话喊道，"人多一点也会更热闹一些。"

"嗯！嗯！"蛙妖们点了点头。

十二

妖怪们排坐在一起，一边闲聊一边等待着美味的到来。刘枫洋虽然满脸不屑，但还是留了下来。

叶话正在厨房里忙活，他正在做的，正是让他重拾希望的美食——黄金糕。

将白砂糖加入椰浆中煮开，随后关火加入黄油拌匀，接着将木薯粉倒入其中搅拌成糊，放凉备用。

这时开始调制酵母。将大约8克的酵母与20毫升的温水搅拌备用。

取6个鸡蛋打散，加入2勺砂糖后用温水打发至蛋糊状。将酵母水倒进木薯糊中搅拌，再与蛋糊混合在一起。最后用搅拌机搅拌均匀，然后搁置发酵一小时。在此过程中，为了保证做出来的黄金糕口感柔韧，需要每隔20分钟搅拌一次。

在烤盘盘底刷一层油，将发酵好的面糊均匀铺到烤盘上，等待二次发酵。当面糊体积增大、表面出现小气泡时即可放入烤箱。将烤盘置于烤箱中层，上火185度，下火200度，30分钟后，黄金糕就做好了。

当烤箱打开的一瞬，积累已久的香甜气息终于得以释放。随着叶话手下刀尖的游走，一整块黄金糕被整齐地划分成厚度适中的糕片，鱼翅丝状的纹路散发出氤氲的热气，不断地冲击着妖怪们的鼻尖。

麋迫不及待地拿起几块黄金糕往嘴里塞，香甜的滋味让它开心地摸了摸自己的脸，那圆圆的眼睛也顿时眯成了一道桥。

蛙妖们嗅了嗅面前的糕点，小心翼翼地拿起了一片。

"太好吃了！"蛙妖们发出了一声悠长的惊叹，食物带来的幸福感此刻全都写在了脸上。

这时，麋突然停了下来。它扔下还没吃完的黄金糕，嘴里发出了奇怪的呻吟。紧接着，它的身体开始轻微地颤抖。随着颤抖越来越剧烈，麋的身体居然出现了一条条裂痕。几道白色的光芒透过这些裂痕射了出来。

"这是怎么回事……"刘枫洋惊道。

白光填满了整个房间，只不过一瞬，周遭的一切都化身为白茫茫的一片。

"麋，你没事吧！"

叶话揉了揉眼睛，白光散尽，眼前的世界再一次清晰起来。可麋

167

那庞大的身躯却突然消失不见，只剩下一只挥舞着金色翅膀的蝴蝶。

"这个是？！"

刘枫洋突然喊道："这是传说中的名叫麋箫的妖怪！这种妖怪挥动翅膀的时候会发出类似箫的音色，故因此得名。据说这种美丽的妖怪幼虫期非常丑陋，且非常稀少，所以几乎没有人见过它的面貌，传闻它能给看到它的人带去幸福。"

刘枫洋偷偷地观察着叶话，因为麋的进化，他的脸上露出了孩子般的笑容。刘枫洋突然想起了自己的过去，曾几何时，他也有过这样单纯善良的笑容。

麋箫挥舞着金色的翅膀飞出店外，叶话也跟着跑了出来。在广阔的夜空下，麋箫尽情地飞舞。它所飞过的地方，闪耀的金色光芒像细雨一般倾泻下来，仿佛童话中的仙境。

望着逐渐远去的麋箫，叶话和蛙妖们挥手向它告别。

另一边，冬云县的郊外，一只巨大的狐狸妖怪被天上的金雨吸引了目光，暂时停下了前进的脚步。

"吉……吉。"

吉吉的桂花酿圆子

/ 一 /

叶话对眼前的这个妖怪充满了好奇，这已经不是它第一次出现了。

自从开店以来，每年十月，店门口总会出现一只巨大的狐狸妖怪。它将近三米高，圆胖的身形像一座小山。白色的皮毛因为日晒雨淋显得有些发灰，圆圆的脑袋上长出了五颜六色的蘑菇。

尽管如此，那狐狸妖怪却并不让叶话觉得害怕。一方面是它长着小小的眼睛，给人憨愚的感觉；另一方面，它总是站在原地眺望着远方，站累了就盘坐在地上，除此之外，再也没见过它有其他的动作。

叶话来到店里的时候，狐狸妖怪就在那里；等到叶话回家的时候，它依然待在那里。无论什么天气，它都不离开一步。

有时候下大雨，街道上都没了行人。叶话就站在门口的屋檐下，看着狐狸妖怪被雨冲刷。它的毛发黏在一起，可怜得如同要被雨水融化。

叶话也曾尝试过和狐狸妖怪说话，但是从头到尾它都没有看他一眼，只是眺望着远方。

"看上去可真孤独啊。"花妖站在叶话的身边，小声说道。

"它究竟在等什么呢？"叶话顺着狐狸妖怪的目光看向远方，自言自语道。

这天夜里，叶话关上店门准备回家。当他路过狐狸妖怪的身边时，他清楚地听到了它肚子发出的"咕咕"声。他抬头看了一眼，此时，狐狸妖怪的五官紧紧地挤在了一起，紧接着，它的身体一松，整个地往后仰了过去。两只短短的前爪摞在肚皮上，嘴里有气无力地哼了几声。

"吉，吉。"

身为一个厨师，叶话最见不得的就是有人挨饿，更何况在自己的面前饿倒，哪怕对方是一个妖怪。

"肚子饿了就去吃东西啊，为什么还要留在这里？！"

叶话愤怒地冲回店里，当他抱着一大堆食物走出来时，却发现原本饿倒在地的狐狸妖怪又重新坐了起来。

叶话突然意识到，眼前的狐狸妖怪可能根本不会接受自己的食物。它强忍着饥饿爬起来继续等，这就意味着，它在等的东西比填饱肚子更为重要。

"你究竟在等什么？"

叶话对着一动不动的狐狸妖怪陷入了深思。

/ 二 /

苹丰山上有一棵古树，已有数百年树龄，却依旧枝繁叶茂。据说这是由一颗从远方飘来的神奇种子长成，所以才长得和其他树木不同。古树高达数十米，整片大地似乎都在它的俯瞰之下。当地人赋予了它许多传说，并尊其为神树，常有人去祭拜。叶话的母亲也常去祭拜这棵古树，有时抽不出空，也会让叶话代自己去。

这天，母亲又让叶话去祭拜古树。他很快就来到了古树下，此时来祭拜的人不多，除了自己，仅有一个年轻人。只见他盘坐在地上，神情沮丧。

"哎，又是一个不肯放弃的家伙。"

叶话听到一个声音，不禁往四周看去，然而却没有发现异常。忽然间他觉得有什么东西在扯自己的裤腿，低头一看，原来是一个只有十几厘米高的老人。

"居然有可以看到妖怪的人类，有趣。"老人用拐杖敲打着叶话的腿，仿佛在摆弄着一个大玩具。

"老爷爷，您是妖怪吗？"叶话俯身说道。

老人继续敲打着叶话的腿，眯眼答道："是啊，这棵树就是我。按照你们人类的说法，我就是这里的树神了。"

"刚才听到您说'又是一个不肯放弃的家伙'，请问那是什么意思？"叶话好奇地问道。

老人抬起头看了叶话一眼，他指了指那个神情沮丧的少年，说道："那个家伙在等喜欢的姑娘，然而那姑娘已经离开了这里。所以不管他怎么等，也是等不到的。说起来，他和之前那个狐狸妖怪还真像呢。"

听到这里，叶话忽然欣喜起来。他像是无意之中发现了什么秘密，激动地道："你说的是不是一只脑袋上长了蘑菇、又高又圆的狐狸妖怪？"

老人思忖了片刻，恍然道："你说的是吉吉对吧？"

"吉吉？"叶话问道，"是它的名字吗？"

老人飞到叶话的肩膀上，慢悠悠地说道："那也是一个不肯放弃的家伙啊。"

/ 三 /

在很久很久以前，有一只白色的狐狸妖怪坐在河边独自哭泣。

这只狐狸妖怪体形肥胖，眼睛却很小，滑稽的模样不断招致同类的嘲笑。备受欺凌的它怀着伤感的心情离开了同伴，独自躲在河边偷偷哭泣。它的手边放了一堆水果，因为它很容易饿，一饿就必须吃东西。

小山一般的果堆飞快地变矮，不知不觉，果子只剩下最后一个。狐狸妖怪伸出爪子，却怎么也摸不到那最后一个果子。这时，一声脆响从脚下传来，它低头一看，发现脚下站着一个人类少女，嘴里叼着那失踪的最后一个果子，正仰着头看着自己。

"好大的狐狸啊，看起来软软的。"人类少女用手指戳了戳狐狸妖怪的肚子。

这个举动吓坏了狐狸妖怪，胆小的它飞快地跳进草丛，似乎是要把自己藏起来。但奈何它身躯庞大，结果大半个身体都露在外面，瑟瑟发抖。

与狐狸妖怪的惊讶相比，娇小的人类少女反倒平静许多。

"果然是妖怪啊。"少女一手拿起果子往嘴里送，另一只手拍了拍狐狸妖怪露出的身体，笑着说，"你太大了，草丛根本藏不住呀。"

狐狸妖怪似乎也意识到了这个问题，它赶紧跳了出来，爬上一旁的大树。躲在树冠里要比在草丛里好上许多，但圆圆的屁股和尾巴依然露了出来。

"那样也不行哦，还是会被看到。"少女认真地说道。

话音刚落，突然一声巨响，狐狸妖怪连同断裂的树枝一同掉了下来，重重地摔在地上。

"吉，吉。"狐狸妖怪委屈地摸了摸脑袋。

"你是在和我打招呼吗？"少女忍不住笑了起来，她开心道，"我叫云儿，你呢？"

狐狸妖怪拨开脑袋上的树叶，呆呆地看着少女，似乎还没弄清楚状况。

"吉，吉。"狐狸妖怪发出了几声低鸣。

少女从口袋里掏出了几个果子，送到狐狸妖怪面前："刚才吃掉了你的果子，这些是还给你的。"

狐狸妖怪闭上小眼睛，把头转向一边，像是在生对方的气。又过了许久，它才试探性地睁开了一只眼。

少女的脸上依然是热情的笑容，握着果子的手也一直没有收回。然而狐狸妖怪像是无视少女的存在，站起身来走回了之前的位置。

少女见狐狸妖怪满脸的不开心，便拿起几个果子像杂技演员一样抛向空中转起圈来。这个动作吸引了狐狸妖怪的注意力。随着表演的结束，果子一一回到了少女的手里。

"吉吉！吉吉！"一旁的狐狸妖怪忍不住发出了激动的叫声。

"既然如此，就叫你吉吉好了。"少女说道。

狐狸妖怪听了，用爪子挠了挠脑袋，又点了点头，看起来它同意了。

少女和狐狸妖怪都看着对方，然后不约而同地笑了起来。

和吉吉告别之后，云儿回到了村子里。村里的人一见到云儿就立刻走开了，像是有意要躲开她。

"云儿，你怎么现在才回来？"母亲的声音里充满了担忧和恼怒。

"娘，我刚才看到了……"云儿正要和母亲讲起自己的经历，却被母亲恶狠狠地打断道："别再说了！不要再说自己能看到妖怪了，云儿！我不想让所有人都像看一个怪物一样看你。"

说着说着，母亲的眼泪大颗地落了下来。母亲腿脚不好，行动有些不便，因为这个原因，这些年来不知遭受了多少的白眼和笑话，她不想女儿也跟自己一样被人笑话。

云儿看着流泪的母亲，不由得愣在了原地。她突然意识到自己有多愚蠢，只有自己看得见妖怪这种事，即便是朝夕相处的家人也会觉得恐惧。而村子里的人，大概早就已经把她视作怪物了吧。

云儿也不喜欢一直待在村子里，她总想着去更远的地方看看。第二天，她又来到了和吉吉相遇的地方。相较于人类，云儿反倒觉得妖怪更容易相处。因此她又来到了这里，希望能和吉吉再次见面。幸运的是，吉吉似乎就没有挪过地方，远远地就能看到它那圆滚滚的身体。

"吉，吉。"吉吉抖了抖自己的耳朵，算是和云儿打了招呼。

紧接着，吉吉趴在河边，看着小鱼从自己的眼前游过，云儿则靠在吉吉的身上。吉吉的身体软软的，云儿觉得像是躺进了棉花做的云朵里。一阵微风卷着花香吹过来，云儿放松地闻着花香，看着天上不断变化的云朵，心情无比舒畅。

"为什么大家这么讨厌妖怪呢？"云儿惆怅道。

"吉。"

吉吉伸出手去抓水里的小鱼，但小鱼很轻松地溜走了。没能抓到食物的吉吉有些沮丧，很快肚子也传来了咕咕声，就连叫声也变得没了力气。

"饿了吗？"

云儿解开随身的布袋，从里面拿出了一个罐子。当盖子开启，一股香甜的味道立即飘散开。她把罐子递给了吉吉，面带自豪地说道："这是我自己做的，你尝尝吧。"

吉吉接过那个罐子，仰头往嘴里倒。随着里面的食物缓缓流入嘴中，吉吉的脸上终于露出了满足的笑容。

"饿肚子的感觉真是太糟糕了。"看着狼吞虎咽的吉吉，云儿心中无比欣慰。

云儿的父亲在她很小的时候就去世了，母亲一个人拉扯着她。那时候赶上饥荒，饿死了很多人。云儿因为能够看得见妖怪，被人们视为不洁的象征。没有人愿意帮助她们母女。小小的云儿跟着其他的孩子一起去要饭，每次要回的一点东西都会留给母亲，谎称自己已经吃过了。

对云儿来说，饥饿的感觉与死亡是相同的，那一刻感受到的只有发自内心深处的痛苦与绝望。

"吉。"

陷入回忆当中的云儿被吉吉的叫声唤醒，吉吉不知从哪里变出了一个小碗，它把罐子里的东西倒出一些在碗里，然后递给了云儿。分完之后，吉吉又心满意足地抱起罐子大吃特吃起来。

云儿捧着小碗，鼻尖有些泛酸："哎呀，被妖怪感动到了。"说罢，她将碗里的食物一饮而尽。

就这样，云儿和吉吉成了朋友。

一天，云儿又来找吉吉玩耍。到了黄昏，日头都快要沉下去了，云儿这才想起已经在外面逗留得太久，急忙和吉吉告别。

"吉吉，明天再见。我会给你带上次你爱吃的食物哦。"云儿不舍地和吉吉道别，"在我没来之前，不要跑太远哦。一定要等我啊，如果你离开这里的话，我就找不到你了。"

"吉。"

吉吉也挥动着爪子和云儿告别，它小小的眼睛里映出了云儿正一点点变小的身影。云儿回家的路线，它早已烂熟于心。虽然它舍不得云儿，很想跟过去，不过它也知道自己不应该那么做。而且它知道，明天云儿还会再次出现的。

第二天，吉吉满心期待地等待着，然而云儿却没有来。

第三天，吉吉的肚子已经饿得咕咕作响，可它依旧在约好的地方等待着云儿的到来。可等了一整天，云儿的身影始终没有出现。

"吉，吉。"吉吉坐在地上，垂头丧气。夕阳下，它那庞大的身躯显得格外孤独。

四

深夜时分，叶话离开饭店。根据树神的描述，吉吉在等待了一百年以后，终于选择了离开，它决定去寻找云儿。但每年的农历九月——也就是吉吉和云儿从认识到分别的那个月，吉吉还是会准时出现在约定的地方。

在这过往的几百年里，云儿和吉吉约定的地方也发生了沧海桑田的变化。小河早已干涸，草木丰茂的河岸也逐渐被建设成了适合人类生活的街道。热闹的街道人来人往，但没人看得到街道上站着一个安静的妖怪，直到一个叫叶话的少年在这个街道上开起了一家饭店。

叶话很清楚，人类的寿命远远不如妖怪，云儿也早就离开了这个世界。无论吉吉再等多久，都不会有结果的。

"吉。"

吉吉瘫倒在地上，叫声也变得格外虚弱，肚子发出的咕咕声更是从未停过。尽管如此，它也没有一点想要挪开的意思，这让原本打算径直回家的叶话不得不停下脚步。看着虚弱的吉吉，叶话终于忍受不住，冲着吉吉大声喝道：

"你等的人不会再来了！白痴狐狸，为什么要让自己一直挨饿！"

吉吉听到叶话的咆哮，只是微微瞟了他一眼。它完全没有理会叶话，任凭饥饿摧残，也不愿意离开这个地方。

无论叶话再怎么解释，也无法说服吉吉。他开始意识到，自己只是一个陌生的人类，他所说的话也没有任何的说服力。

可作为厨师，看着吉吉在自己面前活活饿死，他也会无法原谅自己。

第二天，天刚蒙蒙亮，叶话便喊上花妖和自己前往古树所在。他要去找树神，或许他有办法可以劝醒吉吉。

"树神，你在哪儿？"叶话四处寻找着树神的踪影。

"小伙子起得真早啊。"树神打着哈欠，从古树的树干里走了出来。

"我知道你想问些什么。"树神用拐杖捶了捶后背，漫不经心地道。

叶话听到树神这么说，微微有些惊讶，问道："你怎么知道我要问你什么事？"

"你和云儿一样善良，而且愿意把妖怪当成朋友。"树神说，"劝醒吉吉的方法很简单，只要把云儿当初做给吉吉吃的食物重新做出来，它就会相信你所说的。"

叶话的第一反应是"不可能"，身为厨师，他很明白其中的难度。没有任何的线索，对于食物的材料一无所知，是不可能复制出和原来一模一样的味道的。

"这也叫很简单？"花妖在一边气得大叫。

"不试试的话，就真的没有人可以帮到那个妖怪了。"树神缓缓升了起来，他用拐杖指了指叶话。

五

叶话躺在床上，开始思考起那种食物。从树神之前的提示来看，那道食物有着花的香气。但能够做成食物的花也有很多种，要从中找出正确的花也不是一件容易的事情。

"要不找刘枫洋来帮忙？那个家伙也不知道整天在干吗？"花妖建议道。

"他吗？"叶话想了想，"这几天他也没有来店里吃饭了，好像是说要去找上次跑掉的黑气妖怪。"

"实在不行的话，就把能用来做菜的花都试试吧。"花妖觉得，目前只有这种办法了。

叶话点了点头。第二天，他买来了很多可以用作食材的花。晚上，客人都离开之后，他开始在厨房里试起菜来。

每做好一道菜，叶话就会让花妖端出去给吉吉检验。花妖小心翼翼地把食物放到它的面前，它微微抽动鼻尖，嗅了嗅散布在空气中的食物的气味。然而试过一道又一道后，吉吉依然没有丝毫的反应，这无疑是在告诉叶话，这里面没有它想要的东西。

花妖的反馈让叶话十分苦恼，此刻的他，已经感到了些许的束手无策。接连的失败让原本就没有头绪的他更加焦虑。

随着时间一天天过去，吉吉也开始慢慢消瘦起来，最让叶话担心的是，如果不能让吉吉接受真相，那么接下来的每一年，它都会再一次经历这种毫无意义的等待和折磨。

叶话摸了摸自己胸前的月牙玉石，想象着数百年前的那次分别。当云儿赶到约定好的地方，却没有发现吉吉的时候，她的内心会是多么地内疚。想到这里，叶话重新打起了精神。他一定要查清数百年前的真相，然后说服吉吉。

由于年代太过久远，叶话必须了解更多的信息。为此他再一次来到神树前，可是这一次树神并没有出现。无论叶话喊了多少遍树神的名字，那个老人都没有像往常一样飞上他的肩头。

"可能是被我们问烦了。"花妖摇了摇头，"不行的话就回去吧。"

叶话并没有离开的念头，他站在神树脚下，抬头仰望着巨大的树冠。他用手触摸着树干，粗糙的树皮摩擦着他的皮肤，每一寸树皮都留有时间刻下的印记。

就在叶话触摸到神树的时候，他的月牙项链竟然跟着产生了反应。玉石由内而外，发出一团绿色的光芒。绿光一起一落，仿若呼吸一般。

紧接着，叶话眼前的景象飞速地变形扭曲，视线中心出现了一个黑色的圆点，像是黑洞一样将四周的景象全都吸入当中。顷刻之间，他的眼前一片黑暗，什么也看不见。

这种状况持续了几秒，忽然间，圆心爆炸。白色的强光照亮了整个世界，叶话只觉得眼睛刺痛无比，在那一瞬间，他的眼睛什么也看不清。当刺痛感逐渐消失的时候，眼前的景象这才重新变得清晰。

"吉吉！"

叶话忍不住喊了出来。

在他的面前，有一条小河，吉吉正坐在小河旁边，呆呆地望着远方。叶话并不清楚这是它与云儿分别后的第几天，只是吉吉的模样已经有些憔悴，看上去它已经一动不动地等了很久。

终于，吉吉站了起来。虽然云儿曾叮嘱过它不要离开，但它已经等不及了。它小小的眼睛扫视着四周，在确定了云儿的回家路线后，它开始拖着圆滚滚的身体一点点前进。

叶话跟在吉吉的身后，一路上他发现了很多奇怪的景象，比如空中飘着一个奇怪的绿色气泡，路边有一些散落的武器和一些沾染着血迹的碎布片。尤其是武器和血迹，这些都让他感到有些不安。

叶话跟着吉吉来到了一个小村庄。这是一个很小的村庄，村里的房屋都发生了坍塌，有的还有被烧毁的痕迹，地面上甚至能隐隐看到已经干了的血迹，显然这里经历过一场异常惨烈的杀戮。

吉吉吸吸鼻子嗅了嗅，它似乎发现了什么。叶话跟着吉吉来到了一间破败的木屋前，屋子的门口有一棵桂树，原本葱郁的树枝七零八落，花朵也散了一地。

"吉。"

望着眼前的情景，吉吉难过地叫道。

此时迎面走来两位村民，是一个年迈的老人和一个七八岁上下的小孩子。老人驮着一个大布包，看样子是打算离开这里。那孩子抓着老人的手，喊道："爷爷，我想吃大娘做的圆子。"

老人望着吉吉面前的屋子，眼泪顺着干裂的皮肤流了下来。他抱起了孩子，安慰道："你大娘已经走了，还有村里的其他人，再也回不来了。"

听到这里，叶话这才意识到，原来眼前的这间木屋就是云儿的家，吉吉到这里来是为了寻找云儿。

"吉，吉。"

吉吉守着残破的屋子一遍又一遍地哀号着，凄凉的声音环绕在屋子的四周，久久不肯散去。

一连几天，直到吉吉的嗓子累得再也叫不出来。它又回到了约定的地方，继续着自己的等待。无论节气如何变换，经历了怎样的风霜雨雪，吉吉都岿然不动地守在那里。

即使它的皮毛已经从雪白变成了灰白，头顶也因为日晒雨淋长出了一些蘑菇，可它仍像一座大山，眺望着云儿来时的方向，盼望有一天，云儿能和往常一样，带着好吃的东西，笑着出现在自己的面前。

看到这里，叶话感觉眼前一阵天旋地转，眼睛又接连地刺痛起来。刺痛感过去之后，树神突然出现在叶话的面前。

"吓死我了。"花妖拍了拍自己的胸脯，担心道，"你怎么突然愣住了，怎么叫都没反应？"

"刚刚那是怎么回事？"叶话揉了揉自己的眼睛，对树神说道。

树神一手背在身后，另一手举起拐杖，指着叶话的眼睛说道："是因为你的眼睛。"

叶话一脸茫然地说道："我的眼睛？"

树神点了点头，说道："你和云儿一样拥有阴阳眼，所以你才能感知到妖怪。而且你身上的项链好像有种神奇的力量，让你能在特殊环境下看到过去的景象。"

"所以我看到的并不是梦吗？"叶话惊讶地摸了摸自己的眼睛。

"明天太阳升起的时候，它就要离开了。"树神开始催赶叶话和花妖，语重心长道，"快走吧，留给你的时间不多了。"

"不多了。"树神看着叶话的眼睛，喃喃自语道。

"明天吗？"花妖有些担心道，"不知道能不能做出来。"

叶话没有回答，他望着天上的太阳，神色变得凝重。无论如何，他都要试一试，否则，之前的努力都将变得毫无意义。

和树神告别后，叶话与花妖直奔市场，重新采购了一堆食材，然后载着食材赶往店里。

今天原本是休息的日子，但食物的事情还没有眉目，叶话也顾不上其他的安排，只能把全部心思用在试菜上。当他赶回店里的时候，太阳已经快落山了。斜阳打在吉吉的皮毛上，把它染成了和落日一样的颜色。

吉吉已经完全躺在了地上，在此之前它还能勉强保持站立，如今终于撑不下去了。它只能绝望地摊开四肢，嘴里发出几声微弱的低吟。

叶话停在吉吉的身边，他想起了之前那些情景：

破败的木屋前，一个巨大的妖怪像一个无助的孩子一样，一遍又一遍地哀号着；河边树下，一个高大的身影孤独地望着远方，一天又一天地等待。

一阵微风吹来，带来一阵芬芳的花香。循着花香望去，那是路边的一棵桂树，细小的桂花挂满了枝头，只要轻轻一摇，花朵便如雪花一般落了下来。

"吉。"

吉吉的鼻尖跟着动了动，脸上露出了一丝愉悦。

"我一定会把它做出来的。"

叶话拍了拍吉吉的肚子，转身回到了店里。

六

　　太阳一点点沉了下去，叶话把自己关在店里也已经很久。

　　"可恶，这个也不对。"

　　时间一分一秒过去，叶话开始变得焦虑。接连的尝试并没有让他看到成功，反而令他更加失望。

　　叶话端起一盘试做的新菜朝门外走去。打开店门的一瞬，微风迎面吹来。尤其是呼吸间隐隐感受到的香气，使得整个身心也跟着放松了下来。

　　"是桂花的味道。"花妖突然说道。

　　叶话近乎贪婪地呼吸着，这香气甜美诱人，同样是花，自己手里的食物却显得逊色不少。他不由得闭上眼睛，鼻息间的香气汇聚在一起，仿佛令他置身于另外一个世界。

　　叶话在这个世界里看到了吉吉和云儿嬉闹的场景，还看到了破败木屋前的残枝落花。叶话伸出手，一粒小小的花朵落在了他的手心，那是一朵桂花。

　　"我知道了。"

　　叶话的嘴角扬起一丝笑容。他明白了，无论是吉吉出现的时间，还是云儿屋前的桂树，种种迹象似乎都在指明，那种食物里的花香正是桂花的味道。况且，桂花本身就是一种能够做成食物的花。

　　谜底终于揭晓，叶话转身冲向厨房，开始最后的尝试。

　　黑夜终于结束了，东方的天空渐渐升起一抹光亮。

　　吉吉艰难地站起身来，毫无生气的它望了一眼远方，疲惫的脸上闪过一丝失落。它要离开了，每一步都走得晃晃悠悠，似乎随时都会倒下。

"等等！"

叶话挡住吉吉前行的路，因为接连的忙碌，他的神情也显得十分疲惫。

他的怀里抱着一个大碗，他将大碗高高举过头顶，大声喊道："尝一尝吧，吉吉，这个味道，一定会让你想起些什么的！"

吉吉低头看着碗里的食物，原本暗淡的眼神竟然开始渐渐散发出光泽。它轻轻抖动着鼻尖，香气顺着鼻子流进了全身，它的身体也开始有了反应。

"吉。"

吉吉犹豫地伸出两只肉爪，将那只大碗接了过来，它仰起头，食物顺着碗口全都流进了它的嘴里。

随着食物一点点滑进食道，吉吉的表情也跟着发生了微妙的变化，当最后一滴汤汁从碗沿落下，那相隔了数百年的记忆终于随着味蕾一同被唤醒了。

七

日暮西沉，天色渐晚。云儿这才想起自己已经在外面逗留太久了，急忙和吉吉告别。

深夜，沉浸在睡梦中的村庄突然被一声哭喊惊醒。云儿被母亲推醒，她睁开眼，发现母亲的脸上满是惊慌。

"快逃吧云儿，山贼来了。年轻的姑娘都被他们抓走了，你赶紧走吧！"母亲流泪道。

云儿惊得说不出话，她之前听人说其他的村庄遭遇了山贼的袭击，没想到噩运这么快就降临到自己的村庄。

此时房门被猛地推开，村长带人冲了进来，他看了一眼母女俩，喊道："快走吧，那些山贼就要杀过来了！"

母亲推开云儿，叮嘱道："你赶紧和其他人一起逃吧。"

"娘，我要跟你一起走。"云儿抱住母亲，泪水打湿了面庞。

母亲轻轻推开了她，眼里满是泪水："娘腿脚不好，只会拖累你们。等你走了，我们也会找地方藏起来的。记住，无论发生什么，都要好好地活下去。"

村长望着诀别的母女，长叹了一口气。他一把夺过云儿，猛地把她推出了门外。

就这样，云儿和村里的其他孩子一同沿着小路逃了出去。在她的身后，熊熊火焰卷着浓烟冲向夜空，凄厉的惨叫不绝于耳。

山贼见村庄没有孩子，觉得奇怪，于是立马派人在四周搜寻。云儿眼见山贼骑马朝人群冲来，惊恐的她脱离众人，独自跑进一片密林。

那是一片被村民视为不洁的树林，传闻曾有樵夫在那里见到了妖怪，回家之后就大病不起。从那之后，便再也没有人敢去那里了。

云儿钻进林子里，借助着月光她勉强能够看清脚下的路。可她不知道自己要去哪儿，也不知山贼的扫荡何时才能结束。她想回家，回到母亲的身边。她还和吉吉约定好了，明天会带着食物去找他。

黑暗中，远远地冒出了一个光点，那光点还会移动，眼下正朝着云儿的方向走来。云儿以为是山贼追了上来，赶紧爬到树上躲了起来。

随着光点越来越近，云儿终于看清了对方的真面目。原来那并不是什么光点，而是一个男人提着一盏灯笼。

那人走到附近，忽地停了下来，云儿屏住呼吸，生怕暴露了自己。她从树上看去，看到那人披着长发，但看不清面貌。他身材高大，穿着一袭白衣，背着一个竹筐，框里似乎还装有一些草药。

"下来吧。"那人开口道。

云儿不知道那人是如何发现自己的，虽然他的样子看上去不像山贼，但自己也不能掉以轻心。云儿继续趴在树上，没有回应对方。

"在这里哦，麟大人。"云儿藏身的那棵树突然开口道。

"啊！树说话了！"

云儿虽然能看见妖怪，但是在这时突然听到一棵树说话，还是被吓得从树上掉了下来。奇怪的是，落到半空的时候，云儿明显地感觉到重力消失了，她仿佛浮在了空中，身体变得像羽毛一样轻盈，最终安然无恙地落到了地上。

"居然能让麟大人出手，真是个幸运的家伙。"树妖笑道。

那个男人对树妖挥了挥手，朝云儿走去。

借着灯笼的光亮，云儿终于看清了那个男人的面貌。那是一个看上去二十来岁的年轻人。

"你是妖怪吗？"云儿小声地问道。

听了云儿的话，年轻男人忍不住笑了起来，回道："我叫麟，是一只四处游荡的妖怪。害怕的话就赶紧回家吧。"

"山贼扫荡了村子，我逃了出来。"云儿垂下头，沮丧道，"我不怕，比起妖怪，人类才更可怕。"

云儿又想起了和母亲分别的场面，她抱住膝盖，神情失落。

麟收起了笑容，思忖道："山贼吗？我来到这里的时候他们就已经走了。"

云儿的眼睛突然亮了起来，激动道："是真的吗？！"

麟点了点头，他举起灯笼对云儿说道："走吧，我送你回去。"

两人一同回到了村庄。然而映入眼睛的却是地狱一般的画面。许多房屋都已烧成了灰烬，每走几步，就能看到村民的尸体。

忽然，一张满是鲜血的面孔出现在云儿的脚下，可云儿还是认出了那是她的母亲。

云儿抱着母亲的遗体，痛苦和悔恨涌上心头。她早就应该想到，在凶残的山贼面前，根本无处可躲。母亲那么说，只不过是为了骗她赶紧离开，为她争取一些生还的机会。

因为悲伤过度，云儿的眼前一黑，整个人也跟着倒了下去。

当她醒来的时候，四周的环境让她有些陌生，似乎是在一个山洞里。

"你醒了。"麟递给她一碗水，"你已经晕过去好几天了。"

云儿的模样十分憔悴，她喝了点水，精神勉强好了一些。

"遇难的村民都已经被安葬了，可能会有一些侥幸活下来的，不过发生了这种事，应该也都已经离开村子了。接下来你打算怎么办？"麟问道。

云儿摇了摇头，神情沮丧："我已经没有家了，我也没有朋……"

云儿停住了，吉吉的模样突然出现在她的脑海里。没错，她还有一个妖怪朋友，而且她还向它许下了承诺。

"吉吉！吉吉！"

云儿冲出山洞，朝着约定的地方赶去。

八

云儿终于赶到了约定的地方，然而吉吉并不在那里。

因为不放心云儿一个人跑出去，麟也跟了上来，他也由此得知了云儿与吉吉之间的故事。

"吉吉它一定非常恨我吧。"云儿自责道，"明明约定好了要带着它喜欢的食物过来，结果却……"

麟拍了拍云儿的肩膀，安慰道："妖怪可没有那么容易就讨厌自己的朋友呢。无论它在哪里，和你经历的那些事也一定会成为它美好的回忆。"

麟顿了顿，接着说道："对了，我也要走了。"

"走？"云儿好奇地说道，"要离开这儿吗？"

麟点了点头："我已经在这里待了很久了。"

麟告诉云儿，自己是一个四处流浪的妖怪，他不会在一个地方待上太久。

"那能不能……"云儿激动地看着麟。

此时云儿已经没有亲人了，吉吉又不知所踪，就连这片她成长过的土地，也只剩下令人痛苦的回忆。终于，云儿向麟提出了一个请求，她希望麟可以带上自己一起离开。

"决定了吗？"麟问道。

云儿点了点头。

"好吧。"说完，麟从怀里掏出了一张写有符文的纸符，同时从衣服里取下了随身的项链。那是一个月牙状的玉石，拥有无比强大的能量。

麟分别把符纸和玉石放在两只手心，接着双手合十一击。绿色的光芒顷刻间从掌心里朝外散发开，并且逐渐汇聚成一个气泡，气泡的中心埋有一颗植物的种子。

"这颗种子总有一天会长成一棵参天大树，成为这片土地的眼睛。你有什么想对它说的话就告诉这颗种子吧，总有一天，它会帮你转达的。"麟解释道。

云儿对着那颗种子犹豫了很久，终于，她开口了。

"吉吉，对不起，没能遵守和你的约定。现在我要离开这里了，从今以后无论发生什么，我们都要好好地活下去。这是我对娘的报答，也是和你的新约定，这一次，我一定会做到的！"

一阵清风吹过，带着桂花的香气。气泡随着微风逐渐升起，飘向了远方的山中。

"所以，不要再这么痛苦地等下去了。"叶话仰望着吉吉，痛心地说道，"这是她和你的新约定，她到死为止都一直遵守着这个约定。所以，请你也幸福地生活下去吧，吉吉！"

时间仿佛在这一刻静止。叶话静静地等待吉吉做出最后的回应，而等待的每一秒都是如此漫长。

"吉！"

吉吉望着远方，发出了最后一声悲鸣。

九

吉吉离开的第二天，叶话的生活又回到了正轨。刘枫洋也出现在店里，和叶话讲述起自己寻找黑气的经过。当然，这一次他依旧是一无所获。

深夜，店里来了一位特殊的客人。看着它那圆滚滚的身体和小小的眼睛，叶话脸上露出了熟悉的笑容。

"吉。"吉吉也眯着眼睛笑了起来。

令叶话感到欣喜的是，眼前的吉吉一扫之前的颓废，浑身的毛发白如雪丝，就连头顶上那堆腐败的蘑菇也变成了五颜六色的小花。

叶话安排吉吉坐下来，然后走进了厨房。他知道吉吉要点什么，上次叶话留意到云儿的母亲非常擅长做圆子—— 一种用糯米粉制成的圆粒状食物。结合桂花的提示，所以叶话猜测那时云儿给吉吉吃的东西就是桂花酿圆子。

叶话拿出一碗晒干的桂花，用清水将它浸泡，同时用热水掺入糯米粉，搓成一粒粒小圆子。待锅中水沸腾后，将小圆子倒进锅中煮至浮起。接着倒入泡好的桂花、米酒酿以及几小块冰糖，最后煮开盛出即可。

桂花酿圆子暖胃提神，圆子软糯，汤水带着米酒酿特有的酸甜口感，一口下去还能品尝到桂花的甜香。

叶话将满满一大盆桂花酿圆子放到吉吉面前，吉吉迫不及待地端起大盆倒进嘴里，叶话站在一旁笑盈盈地望着它。

吉吉看了叶话一眼，低下头，从头顶摘下一朵小黄花。小黄花在爪子里散发着金色的光芒，变成了一个精致的瓷碗。它把盆子里的食物分了一些到碗里，欢喜地把碗推向叶话。

"吉。"

几百年前，云儿接过了自己的碗，两人便成了朋友；几百年后的今天，结果还会是一样吗？吉吉抖了抖耳朵，怯怯地望着叶话。

"哎呀，被妖怪感动到了。"叶话笑了笑，将碗里的食物一饮而尽，宛如几百年前的那天。

另一边，花妖独自来到了刘枫洋的家里，询问他关于黑气的下落。

"那家伙已经有段时间没有露面了。"刘枫洋一边擦拭着自己的葫芦，一边问道，"难道你也对黑气有兴趣？我可告诉你，那家伙是我的目标，我要亲手解决他。"

花妖摇了摇头，尴尬地笑道："没有没有，我就是单纯地有些好奇。"

"或许又有什么阴谋也说不准。"刘枫洋似乎很了解黑气的秉性。

"阴谋吗？"花妖不由得皱了皱眉，或许有必要让他知道事情的严重性了。

蜂蜜炖奶布丁

/ 一 /

"什么，你要走了？！"

面对前来道别的花妖，叶话感到十分意外。

"突然想出去转转了，所以会离开一段时间。"花妖挠了挠头，笑道，"不过应该很快就会回来。"

"原来是这样。"叶话的语气稍显落寞，"那多带点吃的吧。"叶话想起花妖爱喝酒，就从箱子里拿出几瓶递给花妖。

花妖走后，叶话突然感到一丝不舍。就连他自己也没想到，妖怪已经开始成为自己生活的一部分。

天黑了很久，食客们陆续散去。叶话看了眼墙上的挂钟，已是夜里十点。

门外，一个高大的身影走了进来。来人戴着一个类似斗笠的遮罩，五官被黑色的纱布遮住。他的腰有些弯，明显不够强壮。身上勉强能称之为衣服的东西也不过是些发灰的破布。更奇怪的是，两肩之下，分别是一只手臂与一只兽爪。

"你就是那个能为妖怪制作食物的人类？"黑色纱布下，传出一道低沉的嘶吼。

"想吃点什么？"叶话拿起一条毛巾，随手搭在肩上。

"甜的！"妖怪语气有些急促，"越甜越好！"

叶话点了点头，他折身走进厨房。没过多久，叶话端出一碗甜汤。妖怪接过甜汤，从面纱下送进嘴里。

"呸！"妖怪将嘴里的甜汤全都吐了出来，怒道，"我要吃甜的食物，你听不懂吗！"

"这就是……"叶话本想解释，却又担心是对方觉得不够甜，只好又重新做了一份。当他再次端出甜汤来，妖怪依然觉得食物寡淡无比。

"你真的是一个厨师吗？"妖怪一阵嘲笑。

叶话并没有生气。他只是感到奇怪，为了满足妖怪的需求，这份甜汤的甜度要比上一碗还要高。

"我再试试其他的吧。"不一会儿，叶话又端出一杯蜜水，说道，"这是用深山蜂蜜调成的蜜水，只需一点就十分甜美。"

"是吗？"妖怪对这杯清澈的液体产生了好奇，举起水杯递进面纱。

"完全不够甜啊。"妖怪的声音无比失落，一怒之下将手里的玻璃杯捏成了碎片。

"我说。"叶话扬起嘴角，"你不会根本就尝不出甜味吧。"

叶话看了一眼被捏碎的水杯，解释道："刚才你喝的根本就不是什么蜜水，而是一杯普通的清水。对于味觉正常的妖怪来说，应该一早就发现了。"

"你竟敢耍我。"妖怪倏地站了起来，一只利爪紧紧地按在了桌面上。

"如果连客人的要求都无法满足，这家饭店也没有存在下去的必要了。"

叶话皱了皱眉，他也曾招待过其他的妖怪，可从没遇见这样的食客。

"抱歉。"叶话略带遗憾道，"但你确实感受不到甜味。"

说着，叶话的眼神突转锐利，他左手拉开领口，露出了闪烁着绿光的项链。"如果你还有什么问题，可以私下找我。这里，可不是能让你捣乱的地方。"叶话警告道。

"别以为事情就这样结束了。"妖怪一声冷笑，转身消失在夜色中。

二

河岸边，妖怪蹲下身子，将黑色的遮罩扔在一旁。透过水面的反射，一张一半野兽一半人类的面孔倒映其中。

妖怪看着水里的自己，表情痛苦而又愤怒。咬牙切齿的他捏扁了遮罩，愤怒地扔进湖中，原本清晰的倒影瞬间模糊成一摊涟漪。

今天天气很好，又逢休息日。叶话从市场购回满满一大包的食材，打算为明天的营业做准备。

"好巧，在这里遇到了。"说话的是刘枫洋。

"最近好像又没怎么看见你了。"叶话回道。

"是啊。"刘枫洋打了个哈欠，无力道，"来这里这么久了，都没有遇见什么能让我兴奋的妖怪，我的葫芦都快闲出灰了。"

刘枫洋刚说完，就看叶话突然脚步踉跄地前倾了几步，虽然人没有摔倒，但是怀里的食物却滚落一地。

"是谁？"叶话回头喝道。

"有趣。"刘枫洋突然打起了精神，"我就说，妖怪不是什么好东西。"

在叶话的身后，突然出现了一个高大丑陋的妖怪。他的身体似乎是由一半野兽一半人类拼接而成。他的左半脸是长满了灰白色皮毛的狼形，黄色的瞳孔里带着野兽的杀气，一枚锋利的犬齿从嘴角处凸了出来，让人不寒而栗。而右脸则平和许多，那是半张人形五官。深邃的黑色眼睛里仿佛藏着许多故事，眼角的下方有着小片水波状红色印记。

"好自为之。"说完，那妖怪便消失了。

"喂，别跑。"刘枫洋大步追了出去。

"是他吗？"叶话想起了上次遇到的面纱妖怪，是一只人手一只兽爪，"是因为昨天的事情所以想要报复吗？"

"给你。"一个陌生的声音打断了叶话的思考。

叶话低了低头，看见眼前出现了一位年轻的女妖。她的个子不高，但头发已经长到了腰间。圆圆的包子脸上，还有着一双细长的红色眼睛，一笑嘴便像兔子一样裂开。

"给你。"妖怪递上一颗红彤彤的番茄。

"谢……谢谢。"叶话接过番茄，也开始捡地上的食材。那女妖见状也跟着帮忙，没过多久，散落的食材便被重新装好。

"你叫什么名字？"叶话抱起食材，问道。

"玖，大家都是这么叫我的。"妖怪开心地回道。

"那真是谢谢你了，玖。"叶话笑了笑，"我请你吃东西吧，我的店离这儿不远，就当是这次的答谢。"

玖听到有好吃的，开心地点了点头。

二人回到店里，叶话开始整理采购的食材，他最近在学做甜品，所以也买了些相关的原料。玖则安静地坐在座位上，好奇地打量四周。

"那个……那个……"玖有些害羞，一副欲言又止的样子。

"嗯？"叶话放下手中的事情，耐心地听着。

"那个……我是想帮旦道歉的。"玖鼓足了勇气道。

"旦？道歉？"叶话被说得一头雾水。

"就是……就是……"玖紧张道，"就是这两天你遇到的那个妖怪。"玖偷偷看了叶话一眼，不知自己是否说错了话。

"那个半人半兽的妖怪吗？"叶话猜测，她说的旦可能正是之前找自己麻烦的那个妖怪。

玖没有回答，默默地点了点头。

"你和他是朋友吗？"叶话问道。

玖睁大着眼睛，仿佛也在犹豫，一番纠结后，还是摇了摇头。

"还是说有其他的关系？"叶话好奇道。

玖的脸上忽然升起了一团绯红，她低下头，似乎在想什么。

"不，他……他很讨厌我。"

玖看着叶话，眼中透出失落。

/ 三 /

很久之前，这里来了一个外来的妖怪。

早在他到来之前，这里就已经被妖怪们瓜分了地盘。普通的妖怪为了能够生存下去，要么加入某一方的阵营中，要么就只能沦为被管理与统治的存在。

玖属于前者，而外来的妖怪成了后者。

昏暗街道里，一个巨大的垃圾桶突然传出几声响动，一个肉乎乎的脑袋猛地从中探了出来。那是一个圆滚滚的妖怪，个子矮小，光滑的脸上仅长着一张大嘴。

他的肚子很饿，好在刚才翻出了半个面包。在这里生存远比他去过的其他地方更为艰难，作为这里的霸主，赤角拥有对资源的处置权。其他的妖怪要想生活下去，就只能服从他们。

"喂，找到了食物可是要上缴的。"

不知何时，几个高大的身躯忽然出现在小妖怪的背后。

"你们这些外来的家伙总是不守规矩，看来是吃的苦头还不够多。"

这是赤角的手下巨妖，一个高大壮硕的妖怪，皮肤如同青石，一动不动的时候就像一座肉山。站在中间位置的就是赤角，他的皮肤像火焰一样赤红，身体布满了铁块一般的灰色肌肉。他的脖子上戴着一串兽牙的项链——据说都是被他打败过的妖兽的犬齿，额头中间生出一只灰褐色的长角。稍微张嘴，就能看到里面如钟乳石一般交错林立的尖牙，仿佛没有什么是不能被他撕裂的。

"难不成，你想独吞我的食物。"赤角把小妖怪拎在半空，像是在看一只臭虫。

"又或者说，"赤角顿了顿，五官瞬间扭曲成一张满是杀意的面庞，"你，根本不想服从我。"

小妖怪似乎并不害怕，他在半空中不断地挥舞着细长的手臂，不断地反抗。

赤角松开了手，小妖怪随即滚落一旁。但他马上又站了起来，叫嚷道："我才不会听你们的。靠欺负弱小的妖怪来满足自己，你们才是真正的弱者！"

话音刚落，一记铁拳卷着飓风砸向小妖怪，随着一声惨叫，那半块面包也滚落在地。

"看来你的骨头可没有你的嘴硬。"

巨妖捏了捏自己的拳头，他的调侃让另外一位女成员忍不住发出了笑声。

巨妖捡起了地上的面包，将它捏得稀烂，转身扔在小妖怪的脸上。

"像你这样低级的妖怪，理所应当地要被统治。而且，你长得也太丑了。哈哈哈哈。"

伴随着巨大的嘲笑声，赤角一行也离开了这里。

"那个被我们欺负的小妖怪，就是当时的旦。"玖充满愧疚地说道。

"既然是被欺负的对象，那为什么要替他道歉。"叶话十分不解。

"那是因为……"玖的表情变得沉重，"是我害他变成了这样。至于赤角他们，我可……"

"好了好了。"叶话打断道，"那些糟心的事情就不提了。"他笑着问道，"倒是你，想吃点什么，我好去给你做。"

玖也打起了精神，露出浅浅的笑容。她似乎早有心仪的食物，不假思索道：

"我想吃蜂蜜炖奶布丁！"

/ 四 /

数天后。

某个阴暗偏僻的街角，堆积的生活垃圾被老鼠们翻得沙沙作响。

旦一手驱赶着苍蝇，一手扒开厚厚的垃圾。忽然他发现了一个还算新鲜的苹果。旦忍不住咽了咽口水，他已经饿了很久。因为赤角的缘故，他无法正常获取食物，只有在这种不易被发现的地方，他才稍感安心。

更重要的是，他没有了味觉，因而不用在意食物的味道——虽然恶心的口感依然让他痛苦。

旦正要吞下这枚苹果，一个细小的声音忽然喊住了他。他低头看去，脚下出现了两个孩童模样的幽魂。其中一个似乎是哥哥，在他的身后，那个胆小好哭的多半是弟弟。

旦瞪了他们一眼，锋利的獠牙吓得弟弟立即拉起哥哥的手，哭喊道："哥哥，快逃吧。食物我们不要了，这个妖怪长得好可怕！"

那个被他称作哥哥的幽魂似乎也被吓住了，他的腿开始打战，但他依然努力保持着镇静。一边安抚着弟弟，一边抬起头仰望着旦。

"这位妖怪先生。这片垃圾堆是属于我们的，从这儿还只有一张废报纸的时候，我们就在这里了。我的兄弟他老是会饿，作为他的哥哥，我必须拿走属于我们的食物。"幽魂哥哥几乎是颤抖着说完了这些话。

旦的半张兽容异常狰狞，他缓缓举起了自己的拳头，朝着幽魂的方向落去。

幽魂哥哥猛地张开双手，将弟弟护在背后，然而那只长满灰色毛发的手臂却突然停了下来。

"抱歉，我不知道这是你们的地方。"旦摊开手掌，露出那枚苹果，"还给你们。"

小幽魂们被震撼得说不出话，他们小心翼翼地抱起苹果，飞快地逃离了现场。

穿过热闹的街头，旦来到一片巨大的空地。他摸了摸空瘪的肚子，眼神中透着无法掩饰的失落。接下来，又要去哪里才能找到食物呢。

"饿了的话就去我那里吧。"

旦的耳边传来了熟悉的声音，他转过头，发现叶话正在身后。

"至少，不用再去翻垃圾堆了。"叶话接着说道，"刚才发生的我都看到了。那时候你明明可以拿走食物，为什么要还给他们？"

旦冷冷地说道："那里是他们先找到的。"

"可是，你比他们要强大得多。"叶话说道。

"喊。"旦满怀鄙夷地瞪了叶话一眼，"靠欺负弱小来满足自己，这才是弱者的行为。"

听着旦的回答，叶话的嘴角浮现出一丝笑容。

"既然不愿意欺负弱小，就去我的店里吧。"叶话笑道，"我可不弱的。"

旦有些意外，之前的报复似乎没有让他憎恨自己。

"不用了。"旦平静地回道,"既然你也知道我的味觉有问题,那也应该清楚吃什么对于我来说都一样。"

"可你不是想吃甜的食物吗?!"叶话并没有放弃,"还有很多甜点你都没有尝过。而且你记得甜的味道,说明一定是经历了什么才会变成这样。如果是后天形成的话,或许会有治疗的办法!"

"别再说了。"旦痛苦地捂住脑袋,表情异常恐怖。

五

突如其来的尖叫声打断了二人的对话,叶话回过头,看见了慌张逃跑的幽魂弟弟。

幽魂弟弟抱着苹果,一下子摔倒在旦的脚下。他抬头看了一眼旦,"哇"的一声哭了出来:"求求你,救救我的哥哥,我把苹果还给你。"

忽然,一座巨大的肉山拔地而起。那是一个挺着肚子的巨大妖怪,妖怪裸露着上身,露出强健的青色肌肉,一手紧握着满是铁刺的短棒,另一手拎着小小的幽魂。

"识相的赶紧滚开。"巨妖用铁棒指向旦,态度高傲,"不上缴发现的食物,这可是大罪!"

"抱歉。我的弟弟他太饿了……"幽魂哥哥正要解释,却被巨妖扔了出去。好在旦及时接住了他。

巨妖看了旦一眼,嘴边发出了嘲笑的声音。

"哈哈哈哈,我当是谁呢。原来是你,如今变得比当初还要丑,我是你的话,早就躲到没人的地方去了。"

"喂!"叶话忍不住反击道,"就你的模样还说别人长得丑?怎么会有这么无耻的妖怪。"

"你找死!"巨妖被叶话激怒,挥舞着大棒朝他砸去。

"这是我的事情，你让开！"旦推开叶话，咆哮着冲了上去。他躲过棒击，一拳打在对方的肚子上。

巨妖的出现深深地刺激着旦，他咆哮着冲上前，一拳狠狠地打在对方的肚子上。

"力量可比之前要弱得多啊。"巨妖没有感到丝毫痛苦，反而肚子一挺，将旦弹飞出去。

"已经尝不出甜味了是吧，那可真遗憾，我们可不会再输给你了。"巨妖笑道。

"我变成这个样子，果然是你们害的。"旦愤怒地吼道。

"干脆就在这里解决掉你吧。"巨妖挥起了手里的铁棒，冲着砸向旦。

就在铁棒即将落下的一刻，几道绿光化成一只巨大的手掌，将铁棒紧紧地抓在了手中。

叶话一声怒喝，那只手掌从巨妖手中夺过铁棒，反手朝着巨妖挥去。纵使高如肉山的巨妖，也被这一棒给打翻在地。

"可恶，下次绝不会放过你们。"巨妖拖着受伤的身体，狼狈地逃走了。

"为什么要救我？"旦冷冷地问道。

"因为你的善良。一颗善良的心是值得被保护的。"叶话气喘吁吁，看上去消耗了不少力气。

"你和她很像。"旦的脸上，忽然浮现出一丝笑容。

六

旦终于同意跟叶话回到店里。

吃饱过后，旦的精神好了许多。叶话收拾完餐具，准备送到厨房清洗。

"抱歉，第一次来到这家店的时候因为食物的事情，说了很过分的话。"旦想起当初的所作所为，心里生出愧意。

"没关系。"叶话笑了笑，"肚子饿的话，心情也是会受影响。"

"不。"旦应道，"不止是那么简单。"

"我的形态是会改变的。"旦说起了自己的能力，"能够左右这种变化的力量，就是能让心情感到愉悦的甜味。当心情变甜时，我就会拥有年轻的面容以及强大的力量，反之，就会变成现在这种丑陋的模样，同时力量也大不如前。"

"所以你失去了味觉和这个有关？"叶话问道。

旦点了点头，说道："如你之前所见，生活在这里的妖怪们都被一个名叫赤角的妖怪统治着。这里所有的食物和其他资源都被他们霸占。曾有一段时间，我打败了他们。但突然有一天，我不知吃了什么东西，结果才会变成这样。"

"会是赤角暗中做了手脚？"叶话猜测道。

"应该没错。"旦想起了刚才的巨妖，"巨妖就是赤角的手下。他知道我身上的变化，很有可能和他们有关。"

叶话思索片刻，说道："既然如此，赤角那里或许会有解药。只要找到了他，你的味觉也许就能治好了。"

听到这个消息，旦并没有因此而高兴。相反，他的脸上写满了担忧。

"可以我现在的力量，即便找到了，也是无济于事。"旦沮丧道。

"那再加上我的吧。"叶话回道，"而且我还认识一个人，如果是很厉害的妖怪，他应该也会很有兴趣。"

"你是说真的？"旦觉得难以置信。

叶话笑了笑，端起盘子转身走进厨房。

"这次被我们赶走，巨妖一定心有不甘。相信他很快会再次出现，那时候我们就偷偷跟着他。那样的话，应该就能找到赤角了。"

<h1 style="text-align:center">七</h1>

　　"你们这些家伙，快把今天找到的食物都交出来！"

　　巨妖手持铁棒，对着一群小妖怪怒声呵斥。没过多久，被抢来的食物已经填满了和巨妖一样高的麻布口袋。巨妖拖着一口袋的食物，缓缓离去。

　　巨妖来到郊外，在一条小河旁，赤角正躺在草地上休息。他侧卧着身子，背对巨妖。巨妖把抢来的食物都倒在了离赤角不远的地方，只要赤角伸手，就能轻易地抓上一把。

　　巨妖很快又离开了。此时，高高的食物山忽然抖动了几下。叶话和旦从中探出脑袋，小心翼翼地观察着四周的情况。

　　"你看。"叶话提醒道，"在赤角的腰间挂着一个褐色的葫芦，葫芦里面或许就装着解药。"

　　突然，大地发出一阵颤动，原本酣睡的赤角忽然睁开了眼睛。随着赤角的苏醒，叶话的眼前好似出现了一堵比巨妖还要高的山峰，浑身赤色的皮肤像是一团燃烧的烈焰。他那一双愤怒的眼睛死死地盯住食物堆里的叶话和旦。

　　"瞧瞧，今天的食物里居然混进了两只老鼠。"

　　赤角张开了满嘴獠牙的巨口，一只巨大的手掌毫无预兆地甩向叶话他们。原本小山一般的食物顿时被毁掉了一半，叶话和旦也狼狈地滚向一边。

"被发现了。"旦皱了皱眉，情况开始变得复杂。

"既然如此，那只能战斗了。"叶话扯下项链，从掌心处开始炸裂出一团绿色的光芒。绿光像是一团飘舞的海草，一层层地缠绕在叶话的手臂上。当握紧项链的整只右手都被绿光覆盖时，原本浮动的水草突然化成了一把锋利的剑刃。

"拖住他就好了，然后你找机会拿到那个葫芦。"叶话认真道。

旦点了点头，同时挥舞起他的利爪，随时准备战斗。

赤角发起了迅猛的攻势，无数的重拳像是从天而降的流星雨，每一拳下去，地上便多出一处凹陷。

叶话不停地闪躲，可终究还是没能躲掉铁拳的攻击。当叶话的剑刃与赤角的拳头触碰的一瞬，仿佛金属摩擦一般激起了飞扬的火星。

随着战斗的持续，叶话的体力也被不断地消耗，反应也变得有些迟钝。更糟糕的是，他的眼睛竟在此刻发痛，有几个瞬间赤角的拳头突然消失在眼前，但很快，又从别的角度打中了他。

"打得也太难看了。"耳边，突然传来刘枫洋的声音。

"我说叶话，这可不像是你的实力。"刘枫洋对陷入苦战的叶话说道，"你们看我表现就行了。"

刹那间，刘枫洋的右臂燃起一层熊熊的红焰。他的表情也因为战斗而变得无比兴奋，相比之下简直判若两人。

"滚开，臭虫子！"赤角一掌扇飞了发起进攻的旦。然而他没想到的是，此刻，刘枫洋已经跳上半空，缠绕着红焰的拳头已经对准了他的心脏。

"啊！"

赤角发出一声凄厉的惨叫，巨大的身体开始摇摇欲坠。

"杀……杀了他，不然他不会放过我们的。"旦虚弱地瘫倒在一旁，全身都没了力气。

"乐意之至。"刘枫洋露出凶狠地笑容，准备给予赤角最后一击。

"冷静点！"叶话拉住刘枫洋的衣服，劝道，"不要这样，我们的目的只是找到解药。"

"你杀不了我。"赤角突然大笑道。

"你们看看这是谁？"巨妖不知从何处走了出来，手里抓着被绑住的玖。

"你猜是我先死还是她先死？"赤角颤颤巍巍地站了起来，一步一步朝巨妖走去。

"那可是你们的同伴，不是我的。她的死活我们是不会在乎的。"旦大喊道。

"是吗？"赤角露出了诡异的笑容，看向一旁的叶话，"那你呢，会在乎吗？"

"我可不管她是谁的同伴。"刘枫洋兴奋地道，"在我眼里你们都是妖怪，今天，我要把你们全都清除。"

"等等！"叶话抓住了刘枫洋的胳膊，"你不能杀他。"

"你在说什么？"刘枫洋的脸上露出不解的神情。

"对不起，旦，我们不能动手。"叶话死死地拉住刘枫洋，防止他冲上去。

"你……你在说什么。"旦简直不相信自己的耳朵。

赤角接过娇小的玖，将她高高举起，好让旦能够看得清楚一些。

"让我来告诉你真相吧。"赤角得意地说道，"其实你身边的那个人类和我手里的玖是一伙的。接近你，让你找到这里，这些都是他们的计划！你以为我们为什么会知道你的秘密？还不是多亏了我们的同伴玖啊。哈哈哈哈！"

"不要听他们胡说！玖和他们不一样，我们都是为了你才这么做的。"叶话激动地向旦解释着。

"够了。"旦苦笑一声，那半张野兽的面孔似乎想要把叶话撕咬成碎片，"果然，你和那个家伙是一伙的。"

"真相不是那样。"叶话打断道，"玖才是最关心你的那个人。"

"呵呵。"旦艰难地站起身，他指了指玖，冷笑道，"这世界上或许会有人关心我，但绝不是她。"

"有趣有趣！"赤角将玖扔向空中，像是在扔一个无用的垃圾。

"既然你们这么在乎玖，那我就把她留给你们了。记得要照顾好我们的同伴哦。"

说完，赤角还有巨妖一起消失了。

八

这是和叶话分开的第二天。

旦靠在一棵树下，模样疲惫。他的心情十分低落，当他发现一切如赤角所说，是叶话和玖联合欺骗自己的时候，他便选择了和叶话分道扬镳，自己去解决剩下的事情。

刘枫洋也选择了退出，叶话的举动让他气愤不已。如果不是他的心慈手软，那些妖怪全都会死在自己的手里。

身上的伤口还是有些疼，月光下，旦看着自己的一双手，内心陷入了迷茫。没过多久，倦意也悄然袭来，带着对过往的回忆，旦进入了梦乡。

时间回到了旦小的时候。

那时的旦并不是现在这副模样，他身材矮小，可两只手却十分细长。光溜溜的脑袋像是一颗洗净的土豆，在他的脸上除了一张大嘴之外没有任何其他器官，他的脑袋上长了一片竹叶似的绿植，跑起来的时候会随风摆动。他的腿很短，一只眼睛长在了左手的掌心处，行动的时候需要伸出手才能看清前面的路。

旦总是会饿，可他太弱了，只能靠捡拾人类的食物来维持生存。虽然他捡到的食物往往都难以下咽，味道更是令人恶心，但那是他唯一的食物来源。

某天，旦来到了一个新的地方。他向往常一样在垃圾堆里翻找着，这次运气不错，找到了一个面包。但很快，几个强壮的妖怪突然抢走了他的食物。

"喂，新来的妖怪。"其中一个妖怪对旦说，"快交出你找到的食物，这里的一切都是属于赤角的。"

旦虽然弱小，但并不甘心屈服，他拒绝了妖怪们的要求，结果是被一顿痛揍，并且食物也被抢走了。

后来，旦才知道，那天抢走他食物的几个家伙，是这里最邪恶的统治者。他们的首领叫赤角，在他的身边有一个名为巨妖的妖怪和一个叫玖的女妖。

因为食物的事情，旦不知道挨了多少顿揍。每一次他都是鼻青脸肿地活了下来，他用这样的方式坚守着自己的信念，并保住仅有的食物。

虽然食物如此稀缺，可旦并不吝啬。有时他看到其他饿肚子的妖怪，也会将仅有的食物分出一半给对方。妖怪们时不时会看到这样的场景，一个浑身是伤的丑陋妖怪，正开心地坐在屋顶上，吃着难吃的食物。

天空下着大雨，旦孤零零地走在空旷的街上。雨水激起的雾气让他的视线变得模糊，仿佛身处一片浓雾之中。

忽然，一堵墙挡住了旦的去路。旦高高地抬起了手，想要看看发生了什么。

在他的眼前，是一堵泛青的高墙。忽然，那堵墙好像动了动。旦以为自己出现了幻觉，惊恐地退了几步。

然而正是这后退的几步救了他。大概数秒之后，原先的位置上突然落下一个巨大的拳头，地面顿时裂出一个大坑。

　　"你这个丑东西运气可真好。"空气中传来了巨妖的嘲笑声，"不服从我们的只有死路一条。"

　　又是一拳。

　　白茫茫的世界里传出了一声凄厉的惨叫。

　　旦的手重重地垂了下来，掌心的眼睛开始一点点地闭合，雨水打在他的身上，像是打到了一块没有生命的石头。他的世界逐渐失去了光芒，变成一望无际的黑暗。

　　他的肚子很饿，饥饿感像是引领他的死神，带他一步一步走进黑暗深处。就在黑暗即将彻底吞没他的时候，眼前却突然出现了一道白色的圣光，世界也跟着明亮起来。更奇妙的是，仿佛有一股生命力忽然涌进了自己的身体。

　　旦的舌尖感受到了一种别样的味道，那是一种混合着香气的甜味。像是有某种食物正顺着喉咙滑进身体的每一处。尤其是这种甜美的感觉，是一直靠垃圾为食的旦从未感受过的。

　　旦的身体逐渐恢复了知觉，掌心的眼睛也缓缓睁开。他颤抖着举起手臂，视野中出现了一个人影。旦努力地眨动着眼睛，想要看清对方的模样。可眼前还是模糊的一片，雨水顺着掌心淌了下来。

　　那人影见旦醒了过来，急忙扔下手里的食物，转身冲进浓雾之中。

　　旦不知道她是谁，依稀只记得是一个瘦小的背影，留着长长的马尾辫。但她救了自己，更让他第一次感受到被关心的感觉。

　　在接下来的恢复期里，每天旦睁开眼，眼前都会出现一碗白色的甜点。他记得这个味道，和那天尝到的相同。在甜点的滋润下，旦的身体开始以极快的速度康复。在这个过程里，他惊讶地发现自己的身体正在发生变化，原本矮小丑陋的模样逐渐变得高大英俊。更为重要的是，他感受到了强大的力量。

渐渐地，旦发现那些曾经欺负过他的妖怪，如今都变得不堪一击。就连巨妖的拳头落下来，也变得不怎么痛了。直到有一天，旦向赤角发起了挑战，并且成功赶走了他们，那些被欺负过的妖怪也都迎来了自由。可自那之后，每天睁开眼就能看到的甜点也消失不见了。

随着时间一天天推移，旦越加思念记忆中的那个背影。就在他下定决心要寻找对方的时候，他的身体却出现了意外。

在这不久前，他吃下了妖怪们送来的食物。当时旦便感觉有些不适，但他并没有在意。直到变成怪物的模样之后，他才明白，这一切都是一场早有预谋的骗局。

"我可不能用这副模样去找她啊。"

旦突然从睡梦中睁开眼睛，他看了一眼微微发亮的天，起身走向未知的方向。

九

"怎么只有你自己，那个人类少年呢？"赤角将旦逼入绝境，有些失望地说道，"我还打算把你们一起解决掉呢。"

旦的身上又多了几道新伤口，衣服也都裂成了条状。他并没有想到，早在他想找到赤角之前，巨妖就已经将他的行径掌握得如指掌。面对这场突袭，他虽然并不想就这样战斗，但也已经无路可退。

赤角挥手示意巨妖退下，准备亲手处理掉旦。

战火被再次点燃，旦的脸上爆起粗壮的青筋，眼中闪烁着不同颜色的光。兽化的那只手臂突然变得更加强壮，尖锐的利爪仿佛能够撕裂一切。

旦的疯狂冲击成功压制了赤角，让他没有反击的机会。这让他看到了胜利的希望，决定一口气结束战斗。

啪！

旦几乎没有反应的时间，迎面飞来一个巨大的手掌，将他狠狠地击飞出去。在接连撞断了数棵大树后，旦终于贴着树干落了下来。

"你以为我只是在防御吗？你进攻的路线，我可是观察得一清二楚呢。"赤角嘲笑道。

巨大的冲击让旦的身体受到重创，全身上下都感到断裂的剧痛。他想要重新站起来，可身体已经不受控制。

"要死了吗？像那天一样。"旦连说话也开始感到吃力，赤角正在朝着自己走来，结局已然落下，一切的努力终究只能到此为止。

"不要勉强了，剩下的就交给我。"

旦的耳边忽然传来了熟悉的声音，不知何时，叶话顶替了他的位置，径直迎了上去。

"总之我们一定会帮你拿回解药的。"叶话突然对着旦笑了笑。

赤角挥舞着铁拳，狠狠地砸向叶话。每一拳下去，地上便多出一个巨坑。叶话吸取了上次的教训，不再无意义地消耗，而是将项链发出的力量全都聚集在一点。

电光石火间，两个拳头同时撞了上去，巨大的冲击波将四周的树木震得东倒西歪。

就在叶话和赤角对峙的时候，巨妖挥舞着铁棒，想要趁机结果掉旦。但就在他快要走到旦的身边，眼前突然闪过一道黑影，不等巨妖看清黑影是谁，便被他一脚踢开。

"你受伤了，不要乱动。"黑影温柔地提醒着旦。

"是你？"旦终于看清了黑影的脸——是玖，此刻浮现在旦眼前的，正是玖的脸

"我可没让你救我。"旦依然忘记不了过去的羞辱，在他的记忆中，玖是和赤角一伙的恶妖，真正对他好的，只有那个在雨中消失的背影。

玖笑了笑，她并不计较这些，也没有解释什么。

被打倒的巨妖重新站了起来，他看了玖一眼，没好气地道："我早就知道你和我们不一样，当初是觉得你足够厉害才让你加入我们，既然如此，我只能亲手解决掉你了。"

巨妖的话让旦感到不解，似乎他们并没有把玖当作同伴。旦听后发出一声冷笑，果然，作恶的人是不配拥有同伴的。

"我要去战斗了。"玖并不在意巨妖的叫骂，也不顾旦的冷漠。她只是温柔地看着旦，脸上带着浅浅的笑，"有机会的话，我把我的故事讲给你听。"

这浅浅的笑让旦顿时感到一丝放松，这种感觉让他想起了身处黑暗时的那道光。

"为什么？"旦开始问自己，为什么玖的脸上看不到一丝的愤怒。

他努力地回想着，试图从她的身上找到巨妖那样的凶残和贪婪。但他无论如何也记不清，是否真的曾从玖那里感受到和赤角一样的气息。

玖把长发简单地扎起，同时，她勒紧了原本宽松的外衣，像个战士一样冲向巨妖。

看着玖渐渐远去的背影，记忆深处的某种东西似乎被唤醒了。那是一种久违的熟悉感，仿佛重新回到了那个雨天，在即将死去的时候，那个象征着希望的背影在自己的眼前一点点消失。而此刻，那些消失的记忆又回来了。

"那个背影……是她！"

十

夜深了，店里的客人也逐渐少了起来。在送走了最后一位客人后，叶话开始了今天的收尾工作。

离上次的战斗已经过去了五天，最后的结果是叶话一方赢得了胜利。然而故事里的大团圆结局并没有出现，旦也没有变回以前的模样。

他们发现，赤角的葫芦里并没有解药，据他所说，那是憎恨的魔法，因此并没有解药。唯一值得庆幸的，通过这场战斗，旦找到了比解药更加重要的东西。

想到这里，叶话忍不住露出欣慰的笑。恍惚中，他似乎又回到了玖出现的那天：

"蜂蜜炖奶布丁做好了，请慢用。"

玖轻轻剜了一勺，缓缓送进了嘴里。

"好好吃！"玖的脸上露出了幸福的笑容。

"味道真好。"玖若有所思道，"这么甜美的味道，如果他也能品尝到就好了。"

不知不觉，玖的情绪变得低落。她期待地看向叶话，嘴角有些抽搐，好像在犹豫什么。

"拜托了，请你帮帮旦吧！"玖突然喊道。

"我不明白你在说什么。"叶话皱起了眉头，对于眼下的情况他毫无头绪。

玖放下了手里的勺子，低头细语，那些隐藏在她心底的秘密被逐一揭开。

"在人类生活的环境里，其实也有着许多看不见的妖怪，他们自由开心地生活着。然而赤角的出现改变了现有的一切，那些不服从他们的妖怪，都会遭到杀戮。

"赤角邀请我加入他们，如果我拒绝，我的朋友们就会遭殃。为了保护他们，我选择了加入他们，可我从来不认为他们是我的同伴。我讨厌他们，但是我无法战胜他们。

　　"直到有一天，旦出现了。那时的他不过是个弱小的妖怪，可他并不惧怕那些比他强大的妖怪。这让我产生好奇，在那小小的躯壳之中，为什么会有这样无畏的勇气。

　　"于是我开始观察旦。他是一个特别的妖怪，我不止一次地见过他把仅有的食物分给其他挨饿的妖怪，无论经历了什么，他都能开心地笑出来。我从未见过如此特别的妖怪。

　　"我很钦佩他，无论遇到多可怕的危险，他都能保持一颗勇敢和善良的心。而我能做的只是在一旁发出冷冷的嘲笑，以此掩饰自己的内心。

　　"再后来，旦遭到了巨妖的报复。看着他气息一点点散去，我突然什么也不顾了，我不想让他死掉，我要救他。

　　"幸好，旦活了下来。并且从那之后，他开始变得越来越强大。他打败了赤角，保护了生活在这里的妖怪们。

　　"看着他变得越来越好，我竟然觉得十分开心。哪怕因为战败，我和赤角他们都被赶了出去。

　　"然而不久之后，旦遭到了赤角的报复，他失去了味觉和力量，甚至连容貌也发生了改变。而究其原因，都怪我给他送食物的时候被巨妖发现了。

　　"这件事情让我无比内疚，是我害他变成了现在的样子。也是自那以后，我离开了赤角，一直暗中观察着旦。

　　"我再也不想看到那家伙独自战斗了，不想看到他宁愿自己受伤却还想着保护别人。如果非要如此，那就让我也帮他一把吧。

　　"所以，我要帮他找到解药，找到能帮助他恢复味觉的解药。可谁都知道，解药是在赤角那里，而以我的力量无法战胜他。那晚旦来到你的店里，我感受到了你身上的巨大能量。是你的话，应该可以做到。

"最重要的原因是，旦一直都很讨厌我。他并不知道这一切，对他来说，我只是助纣为虐的妖怪，是在他被欺负的时候在一旁嘲笑他的讨厌的家伙。"

"对他来说，你一直都是非常重要，可还没被察觉到的存在吧。"叶话安慰道，"听你这么一说，我也有点钦佩那家伙了。"

"那……你可以帮帮他吗？让他再感受到食物的味道。"玖抬起头，眼里噙满泪水。

"嗯。"叶话露出温柔的笑容，点头道，"一颗善良的心是值得被保护的。"

十一

新的一夜，叶话的店里来了两位新的客人。

那是许久未见的旦，在他的身边跟着小小的玖。比起上次见面，他们的状态都好了许多。

"今天，我们是来特意向你道谢的。"玖开心地说道。

旦显得有些拘谨，玖用胳膊戳了戳他。旦立即站起身来，害羞地挠了挠头："想起第一次来这家店的情景，真是觉得很惭愧啊。"

说完，大家不约而同地笑了起来。

叶话也非常开心，他询问起旦和玖有什么想吃的食物。旦摇了摇头，转而看向玖。

"你问问她喜欢什么吧。"旦说。

"就那个吧。"玖害羞道。

叶话点了点头，他知道玖说的就是上次吃过的蜂蜜炖奶布丁。

那是一道以鲜奶为主料的甜点，因为口感细腻香甜，有着布丁一般的质感，是一道有着非常高人气的菜式。

首先将鲜奶以中小火细煮，加入比例为十比一的白砂糖，待砂糖融化后熄火。温度稍凉后，加入比例为三比一的蛋清搅拌均匀，最后加入些许蜂蜜搅拌。

此时鲜奶会有一些浮沫，需要用铁砂网过滤出原液，倒入烤模当中，同时戳破表面的气泡，便于后续的处理。

将烤模放置于深口烤盘中，加入烤盘一半的水位。烤箱预热至160℃，蒸烤约半小时后取出冷却，冷藏后即可食用。

此时的奶油布丁口感细腻，蜂蜜的清香混合着砂糖的甜美。蛋清的加入使得整体更有口感，清清凉凉的同时甜美的感觉涌上舌尖。

"这是……"看着端上来的蜂蜜炖奶布丁，旦的眼神久久不能从上面离去。

"这就是当时你尝过的甜点。"玖提醒道。

旦马上拿起了勺子，他剜起一小勺鲜奶布丁，送进了自己的嘴里。

入口的一瞬间，旦只感受到了那顺滑细腻的口感，但他依然感受不到甜美的味道。

他开始细细地咀嚼着，在布丁进入食道的那刹那，仿佛有什么东西在自己的身体里分解、散开，他的身体忽然感到轻盈，舌尖也仿佛感受到了一丝甘甜。像是漫长的等待忽然得到了回应，这香甜的感觉也比以前要来得更加强烈。

"旦，你的身体……"玖惊讶道。

此刻，旦的身体开始出现一个白色的光点。那光点瞬间由一个点裂变成无数道线，耀眼的光芒从这里朝外散去，顷刻间，四周便成了一个全白的世界。

在这白茫茫的世界中，叶话看到一个黑色的人影，那人影的四肢正在发生变化，身体变得更加协调。当白光散尽，一个全新的旦出现在了众人的面前。

那是一个年轻的少年，银灰色的头发似乎是浸染了月光。白皙的面庞之上，闪烁着一红一黑的双眼，眼角下方的一小朵波浪形的刺青证明了他就是旦。

与之前那半兽的凶狠面容不同，这个少年的脸上带着青涩和阳光。叶话忽然明白了，为什么玖会对旦有着特别的关注。谁也无法想到，一个人在见识过黑暗，经历过苦难后，依然保持自我，最终又变回了当初的那个少年。

"为什么会这样？"旦自己也感到有些不解，"明明没有解药啊。"

"玖，看来是你对旦的爱要大过憎恨的魔法。"叶话对着玖笑道。

而玖听到这话，脸颊突然泛起一阵羞红，她害羞地抓住了旦的手，低头不语。

"那个……你现在又变得那么好看了，可我却不好看，你会不会觉得……"玖的语气充满了担心。

"会啊。"旦想也没想便回道。

"我就知道，我不过是一个普通的妖怪。身材也不好，长得也不好看……"玖松开了抓着旦的手，委屈得快要哭起来。

忽然，一只纤白的手轻轻地抚摸起玖的头。旦笑了笑，继续说道："我当然会觉得，你才是最美最好的妖怪啊。"

叶话识趣地走到门外。他靠着门，看着满天的繁星，嘴角露出了浅浅的笑。

十二

"可……可恶，我一定不会放过你们的。"

夜色中，焦土堆里忽然伸出了一只手。那是赤角，他在和叶话与玖的战斗中落败了，额头上的角也被连根折断。如今满身伤痕的他，模样十分狼狈。

赤角来到了一片树林，在黑暗的树林深处，有一双巨大的眼睛在盯着他。

"任务已经完成。"赤角吃力地说道，"那个人类少年果然被牵扯进来了，而且在这件事里耗费了不少精力，您想看到的结果应该会比预想中来得更快。"

"很好。"黑暗中，神秘的眼睛回道。

"不过我不想就这么结束，希望您能帮我解决掉那两个羞辱我的妖怪。"赤角咬牙道。

"没用的家伙确实应该被解决掉啊。"黑暗中传来了阴冷的笑声。

"没错……解！"

黑暗中，一道黑色的长枪如同一条出洞的巨蟒，瞬间刺穿了赤角的身体。随着一声闷响，赤角巨大的身躯轰然倒下，四周只剩下虫鸣。

"叶话，等着瞧吧。"

巨大的眼睛缓缓闭合，黑夜即将过去。

鬼的牛肉丸

／ 一 ／

东大街上有一家专门制作牛肉丸的店铺，因为肉丸劲道鲜美，所以深受人们的欢迎。叶话也是这家店的忠实食客。

然而这样一家受人欢迎的店铺，却因为一场意外的火灾而被迫关门。没多久，厨师也突发疾病猝死了。

"我说，你也听说过最近的那桩厨师身亡案了吧？"刘枫洋轻叩着吧台，神色悠然。

"这个大家应该都知道了吧。"叶话回道，"警方正在调查中。"

关于那家店，叶话当然印象深刻。那是一家小店，店里的厨师就是老板，一个五十多岁的老人家。为人正派，人缘也好。谁也不会想到，意外会发生在他的身上。

"事情可没有那么简单。"刘枫洋把头往前倾了些，对着叶话小声说道，"听说现场没有找到人为纵火的证据，而老板本身也没有任何自杀倾向，真是奇怪啊。"

"是吗？"叶话觉得刘枫洋话里有话，便问道，"为什么你会对这种事情这么感兴趣？"

"那是因为……"刘枫洋顿了顿，嘴角咧出一丝笑容，"凶手就是妖怪啊。"

"妖怪吗？"叶话感到有些诧异。但经此一说，他突然想起，在火灾发生的当天，自己确实见到了一个奇怪的家伙。

三天前。

叶话像往常一样，准备去那家店里买一些牛肉丸。

走到路边，不远处忽然传来了小狗的叫声。叶话仔细打量，发现是一只流浪的野狗。它看上去十分虚弱，可能是因为很久没有进食的缘故。

这时，一个高大的身影蹲在了小狗的身边。他的肩膀很宽，从背后看去就像是一座鼓起的山包。他从怀里掏出一粒肉丸，轻轻地推向小狗的嘴边，小狗轻轻闻了闻，几口吞进了肚子里。

接着他又多扔了一些肉丸，小狗也不客气地全都吃完。眼见小狗恢复了生气，那人也缓缓站了起来，准备离开。

"先生，您救了那只小狗。"叶话觉得对方是个好人，于是大步向前，想和那人打个招呼。

听到叶话在背后呼喊，那个高大的身影也慢慢转过身来。就在他们眼神对视的一瞬，双方的脸上同时露出了惊讶。

"妖……妖怪。"叶话喃喃道。

那是一个长相奇异的妖怪，脸如马长，面似憨犬。虽然身材高大，但表情却显得胆小谨慎。哪怕眼前只有叶话一个人类，也足以吓得他四处逃窜。

妖怪不见了，叶话茫然地站在原地，朝着妖怪消失的方向望去。

之后的事情便和新闻里讲的一样，叶话赶到现场，店铺外面围满了警察，所有人都知道，牛肉丸店的老板死了。

"可这些都是你的猜测。"叶话觉得只要提到妖怪，刘枫洋就会变得冲动。

"不，那天我也在现场附近。看见有一只妖怪急匆匆地从牛肉丸店里跑出来，后来火灾便发生了。"

刘枫洋一脸严肃地道："我说这些，只是想提醒你，这些妖怪我自己会解决，你不要插手就好。"

说完，刘枫洋转身离开了饭店。

／ 二 ／

夜里，叶话结束了一天的工作，准备回家休息。

忽然，路边传来一阵熟悉的打斗声，叶话循着声音找去，看到刘枫洋正在和一名妖怪对峙。路灯下，刘枫洋神色淡定，显然已经宣告胜利，而另一边的妖怪则鼻青脸肿，看上去十分可怜。

刘枫洋解下随身的葫芦，轻轻拧开了瓶塞。空气中立即出现了一个小小的旋涡，而旋涡的中心就是葫芦的瓶口。

"住……住手！"妖怪发出了撕心裂肺的惨叫，他拼命地想要逃跑，但一股强大的吸力将他一点点拽入瓶口之中。

"别费力气了。"刘枫洋自信道，"这个葫芦能够感受到四周的妖怪，妖怪越虚弱，吸力便越大。你们这种四处作恶的妖怪，就应该老老实实地待在里面才对。"

"救救我！"妖怪看着不远处的叶话，拼命地呼喊。

"是你。"叶话看着妖怪的脸，突然发现原来是当时救了流浪小狗的那个家伙。

"住手！"叶话突然大吼道。

刘枫洋有些意外，他暂时收起了葫芦，满脸不悦地看着叶话。

"你知道我最讨厌的就是妖怪，还有打扰我处理妖怪的家伙。"

叶话讲起了那天的经历，想让刘枫洋知道对方并不是什么恶妖，叶话坚信，能够帮助弱小的妖怪不可能做出杀人的事情。

"哈哈哈哈。"刘枫洋大笑道，"你是和妖怪待久了，脑子也出问题了吗？这种东西能够说明什么？要知道，这家伙可是从'妖怪之乡'出来的。你知道那里都住着什么吗？那些可全都是怪物啊。""我不明白你在说什么。"叶话见刘枫洋无法对话，只好使用项链的力量，将妖怪从他那里夺了过来。

"叶话，你这家伙真是越来越让我讨厌了呢。"刘枫洋看着叶话渐渐远去的背影，心中升起一股怒意。

"已经没事了。"叶话回到家里，刘枫洋并没有追上来。

"谢谢！"妖怪激动道。

"他为什么要抓你？"叶话问。

"我也不知道。"妖怪摇了摇头。

"他之前说过要抓捕涉嫌杀人的妖怪，难道厨师案的凶手是你？！"叶话试探性地问道。

"怎么可能？！"妖怪头摇得更加厉害了。

叶话叹了口气，显然这种对话并没有什么用。尤其是看到对方那张可怜兮兮的脸，叶话反倒有些不忍心。

"我叫叶话，你呢？"叶话跳过了那个话题，开始自我介绍起来。

"我叫……我叫……"妖怪有些犹豫，看上去十分警惕。

"不方便吗？"叶话见状没有多问，他舒展着身体，准备上床休息。

"并不是这样！"妖怪叫住了叶话，激动道，"对于救命恩人，我也没有什么可隐瞒的。"

说完，妖怪盘坐在地上，神情肃穆，讲起了自己的故事。

三

我叫鬼，住在妖怪之乡。

那是一个与外界隔绝的巨大村落，村民是各种各样的妖怪，因此那个抓我的人才会说岛上住着的全都是怪物。

　　妖怪们从未见过妖怪之乡以外的世界。用他们的话来说，外面的世界是危险的，傻子才会想要离开舒适的妖怪之乡。觅食、发呆，在各种无聊的举动里消耗着自己的生命，这就是妖怪之乡的生活。

　　遇到魈之前，我也以为那种生活会占据我的一生。

　　魈是我唯一的朋友，他是外来的妖怪，也是为数不多能够发现这里，并且通过了各种挑战来到妖怪之乡的妖怪。

　　我见到他的那天，他正在和百目虫进行战斗。

　　百目虫是妖怪之乡里最恐怖的妖怪之一，巨大的身体像是一座小山。它的身上有着难以击穿的鳞甲，围绕在头部和身体两侧的眼睛让任何猎物都难以遁形，任何落单的妖怪碰上它都难逃被吃掉的命运。

　　但那个家伙好像并不怕，他跳上了百目虫的后背，那里似乎是百目虫眼睛的死角——即便如此，也没有几个妖怪敢跳上去。焦躁的百目虫扭动着巨大的身体，粗壮的树木接连倒在它的撞击之下，搅起的尘土像是激起了一层云雾，战斗无比激烈。

　　那一战给我留下了深刻的印象，我从没想过会有妖怪敢与百目虫战斗。就在我以为他会死掉，甚至准备为他哀悼的时候，他居然驾驭着百目虫从树林飞上了云海。

　　魈像个勇士一样，从来不惧怕挑战。他去过很多地方，每个地方发生的故事都足以给人讲上三天三夜。

　　那些故事为我打开了一个全新的世界，令我羡慕不已。毕竟妖怪之乡的生活太过枯燥，已经数百年都没有发生过新鲜事了。

　　有一天，魈对我说："嵬，我带你去看看外面的世界吧。"

　　这句话似乎有着巨大的魔力，我感觉我的心都被点燃了，全身都跟着沸腾。

　　事实上，我无数次想离开这里，去往人类的世界。可我担心自己不够强大，无法通过路上的那些未知的考验。可真正让我感到痛苦的，是我一直都缺少面对这一切的勇气。

"你必须得出去看看才行。"魈说，"我知道你喜欢那些故事。可只有走出去，那些你听到过的故事，才有机会成为属于你的故事。"

"更重要的是，"魈顿了顿，眼神中闪过一丝惆怅，"我是你的朋友，但我不希望我是你唯一的朋友。"

就这样，我被魈说服了。

或许是因为有朋友的陪伴，那一刻，我感觉自己变得勇敢了。对于新世界的向往，也比任何时候都要来得强烈。

妖怪们担心外面的世界影响到妖怪之乡，所以在村庄的四周都设置了许多陷阱。时间久了，便把自己也困在了这里。

除了那些陷阱，我们还将面对更多的危险。我们穿越了荆棘密布的丛林，身体被刮出了一道道带血的伤痕；我们与妖兽战斗，整整一天一夜我们都不敢闭上眼睛。在穿越变温区时，大雪吹得我们快要睁不开眼，但转瞬之间高温又将我们炙烤得快要虚脱。

在经历过这一切后，我们终于离开了妖怪之乡，来到了人类的世界。

"天啊，这是什么东西，简直太好吃了！"

魈带我来到了一家牛肉丸店，那是我第一次吃到人类的食物，也是第一次感受到食物居然可以如此美味。

"所以我才和你说，不要永远待在妖怪之乡那个小世界里。待久了，你的心也会变小的。"魈总是有很多想法，即便是吃东西的时候，他也能说出许多我从未听过的道理。这让我很好奇，为什么魈会知道这么多。

在人类的世界里待了一段日子后，我们又回到了妖怪之乡。我迫不及待地把自己的见闻告诉大家，希望他们也能够走出妖怪之乡去看看更大的世界。

可他们并不相信，这个世界上怎么会有比妖怪之乡更好的地方呢？

没过多久，我再次祈求魈带我远行。然而意外发生了，魈突然病重，身体变得无比虚弱。

"嵬，你知道蜉蝣吗？那是一种生命非常短暂的生物。"魈躺在病床上，对我说，"其实我也是如此。我所在的一族，寿命要比一般的妖怪短上很多，生活从一开始留给我的选择就很少，所以我不能把自己一直困在一个地方。"

我点了点头，示意他不要说太多的话，那样会耗费更多的体力。

"好想再尝尝牛肉丸的味道啊。"魈的眼中闪过一道光，然而又很快暗淡。

"可惜，那是只有人类世界才有的食物。"魈痛苦地咳了起来，"要是能再尝一尝人间的美食，该多好啊。"

这是魈最后的愿望。

"等我回来。"我告诉魈，"我一定会把牛肉丸给你带回来。"

我也不知道我为什么会说出那种话，我并不勇敢，也不强大。可看着病重的魈，我突然明白了，他是我的朋友，他给我带来了很多惊喜，而我绝不能给他留下遗憾。最重要的是，我也想独自踏出通往新世界的一步啊。

就这样，我带着使命，来到了人类的世界。

/ 四 /

"既然只是为了帮朋友完成心愿，为什么会被那个家伙盯上？"

叶话虽然知道了嵬的经过，但还是感到困惑。

嵬继续回忆起当时的场景：

"当我赶到那里的时候，店铺并没有开门，我凭借妖怪的体质溜进了店里，希望能够找到一些做好的牛肉丸。接着我听到后厨好像发生了争吵，我没听清他们争吵的内容，但看情形争吵非常激烈。接着整个店很快地冒起了烟。我意识到情况不对，顺手抓了些丸子离开了那里。"

"再之后，你就被那个家伙给盯上了？"叶话追问。

"没错。"嵬点了点头，"原本是计划直接离开的，但是因为看见了快要饿死的小狗，所以把手上的肉丸都分给了它。我知道听上去有点可笑，可它快要饿死了，如果是魈看到，他也一定会这么做。"

"我并不觉得可笑。"叶话认真地道，"所以我才会从刘枫洋的手里救下你，因为我相信能做出这种举动的妖怪一定不是他说的怪物。"

"谢谢。"嵬感动地道，"这也导致我不得不再次回到那家店。可当我返回的时候，那里已经被烧毁了。路上我撞见了一个人类，那家伙能看见妖怪，并且从我身上嗅出了残留的牛肉丸气味。于是那个家伙开始抓捕我，今天被他撞上了，真是太可怕了。"

"我知道了。"叶话看了看时间，已经不早了，"不知道为什么，他好像十分厌恶妖怪，加上你看上去十分紧张，所以他才会理所当然地认为你就是凶手吧。这样吧，等我下次看到他，我会和他说清楚的。"

第二天，刘枫洋来到了店里。

"把妖怪交出来。"刘枫洋坐在吧台边，显得很没有耐心，"让妖怪从自己的手上逃走，是对驱妖人的侮辱。"

"事情并不是你想的那样。"叶话解释道，"凶手或许另有他人。"

"你的意思是我故意陷害一个妖怪？"刘枫忍不住大笑。他此前一直认为叶话可以加入自己，成为清理妖怪的一大力量。但经过观察，他不仅发现叶话对妖怪的好感越来越高，更反过来影响了他自己。

再这样下去，叶话反倒会成为碍事的存在。

"你说的那些都是那个妖怪告诉你的吧？"刘枫洋笑道，"究竟是要说你单纯好，还是愚蠢好呢。"

"我……"

叶话原本要将知道的细节全都告诉刘枫洋，但被他这么一说，所有的话都被生生憋了回去。他开始意识到，以刘枫洋对妖怪的敌视程度，仅仅靠着这些话根本不能让他放弃。如果想要证明嵬的清白，自己就必须拿出更多的证据。

晚上，叶话刚回到家，嵬就凑了过来。在事情没有被解决之前，嵬一直都待在叶话的房间里。即便刘枫洋就住在附近，也不敢直接冲进别人家里。

"那个家伙应该不会听你解释吧。"嵬对叶话说。

"既然解释不清楚，那我们就自己解决好了。"刘枫洋对妖怪的偏见让叶话感到有些不满，他决定自己找出真相。为此，叶话不惜暂时歇业。

叶话拿出报纸，上面记载着案件的最新进展。从报道里叶话留意到死去厨师的人际关系。他发现，厨师曾经有过一个徒弟。如果能够找到那个徒弟，或许能从他那里发掘一些有用的信息。

"请让我和你一起去吧。"嵬忍不住说道，"这件事因我而起，我也很想尽自己的一份力。

叶话有些犹豫，但看到嵬一脸坚决的模样，最后还是忍不住点了点头。

"感激不尽！"嵬鞠躬道。

五

此时，妖怪之乡。

嵬怀揣着一盒食物，神色有些紧张。他一路狂奔，时不时回头观望，好像在躲避什么。

几张符咒紧跟着嵬飞了出来，咒印相连结成了法阵，挡住了嵬的去路。

"放弃挣扎吧，妖怪。"一个男人走了出来，怀里系着一个葫芦，葫芦似乎是他的法器。

"你已经追了我很久了。"嵬紧紧地护着怀里的食物，"我可没有伤害人类，为什么不放过我？"

"你以为我会相信妖怪的话吗？"男人忍不住大笑，"束手就擒吧。"

……

魃从梦里惊醒了过来，刚才的画面让他为嵬感到担心。妖怪是很少做梦的，一旦有梦，那往往是某种预兆的象征。

嵬离开妖怪之乡已经有一段日子，按理说应该已经回来了。联想到刚才的梦境，魃预感嵬可能是遇到了危险。

魃开始有些后悔，当初或许不应该让嵬离开这里。但他能带着嵬一起闯荡的时间已经不多了，在自己消失之前，他希望嵬能学会自己面对整个世界。

因此，他必须迈出那一步。

魃出生在一个闭塞的妖怪村落，那里靠近大海，相传海的尽头可以通往人类的世界。对于妖怪来说，那是一个流传着各种传说的世界。

某天，村里来了一个妖怪。他的出现引起了全村的热议。因为他是第一个成功去往人类世界又回到这里的妖怪。

那个妖怪是魃的邻居，年幼的魃称他为大哥哥。

得知大哥哥回村，魃很开心地去找他。大哥哥当时正在吃饭，看见魃来了，便特意多盛了一碗，招呼他一起来吃。

"太……太好吃了！"魃激动得连话也说不清，"我从来没吃过这么好吃的东西！"

大哥哥笑了笑，他摸了摸魃的头，对他说："这是人类世界的食物，是牛肉丸哦。"

"人类世界？"魃停下了手里的筷子，好奇地望着大哥哥。

"是啊。"大哥哥说起自己的经历，仿佛刚刚发生一般。

"人类世界特别大，那里有很多很美的风景，有不同肤色的人类以及各式各样的建筑。生活每天都是新的，到处都散发着希望的气息。"

"可是大家都说那个世界太危险了，我们应该老老实实地待在自己的世界里。"魃感到有些矛盾。

大哥哥迟疑了片刻，他看着年幼的魃，忍不住笑了笑。

"魃，你还小。总有一天，这个小村子会容不下你对于世界的渴望。"大哥哥按住了自己的胸口，表情有些凝重，"而且，你要知道。和其他的妖怪相比，我们的寿命很短。我们……"

大哥哥忽然停了下来，他看了魃一眼，没有继续说下去。毕竟魃只是一个孩子，有些话对他而言还太早了。

"总有一天你会明白的。"大哥哥开始咳嗽起来。

不久之后，大哥哥死了。魃出席了他的葬礼。

那时候魃并不明白死是什么，可他却深深地记住了牛肉丸的味道，还有大哥哥说的那番话。

渐渐地，魃长大了。当他开始意识到村庄是如此之小，村子里的妖怪们是如此无趣时，他突然明白了大哥哥当年说的那些话。

这里已经容不下魃对于世界的渴望了，有些灵魂生来就是要追逐远方的。

在这里，他没有朋友，妖怪们在一成不变的生活里盘算着彼此的小利益。他已经受够了这样的生活。

某一年，在大哥哥忌日的那一晚，魈做出了影响他一生的决定——他为自己做了一艘船，在一个夜晚偷偷地离开了村子。

历尽艰险后，魈终于来到了人类的世界。他见到了形形色色的人，惊讶于完全不同的文化和风俗。他尝到了当年吃过的牛肉丸，见过了春天的繁花和冬天的落雪，认识了游荡在人间的不同妖怪，每一天对于他而言，都是未知且新鲜的。

在人类世界生活了一段时间后，魈的身体开始出现问题。他的体力正在逐渐衰退，他甚至明显地感觉到自己的生命力正在一点点流失。

妖怪跟人类寿命不同，不同群族的妖怪寿命也不同。魈很清楚，他的生命之旅，已经开始步入尾声。

魈感到庆幸，庆幸自己当初选择了出发。尽管他也经历过村民的怀疑和嘲笑，但最终顺从了自己的内心。

在生命的最后一段时间里，魈忽然产生了一个念头，他想要说服更多还在犹豫的妖怪，帮助他们见到更大的世界。

魈决定离开人类的世界，回到妖怪当中。他来到了妖怪之乡，在这里他发现了嵬。

魈从嵬身上看到了过去的自己。他没有朋友，村里的妖怪们同样沉溺在自己的世界里。嵬一直想去外面的世界看一看，可他始终缺乏前行的勇气。并不是所有的妖怪都和魈一样短寿，也正因如此，他们才会在犹豫和痛苦中不断消耗着自己的生命。

魈决定带着嵬一起离开妖怪之乡，他相信在见到过更大的世界后，嵬一定可以独自迈出脚步，带着勇气去往自己想去的任何一个地方。

六

叶话和鬼开始了一整天的调查。

他拜访了很多认识死者的人，包括附近的商家。

"老板是一个非常善良的人。"

"发生这种事情真是太可怜了。"

"以后可能再也吃不到那么棒的牛肉丸了。"

……

除了同情，叶话没有问出一点关于死者徒弟的信息。

就在他失望地准备离开时，一个小孩从身边冲了过去。叶话猛地
抓住那小孩，霎时间一辆汽车与他擦身而过。

"好危险。"叶话感慨道。

这时，一个老人气喘吁吁地追了上来。那是小孩的爷爷，因为没
有吃到想要的食物，孩子发起了脾气，这才跑了出去。老人见孩子平
安无事，急忙向叶话道谢。

"爷爷，我要吃牛肉丸。"孩子哭喊道。

老人叹了口气，摸了摸孙子的脑袋，安慰道："爷爷给你买其他
好吃的好不好，那家店已经没了。以后再也吃不到了。"

"老爷爷，您也是那家店的客人吗？"叶话忍不住问道。

"是啊。"老人点了点头，"我可是看着那家店开起来的，这么
多年了，就爱这一口。"

"那您知道那家店的老板曾经有个徒弟吗？"叶话不死心地问道。

老人想了想，不太确定道："最开始，老板确实是有一个徒弟的。
后来过了一段时间，徒弟离开了那家店，并且在不远的地方开了一家
新的牛肉丸店。"

"竟然有这样的事。"叶话有些惊讶。

"是啊。"老人回忆道，"因为这是很久之前的事情了，所以知道的人并不多。那家店我曾经去过一次，味道很普通，所以后来就再也没去过了。"

顺着老人的指引，叶话和鬼来到了徒弟经营的那家牛肉丸店。店面有些破败，里面也只有零星的几个客人，看来生意并不好。

叶话走进店里，看到了一个发福的中年男人，他上前问道："请问您是老板吗？"

"是啊。"对方懒散地应道。

"是这样的，我们想了解下关于您师傅的事情，就是前几天的那件厨师案。"叶话继续问道。

"什么师傅？"那个男人像是突然想起了什么，急忙补充道，"你们是要找之前的那个吧，那家伙好像就是从那家店出来的。"

"之前的那个？"叶话疑惑道。

那男人见叶话没明白自己的意思，又接着解释："是啊，这是我从他手里买下来的店。他娘的，买了以后总有人来找我还钱。气死我了。"

老板告诉叶话，因为经营不善，那位徒弟把店卖给了自己。叶话听后沮丧地摇了摇头，刚得到的线索又断了，心情不免有些失落。

"不过我知道他住在哪儿，你如果是来要钱的，就上那儿找去，别找我。"老板摆了摆手，不耐烦地说道。

按照老板给的地址找过去，叶话来到了一栋同样破败的老房子。透过模糊的玻璃窗，隐约看到里面有个男人正在打电话。

"太远了，什么也听不清。"叶话在一旁暗自着急。

"喂，你……"叶话话音刚落，鬼就出现在了那个男人的旁边，俯身听他打电话。

"差点忘了他是妖怪，就算站在人类的旁边，也不会被发现。"叶话庆幸道，幸好当时同意和鬼一起出来。

"是债主的电话。"鬼回来对叶话说，"那个家伙似乎欠了债，所以才会卖掉自己的店。另外……"鬼顿了顿，"那个家伙确实和厨师的死有关。那个声音我记得，就是和厨师争吵的声音。"

"果然。"叶话意识到真相已经越来越近了。

"走吧，回去了。"叶话对鬼说，"不过在此之前，我想先去另一个地方。"

七

经过这几天的观察，叶话和鬼终于弄清了对方的行动规律，他每天都会在很晚的时候，带着一身酒气过一条小路。

而今晚，叶话将埋伏在小路边，准备采取行动。

半夜时分，小路上传来一阵脚步声。借着月光，叶话看到来人正是厨师的徒弟。

"准备好了吗？"叶话问鬼。

鬼点了点头，配合着叶话开始了他们的计划。

"啊！"

叶话大叫一声，从草丛里爬了出来。他五官扭曲，像是受了什么惊吓。在他的身后，紧紧跟着一个人形木偶。原本冰冷的关节，此刻仿佛有了生命，一步步地朝着叶话走去。

"救……救命！"叶话一边惨叫，一边朝徒弟爬去。

徒弟被眼前的景象吓得脸色苍白，他不明白，为什么大半夜里这条路上会出现一具可以自己行动的木偶。

就在这时，木偶突然转过头去，死死地看着徒弟。那种突如其来的恐惧，让徒弟瞬间散去酒气，两腿无力地瘫软在地上。他伸出了颤抖的手，指向那个空荡荡的躯壳，嘴里不停地喊着：

"妖……妖怪！"

木偶先是抓住了叶话，随着一声惨叫，叶话彻底没了声音，一动不动地瘫倒在地上。奇怪的是，木偶好像也失去了生命，关节开始一个个脱落，瞬间散落一地。

徒弟从惊恐中回过神，他鼓起勇气推了推昏倒的叶话。见他一动不动，便准备自己离开。

"站住。"

身后传来一声沉闷的低吼，叶话在徒弟的惊讶当中缓缓地站了起来。只见他神情异常，仿佛是被什么东西控制了。

"我是这里的妖怪，这个人类已经被我控制住了。现在我要问你一些问题，如果你敢骗我的话，我会杀了你！"叶话用一种奇怪的声调说道。

"什……什么妖怪，少骗人了！"

徒弟哆哆嗦嗦地想要逃走。

叶话用手指向附近一棵大树，大树立即发出了哗哗的响声，树叶从枝头不断地落下。

"如果你再走一步，这棵树就会朝着你的方向砸去。"叶话继续恐吓着对方。

这种恐吓确实奏效了，面对这种无法解释的现象，徒弟的内心终于崩溃了。

"你问什么我都说！求求你，不要杀我！"徒弟跪在地上，不停地哀求道。

正在推树的鬼忍不住偷笑起来，这一切都是叶话的安排。不过鬼的戏份已经结束，接下来是叶话的"拷问"时间。

"牛肉丸店的老板是你害死的吧？为什么害他？"叶话开始了自己的提问。

"这……"徒弟的语气变得有些迟疑。

"为什么不回答？！"

嵬开始更卖力地推动大树，一瞬间，似乎所有的树木都发出了响声，宛如一场盛大的审判。

"他可是一直把你当成亲生孩子一样看待啊！"叶话咬着牙，一字一句地说道。

"住口！"徒弟突然咆哮道，"如果他能告诉我秘方的话，一切就都不会发生了！"

八

我是一名孤儿，领养我的家庭因为有了自己的孩子，开始觉得我是个麻烦，最后把我送到了一个厨师的家里当学徒。

厨师有一个女儿，她把我当作哥哥。他们一家三口对我都很好。在学习的过程中，我也有机会吃到师父做的东西。

"哇！这个牛肉丸太好吃了！"

牛肉丸是师父的招牌菜，尽管吃了很多次，可每一次都会让我为之惊叹。

师傅开心地笑了，他说："只要你用心去做，总有一天你也会做出来的。"

就这样，我在师傅那里待了好几年，见证了他从小摊到门店的奋斗过程。而在这几年里，我的技术虽然大有长进，可和师父相比，中间永远存在一条无法逾越的鸿沟。

而能够填平这条鸿沟的，只有秘方——一个被师傅提过无数次却没有真正告诉过我的牛肉丸秘方。

"师父，希望你把牛肉丸的秘方告诉我！"

"不行，你现在还无法理解秘方的意义。"

"师傅，可是……"

"好了，不要再说了。到了合适的机会，我会告诉你的。"

我不明白，作为师傅唯一的徒弟，为什么最重要的秘方他却没有告诉我，难道是不信任我吗？想来也是，毕竟我只是一个投靠他学艺的孤儿啊。

终于，在我学艺的第十年，我离开了师父。决心自己开一家店，向师傅证明，哪怕他不把秘方告诉我，我也可以做得很好。

然而事与愿违，经历了一小阵的热闹后，店铺出现了经营难题——没有客人。他们都去了师傅的店，这让我很不甘心。没有秘方的话，果然是无法留住客人的。

随着店里的生意越来越差，我开始借酒消愁，甚至沾染了赌博。然而我很快就输掉了所有的钱，并且欠下了一大笔债。

被债主催债的我想通过卖掉自己的店铺来还债。但由于环境和价格问题，最后，我只能以极低的价格将店铺卖出去，偿还了一部分的债款。

可是我并没有就此放弃，我知道，如果我有师傅的秘方，那我就能东山再起。

那天天还没亮，我来到了师傅的店里。希望他能看在这么多年的情分上，帮我一把。

可是师傅没有把秘方告诉我，甚至狠狠地教训了我一顿。

"师傅，求求你把秘方告诉我吧！"

"没有！没有秘方！你走！"

"师傅你真的忍心我被追债的人杀掉吗？"

"那是你自己的事，怨不得别人。"

……

我和师傅吵得不可开交，我知道秘方的事情已经无望了。我正要走，师傅突然拉住了我，我甩开他的手，无意中将他推倒在地。

"没有……没有秘方。"师傅倒在地上，痛苦地看着我。

我心里突然有些内疚，想要把他扶起来。但在听到这句话后，我原本伸出的手又停住了。内心里的愧疚全都变成了憎恨，即便是到了这种地步，在他的眼里，还是秘方更加重要。

去他的秘方吧，我，已经没有兴趣去听了。

我愤怒地离开了店里，过了几天，我才知道店里发生了火灾，师傅也已经死了。

那一瞬间，我仿佛做了一场噩梦。曾经和师傅在一起的时光不断地出现脑海，我回想着师傅那痛苦的眼神，仿佛还有很多东西想要和我说。

我很害怕，师傅的死可能和我有关，警察会不会找到我？每一天，对我来说都格外煎熬，只能靠酒精来麻醉自己。

可我又能怎么办呢，我也不想把事情变成这样，如果师傅一开始就把秘方告诉我，就不会出现这种情况了！

叶话长叹了一口气，他从口袋里拿出一支录音笔，轻轻地按下停止键。

"你果然知道真相。"叶话收回录音笔，举止也变得正常了许多，"那些话你留着和警察说吧。"

"你居然敢骗我？！"徒弟发现自己上当，脸色变得无比狰狞。气急败坏的他猛地扑向叶话，想要夺回录音笔。

叶话身手灵活，不仅没让对方抓住自己，反而让他扑了个空。

"你们和师傅一样，都只会骗人。"徒弟发出一阵苦笑，满脸的不甘心。

"你根本不明白他的心意。"叶话的声音充满了愤怒，"你师傅他，可是一开始就把秘方告诉你了啊！"

……

九

"走吧，回去了。"叶话对嵬说，"不过在此之前，我想先去另一个地方。"

叶话先是去往花店，随后来到了牛肉丸店的旧址。这里已经被烧成了灰烬，地上剩下一片狼藉。

当他赶到牛肉丸店时，一个姑娘早已出现在那里，由于案件还没有结果，厨师的遗体无法下葬，所以一些老顾客会到此祭拜厨师。

"你是？"姑娘打量着前来祭拜的叶话，问道。

"我是他以前的食客。得知他不幸去世，所以来祭拜一下。"叶话放下鲜花，神情肃穆。

"爸爸如果知道有这么多人喜欢他的牛肉丸，一定会很开心吧。"姑娘的眼角有些湿润。

"爸爸？"叶话有些惊讶，"难道你是？"

姑娘点了点头："我是他的女儿。"

叶话没想到他在这里能够遇到厨师的女儿，安慰几句后，他开始问起店铺之前的事情。

"听说厨师先生有一个徒弟，他没有和你一起来吗？"叶话问道。

"你也听说过他的事吗？"姑娘有些意外，不知叶话从哪里得来的消息。

"嗯。"叶话点了点头，"是一个老爷爷告诉我的。他说很可惜，如果那位徒弟没有赌气离开的话，或许这家店的味道就能被继承下去了。"

　　"是啊。"姑娘的情绪有些低落，"爸爸他，一直都很看重他啊。"

　　接着，姑娘开始讲起了关于那位徒弟的事情。

　　"很久以前，爸爸收了一个徒弟。我们像一家人一样生活在一起，我更是称呼他为哥哥。"

　　"爸爸对哥哥期望很高，他希望以后能放心地把店交给他。可是哥哥急于求成，并不能把心思都放在牛肉丸的制作上，而是不断地向爸爸问起牛肉丸秘方的事情。"

　　讲到这里，姑娘的语气变得有些伤感。

　　"因为这件事，哥哥和爸爸吵得很厉害。爸爸心脏不好，每次吵架都会心绞痛。我和妈妈都很担心爸爸的身体健康。"

　　"后来哥哥赌气自己开了一家店，可是经营得并不好。甚至欠下了许多债。爸爸知道哥哥想要卖店的时候，也找过许多的朋友想要帮忙，甚至考虑过自己偷偷买下那家店。但因为急着还债，最终哥哥以极低的价格将店铺卖了出去。从那以后，哥哥和爸爸之间的误会更深了。"

　　"原来是这样。"叶话唏嘘道，"所以他开始憎恨自己的师傅了吗？"

　　"不，还有秘方的原因。"姑娘摇了摇头，"哥哥心里一直不满爸爸没有把秘方交给他。实际上根本没有所谓的秘方，或者说，秘方早已经告诉他了。"

　　姑娘见叶话一脸的不解，便和他解释。

　　"爸爸的牛肉丸本身并没有什么独家的秘方，之所以大家喜欢，是因为爸爸喜欢厨师这份工作，他只是把自己对工作的热爱全都倾注到了牛肉丸中而已。爸爸说过，只有将自己的热情注入食物中，食客才会感受到厨师的诚意。对于厨师来说，这才是真正的秘方。"

"你师傅他，从来没有骗过你。"叶话收起录音笔，冷冷说道，"因为太过相信所谓的秘方，导致丢失了身为厨师的本心。这就是你永远无法超过师傅的原因！"

"不会的，不会的……"徒弟的精神好像有些错乱，他时而大笑，时而痛苦，嘴里不停地喊道，"这不可能是秘方……不可能。"

几天后，案件的调查结果公布了。厨师的死因是突发心脏病，而那位徒弟因为过失罪也受到了相应的处罚。

十

"终于还你清白了。"叶话对嵬说，"这下刘枫洋就不会再找你麻烦了，你终于能安心回去了。"

"可是……"嵬并没有因此感到高兴，反而面容沮丧，"可是我也没办法给魃带牛肉丸回去了。"

就在这时，门外突然传来一声呼喊："嵬！"

"这个声音……"嵬的心中一惊，仿佛以为自己听错了。他缓缓探过头，果然，原本应该在妖怪之乡养病的魃，此刻出现了他的面前。

"魃！"嵬激动得一跃而起，"我没做梦吧？！"

"我预测到你有危险，很担心，所以来找你了。"魃讲起了自己的梦境。

"多亏了这个人类。"嵬指了指叶话，"多亏你鼓励我来到外面的世界，我才会知道还有叶话这种愿意相信妖怪的人类！"

嵬又激动地讲起自己这些日子来的遭遇。看着满脸喜悦的嵬，魃的脸上露出了欣慰的笑容。

"不过，我没办法给你带回那家的牛肉丸了。"说到一半，嵬忽然愧疚地低下了头。

　　魈拍了拍嵬的胳膊，正要去安慰他，可一旁的叶话却突然发话了。

　　"不介意的话，你们先等一等吧。"叶话开始检查食材，"虽然没办法做得和那家一模一样，但我可以为你们试一试。"

　　魈看着叶话那真诚的眼神，忍不住对他点了点头。

　　"那就麻烦你了。"

　　厨房里，叶话开始制作牛肉丸。

　　精牛肉去筋，放入搅拌机中打碎。打成肉泥后放入盆中备用。此时将事先准备好的葱姜汁倒入肉泥中，沿着一个方向搅拌。等到肉泥上劲的时候，接着放入鸡蛋清、盐、黑胡椒粉和淀粉，继续搅拌至起浆。

　　此时，锅里的高汤已经烧开，那是经由鸡骨和猪骨一起熬制的清汤。将成形的牛肉丸放入锅中，以小火慢慢煨熟。

　　起锅之时，可根据个人喜好撒上葱花、香油。成品汤色清亮鲜美，牛肉丸肉质滑嫩，咬一口，满口肉香。

　　"真是美味啊。"魈咽下一颗肉丸，露出满足的笑容。

　　这种感觉让他想起了第一次吃到人类食物的情景，对世界抱有好奇的人总是可以体验到美好的事物。看着一旁同样满足的嵬，魈更加坚信了这一点。

　　吃过牛肉丸后，嵬和魈向叶话道别，他们要准备返回妖怪之乡了。

　　转眼间，他们已经走到郊外，空气中，忽然弥漫起一股让人不安的气息。

　　"等等。"魈拦住了嵬，他感觉到了危险。

　　前方的路口，一个男人挡住了他们的去路。

　　"有趣，一下子就碰到了两只。"男人的嘴角微微扬起。

　　"等等，厨师的死因不是已经公布了吗？凶手不是我啊！"看着面前的男人，嵬感到了强烈的恐惧，他开始紧张，声音也有些颤抖。

　　"那又怎么样，"男人不屑道，"你们是妖怪，凭这一点，你们就应该被清理掉！"

　　"跑！嵬，快跑！"

　　一道红光升起，男人腰间的藤葫芦发出了微微的抖动。男人摸了摸腰间的葫芦，嘴角露出了满足的笑。

　　"果然，还是只能靠自己啊。"

　　另一边，花妖出现在一列通往冬云县的列车上。

　　这一节车厢没有什么人，除了花妖，还有一个身形高大的男人，并且那人就坐在花妖身边。

　　"那家伙，一直都没有真正原谅过我吧。"男人平静地看向车窗外，仿佛在思考什么。

　　"别说那些了。叶话知道你回来的话，一定会很高兴吧。"花妖接道。

艮的炸平菇

／ 一 ／

老旧的叶家宗宅，议事厅中。一群年迈的老人围坐在一起，在他们中间站着一位年轻人。这名年轻人面色沉重，他的心里有些紧张，因为接下来他将和家族的长辈进行一次对话。而无论对话的结果如何，对他而言，都意味着一场审判。

"我已经无法再成为驱妖人了。"年轻人咬着牙，语速缓慢却又坚定。

"不要被妖怪给欺骗了。"一名老人从喉咙里发出了苍老的声音。

年轻人握紧了拳头，他更加坚定了自己的想法，尽管知道这样做会被家族唾弃，但他已经别无选择。

"很抱歉。发生了那样的事情之后，我再也没办法猎杀妖怪了。"

在座的老人们显现出巨大的失望，他们面前的年轻人是家族中最有能力的后辈。在如今驱妖已经被边缘化的时代，这个年轻人的身上寄托了家族最后的希望。

"既然如此，那就把叶话留下吧。那个孩子拥有与生俱来的阴阳眼，作为驱妖人，那是一种神迹般的天赋。把他交给我们，我们会把他培养成比你还要优秀的驱妖人。"

"我拒绝。"年轻人低下了头，谁也看不清他此刻的表情。

"因为我的缘故，那个孩子从小就被妖怪们欺负。这让身为父亲的我十分愧疚，但即便是这样，他也没有憎恨过我，更没有丢弃自己善良的天性。"年轻人缓缓抬头，眼神坚定地扫过了在场的每一个人，"有一年我回到家，他开心地对我说，爸爸，我想成为一个厨师。那个孩子已经找到了自己想要走的路，我这个做父亲的，是绝对不会阻碍他继续前行的！"

"你这个家族的叛徒！"一个老人愤怒地拍打着桌子，声音都跟着颤抖。

此刻，这个年轻人已经成为家族的遗弃者。伴随着他的离开，叶家的驱妖人事业也因为无法传承下去，即将画上句号。

……

熙攘的街头，一个归来的旅人远远地看着叶话的店面，嘴角露出了一丝笑容。

／ 二 ／

夜深了，食客们早已散尽，留下的只有白天不便现身的妖怪，比如花妖。

叶话为花妖倒了一杯酒，欢迎他的回归。花妖喝得醉醺醺的，嘴里说着叶话听不懂的话。

"快回去吧。"花妖神秘兮兮道，"家里有客人在等着你。"

叶话听得一头雾水，没过多久，他便带着这份好奇回到了家里。

他换好了鞋，正要进门时却发现鞋柜旁多出了一双鞋子。叶话揉了揉眼，最近他不时有些眼花，以为是又看错了。

"还愣在门口干吗？快看看是谁回来了。"母亲冲着发愣的叶话喊道。

叶话还没回过神，面前突然多出了一个身影。那身影要比叶话高出一些，虽然已是中年，但五官依旧保持着年轻时的英气。他肤色偏黑，身材十分健硕，鼻翼上留有一道浅浅的疤。配上严肃的神情，很容易就让人感到压力。

"爸……你回来了。"叶话脱口而出。

"哟！叶话！"眼前的这个男人突然像变了个人似的。原本高冷严肃的面孔被欢乐所替代，他拍着叶话的肩膀，眼里带着笑，"比上次见到你又长高了些。"

"你爸爸难得回一趟家，有时间你们父子俩好好聊一聊。"母亲看上去也十分开心。

"嗯。"叶话点了点头。可面对许久没有见面的父亲，一时间他竟然说不出话来。

"爸妈，今天有点累，我先睡了。"叶话转身回到了自己的房间。

然而躺在床上，叶话却想得更多了。他担心自己刚才的表现会显得太过冷漠，从而让父亲伤心，但他却无法表达出来。叶话并不讨厌父亲，小时候他们之间的话很多，但自从父亲离开家之后，他们之间就有了无形的距离感。

回想小的时候，父亲是他的守护者。每当有妖怪想要欺负他，只要来到父亲旁边，妖怪们便都吓跑了。

但这种生活只持续了几年。叶话一直无法理解，父亲为什么要离开妈妈和自己，选择一个人去往外地工作。在他年幼的心中，那意味着一种抛弃。即便长大之后，叶话明白了父亲养家的不易，但那种从小就寄生在心里的感觉依旧在潜移默化地影响着他。

"真是一个差劲的父亲啊。在你最需要保护的时候却离开了你。"

房间里，忽然传来一阵讽刺的笑声。

"谁？！"

叶话猛地清醒过来，他警觉地观察着四周，却什么也没有发现。

一切似乎都只是他的幻觉。没过多久，睡意袭来，叶话不知不觉地睡着了。

／ 三 ／

第二天，叶话的店里。

店里的客人不多，叶话正在专心地清洗餐具。门外，一位特别的客人走了进来。他来回打量着店内的环境，时不时露出满意的神情。

"弄得还挺不错的嘛。"客人来到吧台前，和叶话聊了起来。

"爸，你怎么来了？"叶话有些意外，由于太过专注，竟然连父亲的到来都没有发觉。

"啊，好久没回来了，来看看你。"父亲发出了爽朗的笑，对着写有几个推荐菜品的菜单看得出神。

"还是那个吗？"叶话顺着父亲的目光望去，忍不住问道。

"还是那个吧。"父亲回过神来，神态惬意。

叶话叹了叹气，转身走进厨房，不久之后端出了一份金灿灿的散发着热气的食物。

白色的泡沫恰到好处地停在杯口，父亲举起叶话为他倒满的啤酒，再来上一口盘子里的食物，不由得说上一句："畅快！"

"这道炸平菇你都不知道吃了多少年了。"叶话不太理解父亲的惬意，作为厨师，他很难像父亲一样只专注于某一道菜。

父亲指着盘子里被炸得金黄的平菇，满足道："对我而言，这是一道无法被替代的菜。更何况，烹饪者可是我的儿子呀！"

父亲开心地大笑着，引得周围的食客都朝他看去。叶话虽然被弄得有些难为情，但也忍不住跟着笑了起来。

傍晚，叶话早早地结束营业，打算和父亲一起走回家。

　　夕阳将天空染成了红色，远处还飘着赤霞。在叶话的记忆里，已经记不清和父亲一起回家的情景。空荡荡的街道上除了偶尔响起几声鸟叫外，剩下的都是父子间的沉默。

　　"砰！"

　　一个炸裂引起了叶话的注意，他抬头望去，原来是路灯碎掉了。但紧接着，叶话吃惊地发现，在路灯之上伫立着一团黑色的气体。那黑气忽地睁开了猩红的双眼，对着他们露出怪异的笑容。

　　"是他！"叶话突然想起，这就是刘枫洋说过的黑气，也是从童年起就不断给他带去危险的妖怪。

　　黑气没有其他的举动，听了一会儿后就飞向了别处。叶话想要去追，却被父亲轻轻拉住。

　　"怎么了？你看到什么了吗？"父亲回头看着他，面露不解。

　　"没，没什么。"叶话也冷静了下来，他忘记父亲并不能看见妖怪，同时，他也没有想好要怎么去解释这一切，所以只好如此回答。

　　夜里，叶话躺在自己的床上，开始回想起今天见到的黑气。之前刘枫洋找过他很多次都没有消息，为什么今天他会主动出现？更奇怪的是，他居然没有攻击自己，这可不符合黑气作风，好几次，他都恨不得要杀了自己，这背后到底隐藏着什么？

　　叶话想了很久也没有想出答案，但他很清楚，黑气最终的目的一定是找他复仇。他必须尽快地处理好这一切，尤其是父亲刚回来没多久，绝不能让他为此而担心。

　　又过了一天，叶话回到家中，发现母亲正在为父亲擦药。父亲的手臂上出现了一道伤口，虽然不是很严重，却让母亲心疼不已。

　　"回来了啊。"父亲笑着和叶话打招呼。

　　"您的手……"没等叶话说完，母亲就开始埋怨起来："说是今天出门不小心给刮到的。都这么大的人了，还是不能让人省心。"

一旁的父亲憨憨地笑着，叶话关心地叮嘱了几句，然后回到了自己的房间。

没多久，窗外响起了轻轻的敲打声。叶话推开窗，原来花妖。

"怎么了？"叶话不解道，"又来要酒喝吗？"

"才不是。"花妖激动地道，"我来和你说一件重要的事情，今天，我看到黑气在跟踪你父亲！"

"你说什么！"叶话的心突然提了上来，他没有想到黑气已经开始有所动作，而且注意力已经放到了父亲的身上。

花妖继续说道："他一直跟着你的父亲，不过你的父亲好像并不能看见妖怪，因此一直没有发现黑气的存在。你父亲手上的伤，就是黑气造成的。"

"知道了。"叶话的神情变得凝重。他握紧了拳头，心里充满了对父亲的愧疚。因为自己和黑气的恩怨，结果却害得父亲受伤。

"明明来到这里的目的是为了报复我，结果居然……"叶话脑子里突然冒出了一个可怕的想法。

他开始回想黑气出现的时间，第一次出现正是在父亲离家之后，而这一次却是因为父亲的意外回家而再次出现。

"难道……"叶话不敢想象，或许除了自己，父亲一早也是黑气要报复的对象。

如果真的是那样的话，事情就变得更糟糕了。虽然叶话还不明白其中的原因，但他清楚，不能再这么被动下去。

次日，叶话早早地出了门。然而他并不是去店里，他要去的地方是一片茂密的树林。花妖告诉叶话，这是他跟踪黑气来到的最后一个地方。

妖怪之森。

四

　　叶话所在的小城以东二十里处，有一片茂密的树林。那里人迹罕至，如果不是为了打听黑气的下落，叶话也不会来到这里。年迈的妖怪告诉他，在许多年之前，这片森林里曾经住着各种各样的妖怪，大家和睦地生活在这里。后来因为一些变故，妖怪们陆续离开，如今只有零星的一些妖怪还坚守在这里。

　　叶话在树林里寻觅了半天，却没有见到任何妖怪，相反，他在林子里看到了一个人类——刘枫洋。

　　"你怎么也在这儿？"叶话开口问道。

　　"还能因为什么？"刘枫洋没好气道，"当然是为了清除黑气妖怪。我打听到了，黑气可能就住在这里，这一次我绝不能再让他跑掉了。"

　　叶话没有再问下去，他不太理解刘枫洋的执着，可能因为他并不是一个真正的驱妖人。想到这里，叶话突然庆幸自己没有成为像刘枫洋一样的驱妖人，那样的话，他或许永远都不会了解到真实的妖怪。

　　虽说如此，不过考虑到安全，二人还是选择了结伴而行。又走了一阵，叶话有些累了。正好不远处有一棵粗壮的朽木，叶话没有犹豫，坐在上面休息起来。

　　朽木的一侧生有许多野生的平菇，菇群错落有致地散布在四周。平菇群长得很好，看上去鲜美异常。叶话身为厨师，又想起这是父亲的最爱，所以一看见便忍不住要伸手去摘。

　　叶话的手刚伸出去没多远，一个手指般大小的妖怪立即跳了出来，对着叶话的手狠狠地咬了一口。

　　"可恶的人类，不许偷我们的东西！"小妖怪鼓着腮帮子，气冲冲地道。

　　"抱歉。"叶话收回了手，解释道，"我以为是野生的，没有想到有妖怪们在照看。"

"没错，这就是野生的！"小妖怪大声喊道，"但这片林子的所有东西，都是艮大人的！"

小妖怪见叶话不再打平菇的主意，脾气也稍微变好了一些。他低头思忖着，突然像是发现了什么不得了的大事，大喊道：

"天哪，是人类！可以看见妖怪的人类！"

小妖怪急得来回转圈，似乎是通过这种方式来表达自己的惊讶。

"我叫叶话。"叶话用手拦住了小妖怪，好让他停下来，"请问，你见过一个一团黑气的妖怪吗？"

"黑气？"小妖怪一脸狐疑地看着叶话，"你是说艮大人？"

"艮？"叶话重复道。

小妖怪跳上平菇，来回审视着眼前的这个人类。

"艮大人是这片森林的管理者，对了，他最讨厌的就是人类。尤其是驱妖人。"说到这里，小妖怪看了叶话和刘枫洋一眼，"你们不是驱妖人吧？"

"……当然不是。"叶话的心里小小地惊了一下，他冲刘枫洋眨了眨眼，提醒他不要说漏嘴。同时他也问起了小妖怪为什么要强调驱妖人。

"那我就不知道了。"小妖怪摊了摊手，"我的妖龄太小了，只能负责保护这一片平菇林。但我一定会做得很好，毕竟这可是艮大人最喜欢的食材啊。"

"原来是这样啊。"虽然没有找到黑气，但叶话也足够满足，至少这一趟他获取了不少重要信息。

"快走吧，人类！"小妖怪的语气变得有些激动，"从你进来的时候他们就已经发现你了。这里的妖怪可是很讨厌人类的！"

叶话似乎还没有意识到发生了什么，只是当他想要离开时，树林的背后突然冒出了许多双不同光芒的眼睛。紧接着，从树林里走出来许多的妖怪。他们无不长相狰狞，整齐地朝叶话走来。

"来得正好，免得我一个个去找你们。"刘枫洋往前站了站，摆出一副要反击的姿态。

"走吧！"叶话劝道，"太危险了。"

刘枫洋还想坚持，但这时叶话已经拉起他的胳膊，飞快地逃了出去。妖怪们在后面穷追不舍，不停地用石头砸向他们，好在这些攻击都被叶话用项链的力量挡住了。

"可恶，让那两个人类逃掉了。"妖怪们聚作一团，心中不忿。

"罢了罢了。"一团黑色的气体从妖群中走了出来，他望着叶话远去的方向，露出了让人捉摸不透的笑。

五

另一边，叶话终于顺利到家。可他的脸色却十分难看，像是承受了巨大的痛苦。

事实上，就连叶话自己也意识到了，只要一用项链的力量，眼睛就会疼得厉害，而且还会出现短暂的模糊。

即便如此，叶话也没有一丝停歇，他把自己关在房间里，在纸上不断写下已知的信息，想要从中整理出什么。

"砰砰砰。"

门外响起了敲门声，那是父亲来叫他下楼吃晚饭。

桌上摆满了丰盛的饭菜。母亲早早地倒好了酒，一家三口已经很久没有这样吃过一顿饭了。

父亲举起了酒杯，开心地说起叶话童年时的趣事。一旁的叶话不知该说些什么，注意力全都落在了眼前的一道菜上。

那是父亲最爱的油炸平菇。

小妖怪的话再一次浮现在耳边。袭击父亲的黑气妖怪艮痛恨驱妖人，却和父亲一样喜欢平菇。之间看似毫不相关却又充满异常的关联，足以令叶话倍感困扰。

"爸，为什么你一直都这么喜欢油炸平菇？是不是因为妖……"

"别说了！"母亲一脸不悦地打断了叶话。

在这个家里，因为父亲曾是驱妖人的缘故，所以母亲对于妖怪一词十分忌讳。尤其是在应该和气温馨的饭桌上，更是不能出现妖怪的字眼。

叶话把剩余的话硬生生憋回了肚子，沉默着吃起了饭。倒是父亲，反倒毫不在意，嘻嘻哈哈地为叶话打圆场。

吃过饭后，叶话回到房间继续着他的猜测。可令他感到无力的是，这件事牵扯了太多过去的信息，然而自己却对此一无所知。即便是和家族有关的驱妖历史，叶话也知之甚少。

这种无能为力的压抑感让叶话胸口发闷，他来到阳台前，看着夜空中浩瀚的星海，希望从中能够找到答案。

叶话家的院子里有一片草坪，那是叶话从小玩耍的地方。此刻，父亲正燃起一支烟站在草坪上。看到阳台边的叶话，便挥手让他下来。

夜风微拂，父子俩盘坐在草坪上，彼此沉默。

"我知道你在饭桌上想说什么。"父亲的声音打破了夜的寂静，同时也唤醒了叶话积蓄已久的困惑。

"爸，给我讲讲家族的事情吧。为什么妖怪……"叶话顿住了，他小心地留意着父亲的神情。

"你继续。"父亲吐出一口烟雾，若有所思。

"为什么那个妖怪会找上你？还有驱妖人，到底是一个怎样的存在？"叶话毫无顾忌地，将自己心中的疑问全都说了出来。

父亲望着遥远的星空，陷入了对往日的回忆。

六

我叫叶天，是叶家第二十七代驱妖人。

叶家是一个世代以驱妖邪、诛魔怪为己任的家族，从小我就从家族的长辈那里听闻了先人们的英雄传说。他们与妖怪战斗，守护着人类的世界。而所有的妖怪，都是邪恶的象征。

解决他们，是我们一族存在的价值。

我自幼便与其他孩子不同，一只眼睛可以看到妖怪。家族的老人们以此为神迹，他们将恢复家族荣耀的希望寄托在我的身上。从小我便接受着最严格的训练。从阵法的绘制，到异象的分辨，甚至连妖怪的种类都要一一牢记。

中学之后，我就随着家族的长辈开始四处驱妖。凭借着眼睛的优势以及自身的天赋，我很快就闯出了自己的名气。

十八岁那年，在家族内部的仪式下，我获得了象征叶家驱妖人身份的狼牙魂玉项链。那意味着我离自己的理想又近了一步——成为像先辈们一样的大英雄。

我记不清自己已经解决掉多少只妖怪，他们有的化成人形为祸人间，有的窃取钱财毁人性命。但不论动机是什么，他们的目的都是恶毒的。尤其是在见过了那么多妖怪后，我越发坚信自己所做的一切都是正确的。

因为，妖怪本身就是邪恶的存在。

几年以后，我有了妻子和孩子。那孩子拥有比我更强的阴阳眼，我似乎已经能看到，在很多年后，叶家会有一个比我更加优秀的驱妖人。而我，将会成为他最好的老师。

有一天，我接到一个任务，要前往一个离家三十多里的村庄驱妖，听说那里出现了一只异常凶猛的妖怪。

临行前，妻子抱着孩子来到了我的面前。她提醒着我要检查器具，叮嘱着我早些回来。她的脸上满是担心，反倒是怀里的孩子，笑得天真灿烂，时不时伸出小手，嘴里喊着爸爸。

"小叶话，你要快快长大。爸爸已经为你选好了你要走的路，你会成为比爸爸还要厉害的驱妖人哦。"

我抚摸着孩子的小脸，在依依不舍中离开了家。

等待我的将是人生中最为艰难的一场战斗，我和妖怪整整战斗了三天三夜，过程比我想象的更加凶险。

血迹将我的衣衫浸透，随身的木剑早已折断。我的身上不知新增了多少处伤口，远远看去已经没了人形。

但幸好，我还是凭借着项链的力量战胜了他。虽然，我们同时倒了下去。我的体力早已耗尽，饥饿成为死神，随时都会把我吞噬。

我艰难地挪动着身体，眺望着家的方向。我要回去，我不能死在这里。

一路上，我遇见了不少村民。我向他们求救，可我的喉咙却发不出声音。我拼命睁大着眼睛，请求他们给我一份食物，让我能够活着回家。

然而，所有人都逃走了。

他们仿佛看到了怪物，肮脏可怕的怪物。他们远离我，眼里是恐惧以及希望我快点消失的渴望。

"为什么会这样？"我不停地问自己，"我可是拼了性命才帮你们除掉了妖怪，大家害怕的不应该只是妖怪吗？为什么连我也……"

那一刻，我突然对这个世界产生了怀疑，人类似乎并不是我想象的那样。

"绝不能死在这里……绝对不能。"我好像出现了幻觉，家人的模样浮现在眼前，妻子抱着孩子，孤独地守候在家门前。

我已经记不清自己硬撑着走了多远，四周是一片茂密的树林。终于我的身体倒了下去。饥饿连同疲惫使我闭上双眼，我能感受到，呼吸也变得虚弱。

绝望中，我看到了死神在向我招手。我多想大声地告诉他，我不能死，家人还在等着我。可我说不出来，整个身体像是一具风干的躯壳，哪怕只有一阵风，都能随时让我从这个世界上消失。

我已经可以感受到灵魂正在慢慢脱离身体，不由自主地朝着死神走去。

忽然间，有一个力量从背后紧紧地抓住了我，它将我从死神的手里拉了回来，更奇妙的是，我闻到了食物的香气。

"醒一醒，快醒醒。"

我慢慢地睁开眼睛，明亮的世界再次出现在我的眼中。

那是一个女妖，背上生有巨大的羽翅，那翅膀上还闪着绚烂的光。她的手里提着一个篮子，那唤醒我的食物香气就是从这里飘出来的。

虽然是妖怪，可从她的眼睛里，我却看不到杀意。更令我没想到的是，她把篮子里的食物送给了我。虽然很难相信，但确实是靠着那些食物我才活了下来。

也正是因为她，改变了我对于妖怪的认知，也让我放弃了继续当一个驱妖人。

故事讲完，父亲手里的烟也灭了。

"这就是，爸爸你的故事吗？"

叶话第一次听父亲说起自己的过去，原来鼻翼上的疤是和妖怪战斗留下的伤痕，他看似轻松的笑容下，竟然藏着这样的故事。

"你一定能够明白我的意思。"父亲看着仍沉浸在故事中的叶话，正色道，"因为不了解，所以才会本能地产生排斥和误解，驱妖人和妖怪是这样，妖怪与人类也是如此。"

"嗯。"叶话点了点头，"你不在的这些日子里，我遇到过很多的妖怪。一开始，我也会怀疑他们的目的，直到后来尝试放下偏见去帮助他们，很快我也收获了妖怪们的友谊，被他们帮助。所以我相信，即便妖怪是恐怖的代名词，其中也一定存在着善良的妖怪。"

父亲听着这些话，欣慰地笑了出来。

"所以，在你说起要做一个厨师时。我就明白了，我不能再让你和我一样，为了满足自己的欲望而和妖怪去战斗。妖怪们也有自己的生活，也有自己要走的路，我们没有权利去决定是否要去扼杀对方。"

夜已经很深了，母亲忍不住在阳台上喊了起来。

"该回去休息了。"父亲站起身，忍不住打了个哈欠。

"等等……"叶话赶紧说道，"我还有很多问题呢！那个救你的妖怪是个怎样的妖怪呀！"

父亲已经走到了门口，他朝着背后摆了摆手，打着哈欠说道："有时间再和你讲吧，年纪大了就容易犯困。你也赶紧去休息吧！"

叶话没能弄清所有的问题，但他却感到十分开心。因为他突然发现，父亲与自己之间的距离仿佛变小了。

七

"她啊，可是既美丽又善良的存在。"

艮望着小妖怪献上的油炸平菇，失望地垂下了头。

"果然做不出花菱大人的味道啊。"小妖怪叹道，"艮大人，又听到您提起花菱大人了。"

"是吗？"艮笑了笑。

那笑容像是一个孩子的笑，没有丝毫的恶意。小妖怪觉得奇怪，为什么一提到花菱，艮大人就会突然笑起来。

就连艮自己也觉得奇怪，毕竟，那种天真的笑容应该早在十几年之前就彻底消失了。

十几年前，妖怪之森。

在这片森林里，住着各种各样的妖怪。花菱是其中的一只鸟妖，生有美丽的翅膀。

除此之外，也有流浪至此的不知名的小妖怪。花菱生性善良，她不仅收留这些小妖怪，以免他们被其他的妖怪欺负，还会做一些美味的食物用来安慰这些可怜的小家伙。

艮正是这群受照顾的小家伙之一。

"花菱姐姐，我们会被抓走吗？"艮担心地问着花菱。

实际上，不只是艮，其他的妖怪们也有着这种担忧。听说有一个驱妖人正朝着妖怪之森的方向赶来，他拥有强大的力量，同时无比厌恶妖怪。一旦妖怪遇到了他，没有谁能够活着逃脱。

"不用怕，我会保护大家的。"花菱张开了巨大的翅膀，将小家伙们护在其中。小小的艮仰望着花菱，看到她的脸上始终带着温暖的笑容。

"可那个家伙是人类，艮讨厌人类。"艮依然有些不放心。

"不对哦。"花菱轻抚着艮，温柔道，"不论是人类还是妖怪，只要彼此了解，就能够很好地相处呢。"

"好！"艮似懂非懂地点了点头，可他相信，花菱是不会骗他们的。

第二天，当艮从睡梦中苏醒，眼前却没有花菱的身影。花菱常用的篮子也一同消失了。艮知道，花菱是去摘平菇了。

花菱在森林里种了一片平菇，她时不时会摘一些回来做成美食，用来犒劳馋嘴的小妖怪们。

只是这一次她去得似乎有些久。艮已经饿得有些受不了了，可花菱却还是没有回来的迹象。

就在这时，森林里的鼠妖突然出现在大家面前，惊慌失色地喊道："驱……驱妖人来了！"

艮似乎意识到了什么，一种前所未有的危机感从他的心底升起。他已经顾不上其他的同伴，独自奔向鼠妖所指的地方。

　　当艮赶到时，看见妖怪们围在一起，地上还留着一些人类的血迹。驱妖人已经不见踪影，而妖怪们的脸上都带着悲伤。

　　艮奋力挤了进去，想看看发生了什么。然而眼前的一幕深深地击碎了他的心。

　　是花菱。

　　花菱倒在地上，篮子也散落在一旁。她的胸前有一道长长的伤口，妖力化成五色的光沙从伤口中飘散开。她那美丽的翅膀已经褪去了颜色，自下而上开始一点点粉碎消失。

　　"艮……"

　　花菱看到了一旁的艮，她用尽最后的力气对他笑了起来。那笑容依旧让艮感到温暖，却从此之后再也不会出现。

　　"要……好好……相处呀……"

　　花菱，消失了。

　　一阵风吹过，艮的眼前成了空荡荡的一片。伴随着一声撕心裂肺的咆哮，艮的身体也突然发生了变化，无数条电流在那团黑气之中暗自涌动，让人不寒而栗。

八

　　艮驱散了一旁的小妖怪，他望着缓缓升起的日出，一股即将展开复仇的快感涌上心头。

　　那件事过去之后，艮每一天都在试着观察驱妖人叶天。是他害死了花菱，他必须为此付出代价。

但因为忌惮叶家的力量，艮一直不能对叶天下手。直到他发现了更有意思的复仇对象，那便是叶话。

叶话是叶天唯一的孩子，他拥有比他父亲还要强大的阴阳眼。说到阴阳眼，艮突然觉得有些可惜。毕竟叶天因为年龄的缘故，阴阳眼的天赋早已退化，如今再也无法看到妖怪。尽管他还能感知到妖怪的存在并且听到妖怪的声音，但总归少了一些复仇的乐趣。

最重要的是，因为项链，所以艮一直无法对叶天下手。

然而此刻不同了，叶天早已把项链传给了他的孩子。无法看到妖怪的他失去了最后的保护，迎接他的，将是艮忍耐了十几年的愤怒和复仇。

尽管父亲的告知让事情有了新的进展，但此刻正在店里忙碌的叶话却莫名紧张起来。

店里还是和往常一样，客人们在食物中消磨着自己的时光。叶话正在烧菜，一滴油花溅到了他的手上，皮肤由此感受到一阵刺痛。作为一名优秀的厨师，这本是不应该犯的错误，然而今天的他似乎不在状态。

花妖着急地从外面跑进来，紧张地和叶话说着什么。

叶话的表情飞快地发生着变化，他的脸上露出了从未有过的慌张。他扔下了手中的所有，不顾一切地奔了出去。

二十里外的妖怪之森。

叶天站在树林中央，虽然他的眼前只有树木，但耳边却都是妖怪们的议论声。

"那个家伙，不是当年的驱妖人吗？"

"是他就是他，花菱就是因他而死的！"

"不过他好像已经不能看见妖怪了，似乎是报仇的好机会！"

"……"

"出来吧。"叶天张口的一瞬，四周变得安静起来。所有的妖怪都沉默着，无数双眼睛的目光全都聚集在他的身上。

"出来吧，艮。"叶天继续说道，"我们的问题，是时候解决了。"

"你果然还是来了。"听到叶天的召唤，艮终于出现了。

叶天点燃一支烟，深深地吸了一口。

"喂，森林里可是禁止烟火的。"那个手指头大小的妖怪拉扯着叶天的裤脚，不满地说道。

叶天听到声音，意识到自己的不对，赶紧将烟给熄灭了，顺带朝着小妖怪的方向憨憨地笑了起来："谢谢提醒，真是抱歉。"

妖怪们见到这一幕，无不感到讽刺和嘲笑。这个曾经令妖怪们闻风丧胆的驱妖人，居然已经沦落到向一个小妖怪道歉。

"已经变得不讨厌妖怪了吗？"艮幽怨地笑道，"可惜妖怪还是憎恨着你啊。"

叶天收起了笑容，神情变得凝重："如果不是花妖特意来找我，我根本不知道你还没放弃。艮，当初你可是和我说过，只要我离开这里，你就会放下花菱的死并且保护我的孩子不受其他妖怪的伤害。"

"哈哈哈哈。"艮忍不住笑出了声，"我可是妖怪，妖怪怎么会保护人类呀！而且还是一个驱妖人的孩子，你是白痴吗？居然会相信妖怪的话。"

笑声戛然而止，艮狠狠地瞪着叶天，怒火仿佛要从眼中喷涌而出。浑身的电流也跟着发出了复仇的低鸣。

"不。"叶天没有被激怒，他接着说道，"这个世界上，有比妖怪还要冷漠的人类，也有比人类还要善良温暖的妖怪。我相信花菱她……"

"住口！"艮咆哮道，"我不准许你提起她的名字！"

叶天顿住了，他叹着气，神情有些失落："我请求你不要打扰那个孩子，叶话他和我不一样。他把妖怪当成朋友，也收获了妖怪的信任。

因为他的存在，或许花菱的悲剧便再也不会发生……"

叶天还没把话说完，一阵强烈的痛苦开始从胸口蔓延开来，他猛地咳了几声，身体也跟着痛起来。叶天意识到，艮已经开始动手了。

"我说过，不要再提起她！你们这些该死的驱妖人！"

艮不停地嘶吼着，身体渐渐凝结出几支黑色的长矛。他拉出其中一支，让蓝色的电流覆盖住矛身，长矛开始发出一阵阵的爆裂声。艮仿佛听到了胜利的序曲，嘴角忍不住扬起了胜利的笑容。

长矛呼啸着脱离了艮的控制，像是一条撕破了天空的毒蛇，张着血盆大口朝叶天咬去。

随着一声清脆的金属撞击，锋利的长矛气势全无地弹向了一边。一道绿色的光带从天而降，它环绕在叶天的四周，又为他挡下了几次攻击。

"叶……叶话！"叶天望着眼前儿子的背影，眼睛突然有些湿润。不知何时起，那个曾经遇到危险就会寻求父亲保护的孩子，如今已经可以保护自己的家人了。

"好险。"叶话喘道，"幸好赶上了。"

"曾经令妖怪们恐惧的驱妖人，居然已经弱小到需要自己的孩子来保护。"艮的语气充满了鄙夷，"你和妖怪战斗时的凶狠哪里去了？还记得花菱在你眼前死去的情景吗？啊，我可是一直都没有忘记啊！"

艮再次凝聚起长矛，不断地朝叶话射去。叶话迅速将光带缠绕在右臂，变成一把锋利的长刃。叶话挥舞起长刃，将迎面飞来的长矛全都挑开。巨大的撞击让他的手臂发麻，场面变得十分被动。

"你的眼睛一定很痛吧。"艮幽幽地说道，"本来还想等到你彻底看不见的那天再杀了你。可是比起你，你的父亲更让我讨厌。我看到他那张脸，就忍不住想要现在就杀了他。你不是我的对手，放弃吧。"

"你在胡说些什么！"叶话咬牙道，"我怎么会让你伤害我的家人呢！"

"家人？"艮对着叶话笑了笑，"那个扔下孩子妻子，不在乎他们过着怎么样的生活的父亲也配称为家人？"

　　"才不是那样！"叶话大吼道，"你们的对话我已经听到了。虽然我不明白他为什么不还击，但我相信，爸爸他，一直在用他自己的方式保护着这个家！"

　　这些话让叶话觉得十分恶心。然而叶话并没有被他蛊惑，这让艮十分生气。

　　此时，叶话的体力已经被消耗得所剩无几，艮不慌不忙地收起长矛，源源不断的黑气从身体一侧向外延展，长出了一只细长的手臂。艮猛地握紧了拳头，手臂像是被打满了气的气球，瞬间膨胀成一条巨蟒。

　　"可恶。"

　　叶话已经感到了疲累，然而父亲就在自己的身后，他不得不赌上全部的力气，挡下这重重的一击。

　　长刃迅速化开，那闪烁的绿光渐渐汇聚，最后竟也变成了一只大手。叶话握紧拳头，挥舞着冲上去。

　　随着一声巨响，对撞产生的气浪将叶话震飞出去，艮也不由得后退了几步。

　　叶话落在空中，身体仿佛没了知觉。他抓着项链的那只手也突然松开，身体随着玉石项链一同往下坠落。

　　"你还好吗？"叶天一把接住儿子，项链也落到了他的手上。

　　"这就是力量的差距。"艮挥动着手臂，想要就此结束战斗。

<h1 style="text-align:center">九</h1>

　　"总算让我找到你了。"不远处，刘枫洋正朝着这里走来，他望

了一眼叶话，又转身看了看艮，终于满足地笑了起来。

"你是？"叶天好奇地问道。

"我就是一个驱妖人。"刘枫洋不屑地看着叶话，"我说，加入我吧，叶话。"

叶话皱了皱眉，他知道刘枫洋想说什么。

"事到如今，你难道还对妖怪抱有幻想？"刘枫洋大声说道，"现在要杀死你们的，可是妖怪啊。而唯一能拯救你们的，是我，驱妖人刘枫洋。"

"你这个家伙，是来拖延时间的吗？"艮瞪了刘枫洋一眼，不耐烦地说道。

"哟，还记得我吗？"刘枫洋挥手和艮打起了招呼，"妖怪之乡里让你跑掉了，这次不会了哦。"

"原来是你。"艮突然想了起来，当年被饕打败后，他为了获得力量，去往各地修炼。而真正让他变得强大，则是在妖怪之乡的那段日子。

妖怪之乡是一个活跃着各种凶狠妖怪的地方，艮在那里不断地战斗、受伤、再战斗，才有了如今的力量。而刘枫洋则是在那段时期里，不断打扰自己的驱妖人。

"不要说笑了。"艮没有理会刘枫洋，目光继续盯着叶话，"等我收拾完他们，再来解决你。今天真是个好日子，一下子就能将三个驱妖人全都解决掉。"

"快点承认我说的是对的。"刘枫洋坏笑道，"那样我就决定救你。否则，你就抱着这个愚蠢的想法被妖怪杀死吧。"

叶天从刘枫洋的身上看到了过去的自己，他看了看叶话，不知道他会做出何种选择。

"你说得没错。"刘枫洋的出现为叶话争取了一些时间，叶话的体力开始有所恢复，"此刻，想要杀死我的正是妖怪。"

刘枫洋露出了满意的微笑。

"可是。"叶话停顿道，"那些帮助过、关心过我的，也是妖怪啊。"

刘枫洋感到一丝不悦。

"他们当中，很多都是我的食客，也有很多，成了我的朋友。"叶话边说边朝艮走去，"如果要我认可你的想法，相信所有的妖怪都该死，那么，无疑是在否定我自己的朋友啊。"

"这种事情，比起死，更让我觉得难受啊。"叶话从刘枫洋的身边走过，嘴角扬起一抹幸福的微笑。

听到叶话的回答，叶天也笑了起来。

"那你就去死好了！"刘枫洋狰狞地咆哮着，他觉得自己被侮辱了，尤其是那一抹笑容，像是在嘲讽一个不懂事的孩子。

叶话没有后退，他接过父亲扔来的项链，紧紧地握在了手上。

"好啊！我倒是想看看，还有谁会来救你。会是你的那些妖怪朋友吗？"刘枫洋疯狂地大笑。

艮也愣住了，他没想到叶话居然不肯放弃，而且还在朝他的方向走来。

"我打到你的脑子了吗？"艮嘲笑道，"你看你连路都走不稳，凭什么觉得自己可以战胜我？"

叶话没有回答，他不想再浪费多余的力气。光是不让自己倒下，就已经十分吃力。尤其这种时候，眼睛的问题好像再次发作，艮的位置也看起来有些模糊。

"结束了。"艮收起笑脸，蓄满力气的拳头猛地挥了过去。

"危险！"叶天感到一股强大的力量正朝着叶话飞去，担心地叫道。

叶话仿佛听到父亲在说话，可听不清他在说什么。他看到有一只巨大的黑拳正朝着自己落下，本能地想要使用项链的力量。

然而他的身体突然没了力气，不仅没能念出咒语，身体也不受控制地朝前倒去。

十

扑通。

叶话倒在了一片厚厚的草地上，那些草是白色的，柔软且带着温度。他好像回到了自己的床上，身体也不再迟钝，精神也清醒了许多。

"吉！"

一声熟悉的叫喊将叶话突然拉回了现实。他这才发现自己躺着的并不是草地，而是吉吉的后背。

至于带着艮所有愤怒的一拳，也被吉吉庞大的身躯所挡下。虽然巨大的冲击力让吉吉的脚下出现了地裂，但叶话却因此躲过一劫。

"喊！"刘枫洋失望道，"大概只有这种蠢妖怪会帮你吧。"

吉吉托着巨大的拳头，表情变得十分痛苦，叶话看在眼里，心中十分着急。虽然体力并没有恢复多少，但看着吉吉痛苦的模样，叶话还是冲了出去。

"等等，叶话。"耳边，忽然有一个声音叫住了他。

他没有回头，但感觉有谁把手放在了他的肩膀上，力量像溪流一般涓涓涌进自己的身体。忽然间，肩膀上的手变得越来越多，甚至叶话可以感受到，手的上面，还有另外的手。

"叶话，你回头看！"花妖突然气喘吁吁地跑了过来。

叶话顺着花妖的指引，缓缓回过了头。那一瞬间，眼前出现了无数张熟悉的面孔：

娓、泽、麋、旦和玖，以及曾经来到过店里的妖怪食客。

"哟，我们来帮忙了！"

"真是的，遇到这么棘手的事情为什么不找我们……"

"不用担心给我们添麻烦，这都是朋友应该做的事啊。"

……

"怎么会这样？！"刘枫洋的脸上闪过一丝惊恐。他不明白，为什么会有那么多的妖怪站在叶话那边？为什么他能够和妖怪像朋友一样！

"不会的，不会的！妖怪怎么会帮助人类？！"刘枫洋看着叶话的笑脸，似乎感到一丝挫败。

随着肩膀上的手越来越多，叶话明显地感觉到身体被灌满了力量。他试着重新点亮项链，那一刻，绿光的光芒如同冲天的火鸟，叶话的整只手臂都燃起了熊熊的绿焰。

巨大的拳头被艮吸收回身体，面对突然增多的对手，他渐渐失去了耐心。

"小心！"叶天看着渐渐变暗的天空，突然意识到了什么。

那是一阵箭雨。

夹杂着电流的箭矢源源不断地从黑气的身体里射出。箭雨划破空气，发出了如群鸟一般的轰鸣。铺天盖地，连阳光也快要被它挡住。

"这些我们来处理，你尽管往前冲吧！"娓冷冷地亮出了散发着寒光的利爪，带头跃向空中。

"交给我们吧！"妖怪们争先恐后地冲进了箭雨中。

"大家……"

叶话的声音突然哽咽，这时父亲走了过来，拍了拍肩膀。

"一定要赢下来啊，毕竟有这么多的朋友和你一起战斗。"父亲欣慰地笑了起来。

"嗯！"叶话点了点头，眼中重新燃起希望。

艮的体力也开始急速衰退，但他并没有想过逃走。经历过惨败的屈辱，以及对驱妖人的仇恨，他坚信，这一切都将在这里做一个了结。

"你以为有一些妖怪中的叛徒帮你，你就能战胜我吗？"艮的呼吸变得沉重，他的身体中间开始出现一个旋涡。那旋涡越来越大，忽然，旋涡停止了扩张，开始渐渐往外凸出，最后生生脱离了艮的身体，变成一个不断旋转的巨大能量球。

"试试看吧。"艮的声音突然变得沙哑，身体也萎缩了许多。

那黑色能量球旋转得越来越快，缠绕在周围的电流将他染成了暗蓝色。巨大的压力让附近的土地全都龟裂，碧绿的叶子也开始枯萎凋零。

"去死吧。"艮冷冷道。

巨大的闪电球像是一团从天而降的天火，所有试图阻拦他的妖怪全都痛苦地倒在一旁。

"你会怎么做呢？"刘枫洋好奇地望着叶话，期待他做出反击。因为如果选择硬碰硬，那爆炸产生的力量足以杀掉他所有的妖怪朋友。

/ 十一 /

绿光在叶话的手里渐渐变形，谁都没有想到，它会变成一只手。

不是利刃，也不是铁拳，就是一只巨大的手。

"只是防御的话是赢不了的！"刘枫洋忍不住提醒道，他太希望叶话发起进攻了。

"我知道。"叶话回道，"可如果硬碰硬的话，大家都逃不了。"

"所以……"叶话集中了精神，死死地盯着闪电球的轨迹。在它即将撞向自己的一瞬，叶话将那只巨大的手臂紧紧地抓了过去。

"难道你想？！"刘枫洋的脸上露出了难以置信的表情。

"没错！"叶话嘶吼道，"只要挡下它我就赢了！"

巨大的闪电球并没有因为叶话的阻挡而停下，它依旧不断地旋转，朝前飞进。叶话也渐渐意识到，自己的力量并不足以让它停下。

　　叶话在后退。

　　他的脚下滑出了一道长长的坑印，巨大的冲击力让他感到力不从心。

　　"还是不行吗？"叶话失落地道。

　　"果然还是要被妖怪杀死呢。"叶话笑了笑，"可是即便这样也没办法去憎恨妖怪啊。"

　　"不可以再后退了，叶话。"是父亲的声音。

　　"我们的力量一定可以战胜对方。"是花妖的声音。

　　"还有我们……"身后，接连不断地传来熟悉的声音。

　　那些还能站起来的妖怪，此刻，再一次站到了叶话的背后。

　　艮的眼中终于露出了恐惧，他甚至怀疑是自己出现了错觉。就连不可一世的刘枫洋，这一刻，也变得沉默。

　　闪电球，变慢了。

　　更可怕的是，闪电球在叶话的手里竟然开始掉转方向。

　　"这种力量，是不可能打败我们的啊！"

　　叶话的怒吼声响彻整片森林，鸟儿们全都被惊起，纷纷飞上了天空。

　　如果它们能够回头看看下面的世界，一定会好奇为什么地上突然出现了一个巨大的坑洞。而在坑洞的正中央，为什么会躺着一团黑色的气体，看上去就像死了一样。

　　刘枫洋依然沉浸在刚才的画面之中，久久没有回过神。

　　"居然把我的攻击全都返还给我了。"黑气发出了呻吟，"所以呢，要准备杀了我吗？"

　　"不。"叶话收起攻击，重新戴上了项链，"那样只会让妖怪和人类的仇恨继续蔓延下去。"

艮不甘心地看着叶天："杀了我吧，让我见识一下，你们驱妖人引以为傲的诛妖技艺。"艮低吟道，"就像你杀害花菱那样。"

叶天沉思许久，终于开口道：

"花菱她，不是被我杀死的啊。"

十二

回忆。

食物的香气唤醒了昏迷的我，我睁开眼，发现自己置身于一片茂密的树林当中。没想到拖着这样的身体，我还能走到这么远的地方。

一只长有华丽翅膀的妖怪闯入了我的眼帘，她的手里提着一个竹篮，食物的香气正是从里面散发出来的。

"我叫花菱，是居住在这里的妖怪。"她一边自我介绍，一边从篮子里取出了食物。那是一盘被炸得金黄的平菇，表面撒了一层粉末状的调料，诱人的香气从我的鼻尖涌向身体的每一个角落。

"请吃吧。吃完就有力气离开这里了。这里的妖怪可是非常讨厌驱妖人的。"花菱将盘子推到了我的面前。

我鄙夷地扭过头去，身为一个驱妖人，怎么可能会相信一个妖怪的话。

"我知道你不相信妖怪。"花菱看着我，说出了自己的想法，"这里的妖怪也不相信人类。但是我觉得，这里面一定存在着误解。因为人类和妖怪彼此不了解，所以才会互相敌视。我希望有一天人类也能够和妖怪和平相处。"

"哼。"我被这种奇怪的想法逗笑了，"哪里有什么误解，凶残的妖怪是无法和善良的人类和平相处的。即便没有我，其他的驱妖人也会来驱逐你们的。"

"尽管是这样，但我也想试一试！"花菱的回答让我有些意外，这个妖怪似乎和我见过的都不太一样。

"驱妖人和妖怪不能再继续战斗下去了。那样只会让仇恨一代又一代地延续。我也有拼了命都想保护好的家人啊，我希望那群孩子可以不再担惊受怕。总有一天，他们也能够不用躲在这片树林里，而是和人类好好相处下去呀。"

花菱的声音引来了附近的几个妖怪，他们的脸上带着杀意，缓缓向我走来。可我的身体太过虚弱，连站起来都非常困难，更别提在这种情况下战斗了。

"真可惜啊，居然会死在这种地方。"这就是我的结局吗？一个驱妖人，最终死在了妖怪的手上。

花菱站起身来，向那些妖怪走去。虽然说什么不希望驱妖人和妖怪继续战斗，但在这种时候，她还是加入到了妖怪的阵营当中。

果然，妖怪都是不可相信的。

等等，那个家伙似乎在劝说其他的妖怪！

"住手吧各位，虽然我很明白大家的心情。但是如果杀了他，驱妖人和妖怪之间的仇恨就会继续下去，妖怪之森也会被杀戮和仇恨所笼罩。我们必须让驱妖人知道，妖怪中也有善良和渴望和平的啊。"花菱不停地劝说着其他妖怪。

"你在说什么啊花菱？！"其中一只妖怪气愤地道，"那家伙可杀害了我们不少的同伴，你居然让我们放过他？！"

另一名妖怪也附和道："对啊，趁着他虚弱，我们一起解决掉他。不然等他恢复了，遭殃的可就是我们了！"

妖怪们推开了碍事的花菱，他们将手臂幻化成一把尖刀，大步向我走来。

"可恶的驱妖人，去死吧！"

手刀落下的那一刻，我的眼前出现了家人的笑脸。我仿佛看到了叶话伸着小手，嘴里含糊不清地叫着爸爸。

我可真是一个不称职的父亲呀。

……

"快吃下食物，赶紧离开这里吧！"

我睁开眼，看到了一张熟悉的侧脸。她回头看了我一眼，带着我从未见过的温暖笑容。

是花菱。

手刀刺穿了她的身体，她的双手紧紧地抓住对方，不让他有机会抽离。

"吃下它你就有力气逃走了，快走啊！"花菱对我喊道。

"你在做什么啊？！"被花菱抓住的妖怪看到这一幕，也是无比惊讶。他睁大了眼睛，仿佛一切都是不真实的假象。他们永远也无法理解，一个妖怪居然会为了保护人类而牺牲自己。

"我很明白大家的痛苦。正是因为人类和妖怪对彼此的误解，才会发生那样的事情。我不能，再让这种误解继续下去了。人类和妖怪，也是可以和平相处的啊。"

妖怪抽离了手刀，他看着倒下的花菱，慌张地往后退了几步。杀害同类这种事情，在妖怪之森是绝对不被允许的。他们慌忙地逃走了，只留下了虚弱的我和奄奄一息的花菱。

"为什么！为什么你要这么做！"

我的心里仿佛被狠狠地扎了一刀，那比与妖怪战斗时所受的伤还要痛。那一刀，将我多年来的坚信，全都砍断了。

曾经我以为那些村民会相信我，可真正愿意相信和保护我的，居然是我最鄙夷的妖怪。

"冷了的话，就不好吃了。"花菱将食物重新推向我，全然不顾自己的伤口已经飘起了五色的光沙。

"快吃吧。妖怪们已经朝这里赶来了。"花菱的语气透着淡淡的失落，"艮，还有那帮孩子，我已经没有办法再保护他们了。"

"你已经做到了！"我端起盘子，狼吞虎咽地吞食着。那美味的口感混合着香气一起涌进了我的身体，让我很快恢复了体力。

我仰头看向远方，双手紧紧捂住自己的脸，可泪水还是顺着脸颊滴落下来。

"我已经，不想再和妖怪战斗了。"

花菱在我的背后渐渐消失，我能做的只有快跑。我杀过很多妖怪，见过很多妖怪的死状，可此刻我却不敢回头去看。

从那一天起，我再也无法从心底里憎恨妖怪了。

十三

"不会的，不会的，你在骗我。"艮瘫坐在一旁，声音无比颤抖。

他无法接受这就是所谓的真相，如果花菱真的是为了这样的理想而牺牲了自己，那自己这些年来做的一切，到底是为了什么。

"那个男人，说的是真的。"

树林里，一位年迈的老妖拄着木杖缓缓走来。

"我就是当年的见证者。艮，我曾经想把真相告诉你。可你一直不愿相信人类能够理解妖怪。"年迈的妖怪惋惜道，"花菱之所以那么做，是希望消除驱妖人和妖怪之间的误解，即便以后没有了她，你们也能够安全地活下去。她是为了你们才牺牲了自己，可你却在做着与她意愿相违背的事情。"

"艮，你真的错了。"

艮沉默了。

他的身体宛如一具被抽走了灵魂的空壳，眼神空洞地望着天边。他看着天上的云朵，好像重新回到了与花菱诀别时的场景。那随风消逝的笑容里，似乎没有一丝遗憾和悲伤。

"好好相处"竟是花菱最后的期望。

"真是麻烦死了。"刘枫洋走了过来，准备杀掉已经失去反抗力量的艮。

"你不能杀他。"叶话挡在了刘枫洋面前。

"你知道你在做什么吗？"刘枫洋强压怒火，问道，"我费了那么久的时间，就是为了找到他。这种妖怪做尽了坏事，难道不该死吗？"

"没错。"叶话肯定道，"可就算要惩罚他，也是应该由那些被他伤害的妖怪来决定，而不是我们。"

"叶话，你知道我为什么讨厌妖怪，我以为你能理解我。"刘枫洋咬牙说道，"别忘了，我可救过你。"

"那些我都记得！"叶话试图让刘枫洋明白自己所做的努力，"我记得你从艮的手里救过我，遇到妖怪来找麻烦你也会第一时间站出来。虽然你有时暴躁冲动，但我一直都认为你是我的朋友。"

叶话犹豫道："所以我才希望你明白，艮也是仇恨和偏见的受害者，如果只知道一味滥杀，那和妖怪有什么区别！"

"和妖怪有什么区别？"

刘枫洋愣住了，他看着叶话，嘴里不断地重复着这句话。

"哈。"紧接着是一声又一声的冷笑，身体也跟着抽动。很快，冷笑变成了狂笑，刘枫洋的眼睛笑得通红，像是有火在烧。

"既然如此，我就让你见识下什么叫真正的滥杀。"刘枫洋的脸突然冷峻起来，他指着在场的妖怪，一一说道，"我要把你们这群妖怪清理得干干净净！"

"你不是要保护自己的朋友吗？"刘枫洋又指向叶话，用近乎挑衅的语气说道，"那就来试试吧。"

说完，刘枫洋转身离开了这里。

十四

回到家后，叶话被母亲臭骂了一顿，她责怪叶话丢下店里的事情突然消失。让及时赶到的母亲庆幸的是，店里不仅没有丢失东西，反而食客都主动留下了饭钱。

接下来的一段时间，艮再也没有出现过。叶话和父亲度过了一个愉快的假期，直到父亲假期结束赶回外地公司。

叶话特别感谢了花妖，请他喝了许多酒。醉酒后的花妖将自己多年的秘密全都讲了出来，原来叶话的父亲虽然和艮做出约定，但他的心其实一直都没有离开。花妖就是他的安排，留在这边暗中保护着自己。

虽然父亲从未提起，但对孩子的爱却是一直存在。

生活很快又恢复到了往日的宁静。叶话像往常一样，准备结束一天的营业。但门外，却来了一位特别的客人。

是艮。

"有什么事吗？"叶话看了一眼艮。

艮没有回答，而是径直飞进了店里，在靠近厨房旁的座位上坐了下来。

叶话只好折回身去，像平日里接待食客一样候在艮的身旁。

"我的身上有着太多的罪恶，我必须离开了。"艮的语气透着冷漠，氛围变得有些凝重。

"但在离开之前，我有一些话要和你说。"艮说到一半，肚子突然传来饥饿的音节，原本严肃的场面忽然变得有些尴尬。

"事情还是等会儿再说吧。"叶话笑了笑，"先吃点东西吧。"

叶话正在厨房里忙碌着，艮看着他的身影，忽然想起了当年的花蓤。

"能够和妖怪和平相处的人类，或许真的存在吧。"艮喃喃道。

叶话做的是油炸平菇，此刻的他终于理解了这道菜对于父亲和艮的重要性。

每一道普通的食物，都曾因为一个不寻常的烹饪者而变得意义非凡。哪怕时间流逝，烹饪者想要表达的心意也会借助味道长久地依附。

取新鲜平菇，以清水洗净。沥干水分后撕成条状，加入少量五香粉与食盐用以收味。加入两个鸡蛋后顺着一个方向均匀搅拌，让蛋液能够包裹平菇。同时加入少量面粉和适量淀粉，确保每一条平菇都能均匀地挂上面糊。

此时，热锅入油。大火，七八成热时入锅炸制。大概一分钟时，需用筷子将锅中平菇拨开，防止粘连成饼，以便食用。

炸至两面金黄时，即可出锅，再撒上一缕嫩绿的葱丝，便完成了装盘。此时的味道是最好的，一口下去，先是酥脆的蛋衣，紧接着是平菇紧致的肉质。多种香味混合在一起，令人食欲大开。

"这个味道……"艮的声音微微有些颤抖，他激动地望着叶话，仿佛那一刻站在他面前的不是别人，而是花蓤。

"从爸爸那里知道了这道菜对你们的意义。"叶话告诉艮，"花蓤的心意，不是只有妖怪才懂。只要彼此放下怀疑，即便是人类，也能够知晓妖怪的心意。"

"是吗？"艮笑道，"对你来说，妖怪究竟是怎样的存在呢？"

"是朋友。"叶话说出了他的回答，"朝夕相处的朋友。"

"那如果，"艮顿了顿，他抬头看着叶话的眼睛，声音里好像充满了愧疚，"如果你很快就看不见妖怪了呢？"

"什么意思？"叶话的脸色突然沉了下来，像是意识到了什么。

"是诅咒。"艮低下了头，他不敢再去看叶话的眼睛。

"还记得一个叫娓的妖怪吗？是我告诉她你的行踪，苹果也是我精心准备的毒药。"艮的声音越来越小，以至于叶话要很认真地听，才能听清他要说的话。

"从你吃下那颗苹果的一刻起，诅咒就开始了。每当你使用项链的力量，诅咒就会加速生效，到最后你就再也无法感知到妖怪的存在了。"

房间里突然陷入一片寂静，叶话面无表情地沉默了许久。

"原来是这样啊。"空气里，突然传来了叶话的笑声，"那可真是遗憾啊。"

艮被这笑声吸引，他抬起了头，鼓起勇气面对着叶话的眼睛。那双明亮的眸子似乎在某一瞬间闪过一阵失落，但那失落感很快便消失了。取而代之的，是叶话温暖的笑容。

"你不应该恨我吗？"艮不解道。

"我没有办法当着你的面去憎恨过去的艮。"

空气中飞过一只小虫，叶话伸手想要去触碰。然而那小虫却从他的指间飞过，什么也没有留下。

"更何况。即便没有诅咒，到了一定的年龄，眼睛的力量也会减弱，最后消失吧，就像爸爸那样。"

"可那会让你比正常情况更早地失去这种能力呀！"艮还是不敢相信，叶话居然连一句责备的话都没有说。

"既然妖怪是你的朋友，那让你们再也无法见面的我，理所应当要被你憎恨啊！"艮自责地咆哮着，"就像当时的我憎恨人类一样。"

"喂。"叶话将食物重新推向艮，笑着提醒道，"冷了就不好吃了"。

"你是个白痴吗……"艮咬着牙，一滴眼泪落在了桌子上。

十五

艮大口地吃着盘子里的炸平菇，熟悉的味道将他的记忆重新带回了那个世界。

那是一片白色的世界，同伴们和花萎都是当年的容颜。大家围在一起，正在快乐地做着游戏，而艮只能远远地站在一边，不敢加入。

"快来啊，艮。"花萎不停地呼唤着艮的名字。

"对不起，我……"艮站在花萎面前，自责地低下了头。

"你在说什么啊。"花萎伸出了自己的手，微笑道，"走吧，要回家了。"

"嗯！"艮哭着点了点头，然而一睁开眼，花萎和同伴全都离自己很远。

"快来啊，快来啊。"远远地，艮看到大家在冲他挥手。

"大家等等我！"艮哭着喊道，"我马上就来找你们了！"

追逐中，艮的身体开始一点点消失。被撕裂的黑色碎片在空气中变得逐渐透明，直到彻底化成了一缕微风。

看着空荡荡的座位，叶话突然想起自己还没有和艮说上一句再见。

"我也会这样吗？"叶话闭上了眼睛，喃喃道，"就这样，突然地消失在他们的面前。"

"永远。"

刘枫洋的糖油粑粑

/ 一 /

自从在妖怪之森，刘枫洋向叶话发出警告之后，刘枫洋就从邻居家搬了出去。没人知道他现在在哪儿，就连叶话也没有见过他的身影。

深夜的饭店，花妖就此提出了自己的疑问。他不太理解，自己离开之前，二人还能像朋友一样相处，可自己回来的时候，却看到了那样一幕。

"这到底是怎么回事？"花妖不解地问道。

叶话没有回答。虽然已经过去了一段时间，但他依然会因为当时的冲动而感到自责。

"你还记得他最后说的那些话吧？"花妖继续问道，"他为什么这么讨厌妖怪呢？"

"是因为他的妈妈。"叶话回道。

"妈妈？"花妖越发地感到疑惑，"和他妈妈有什么关系？"

"他妈妈在他很小的时候就去世了。"叶话的心情有些低落，继续道，"而原因，则和妖怪有关。"

说到这里，叶话突然想起了那一天的场景。而他所知道的这些关于刘枫洋的消息，也是源自那一天。

花妖走后的第三天，深夜，刘枫洋来到店里。

刘枫洋那晚喝了许多的酒，整个人都醉得说起了胡话。叶话担心只喝酒容易伤胃，便提出要给刘枫洋做些吃的垫垫肚子。

"一份糖油粑粑！"刘枫洋激动地说道。

很快，食物端了上来。刘枫洋夹起其中一块，大口地咬了下去。

"真是让人怀念的味道啊！"刘枫洋红着脸，举杯敬向叶话，"谢谢你，能让我在生日这天品尝到这熟悉的味道！"

"你的生日？"叶话听完有些意外，他没有多想，马上对刘枫洋说了一句生日快乐。

刘枫洋虽然喝醉了，但听到叶话的祝福，还是激动地说不出话来。

"你是这些年来第一个对我说这句话的人。"刘枫洋大声说道，"上一个对我说这句话的人，是我妈妈。"

提起妈妈，刘枫洋突然有些哽咽。这让叶话有些震惊。他从没见过刘枫洋这样失态，或许是因为酒精的缘故，也有可能是食物让他想起了什么。

"你不是一直都很奇怪，我为什么会那么憎恨妖怪吗？"刘枫洋用筷子戳了戳盘子里的糖油粑粑，唏嘘道，"在我小时候，我妈常给我做这个吃。每次我被欺负的时候，她就会用这个来安慰我。可惜的是，后来她死了，在我八岁那年。"

"后来因为妈妈的死，爸爸思念成疾，再也说不了话。"刘枫洋的眉宇间突然弥漫了杀气，他恶狠狠地补充道，"这一切的凶手，就是妖怪，一只长着火红色尾巴的妖怪。我一直记得那个颜色。"

"怪不得他会如此讨厌妖怪。"花妖惋惜道，"甚至不惜将驱除妖怪作为自己一生的目标。"

"不知道他现在在想些什么。"叶话想到刘枫洋说过的话，心里不禁感到担忧。

"我会拜托其他的妖怪留意下的。"花妖喝下最后一杯酒，起身准备离开，"可是，因为那家伙的改变，妖怪们现在都开始人人自危了呢。"

／ 二 ／

"乖，妈妈抱。"

一个五岁的小男孩跌跌撞撞地扑向母亲的怀抱，母亲哼起了轻柔动听的旋律，安抚着哭泣的他。

除此之外，母亲还会经常做好吃的食物。天气好的时候，她会牵着男孩在草地上玩耍。每天睡前，也会给他讲最爱的故事。就这样，男孩在家人的呵护中幸福地成长着。

但幸福的日子总是太过短暂，因为母亲身体不太好，所以时常会生病。

厨房里，厨具摔碎的响声引来了男孩的父亲。此刻，母亲正在为即将回家的孩子做着他最爱的食物。

父亲看着虚弱的妻子，心疼道："不是让你多休息吗？你的身体怎么受得了。"

母亲露出了温柔的笑脸，开心道："今天是孩子的生日，我想给他做些他爱吃的食物。"

饭桌上，母亲打开了给男孩准备好的生日蛋糕。一家人围坐在一起，场面温馨。

"希望你可以开开心心地长大。"母亲虽然不停地咳嗽，但脸上依旧挂着笑容。

"快许愿吧。"

在家人的提醒下，枫洋闭上了他的眼睛。他在心里默默地念着，希望爸爸妈妈可以健健康康。可当他睁开眼的时候，意外发生了。

母亲她，晕倒了。

母亲的病越来越严重了。父亲仿佛一夜之间苍老了许多。医生们对此感到束手无策，没有人能救她。

277

奄奄一息的母亲躺在病床上，看着不知所措的儿子，温柔地喊着他的名字。她伸出了手，想要再摸一摸自己的孩子。可死神没有给她这个机会，微微抬起的手臂最终永久地垂了下去。

"妈！"

刘枫洋从睡梦中惊醒过来，他揉了揉涨痛的脑袋。梦里，他又见到了母亲。

"你这个家伙，已经把我们关到这里了，还想再吓死我们吗？"

说话的是桌子上的藤葫芦，里面装着刘枫洋之前抓到的妖怪。他没有急着处理掉他们，他想把这里的妖怪抓完后，再一次性地消灭。而在此之前，他们都被暂时关在里面。

"我承认你的力量很强。"里面的妖怪继续说道，"但和一般的驱妖人不一样，有趣。"

刘枫洋重新躺了下去，冷漠道："我是被上天选中要来清除你们的人。既然被我抓住了，就不要想逃了。你们不要不甘心，因为这就是妖怪的命运。"

三

"臭小鬼，我要吃了你！"

"明明是个人类，居然可以看到我们。"

"小孩子的肉最好吃了！"

"……"

七岁的小枫洋从林子里跑了出来，惊慌失措的他甚至都忘记了自己的膝盖上还流着血。这里的妖怪总爱欺负他，比如用奇怪的声音恐吓他，或者趁着他走路的时候给他下绊子。

"妈妈，有妖怪欺负我。"小枫洋趴在母亲的怀里，大声哭道。

母亲温柔地拍着他的背，一遍又一遍地回道："有妈妈在，妈妈会保护你的。"

母亲的话让他感到安心。可尽管如此，还是会有各种各样的妖怪来欺负他。渐渐地，小枫洋终于明白，母亲只不过是一个普通的人类。她甚至不能像自己一样看见妖怪，至于那些安慰也不过是为了让他不再哭闹。

可即便是这样，小枫洋依然爱着他的母亲。

只是在被妖怪欺负后，他再也没有告诉她，而是一个人偷偷回房间擦药。

"妈妈生病了，我不想让她再为我担心了。"小枫洋看着镜子里的自己，认真地说道。

有一天，放学回家的小枫洋看到院子里站着一个狐狸妖怪，那只妖怪长着一条火红色的尾巴，只要看一眼，便无法忘记那颜色。

小枫洋本能地感到害怕，更让他不寒而栗的是，那妖怪突然回头看着他，嘴边扬起了诡异的笑容。

小枫洋被这一笑给吓得摔倒在地上，等他站起来的时候那妖怪已经消失了。惊慌失措的他想到了母亲，但当他急匆匆地推开家门，眼前发生的景象却让他立即晕倒在地。就连他自己也不会想到，眼下的这一幕将会成为伴随他一生的噩梦。

当枫洋醒来时，发现自己正躺在床上，父亲守候在他的床头。

"妈妈她究竟怎么了？"枫洋的情绪有些失控，语气变得异常激动。但一想起昏厥前的画面，强烈的恐惧还是袭遍了全身。

母亲，变成了妖怪。

准确地说，是母亲一半的身体变成了妖怪，那是一只龇着尖牙的狐狸，背后拖着一条火红的尾巴。而另一半的面孔还是人类的模样，即便如此，小枫洋还是一眼认出了自己的母亲。而当时，父亲站在一旁，表情异常痛苦。

"没什么，你肯定是做噩梦了。"父亲低着头，声音沙哑，"不过已经没事了，妈妈她已经睡着了。"

小枫洋点了点头，他也无比希望，那只是一场噩梦而已。

可那天以后，母亲就开始重病不起。某天，还在上课的枫洋突然被父亲接回了家。路上，父亲的眼睛满是血丝，他抱着枫洋，在他的耳边用沙哑的声音说道："妈妈可能不行了。"

等枫洋回到家的时候，病床上的母亲已是虚弱无比。他趴在母亲的床头前，眼泪不停地流。

母亲已经说不出话，她的手指在枫洋的胳膊上轻轻滑动着，似乎在用这种方式做着最后的诀别。随后，她想要再摸一摸孩子的脸，可那只手却再也没有抬起来。

"你会怎么选择呢，叶话？"刘枫洋躺在床上，呆呆地望着天花板，自言自语道，"如果这一切发生在你的眼前。"

/ 四 /

今天是休息日，叶话来到街上准备买点东西。

一路上，他几乎没有看见妖怪。自从刘枫洋做出决定后，附近的妖怪似乎越来越少了。想到这里，叶话开始感到一阵焦虑。

"爷爷，快跑。"

不远处，一只年幼的妖怪搀扶着年老的妖怪，神色慌张地朝着叶话跑来。

老妖看见叶话，眼中似乎燃起了希望。他奋力抓起小妖，朝着叶话扔了过去。

"叶话大人，这孩子就拜托你了。"

话音刚落，刘枫洋便出现在老妖的身后。他取下腰间的葫芦，没等老妖发出惨叫，就已经被收进了瓶中。

叶话护住瑟瑟发抖的小妖，看着已经有些陌生的刘枫洋，纠结道："刘枫洋，住手吧。"

"你不是说要保护你的妖怪朋友们吗？"刘枫洋看着叶话的脸，笑道，"好啊，试一试，让我看看你的实力。"

刘枫洋举起手就是一拳，狠狠地朝叶话挥去。叶话见后急忙躲开，可就在他躲掉攻击的一瞬，刘枫洋的另一只手突然伸向了小妖。

"被骗了啊。"叶话扯下项链，几道绿光变成一根捆锁飞向刘枫洋。

尽管刘枫洋的身体被锁链缠住，但从他的脸上却看不到认输的感觉，反倒笑了起来。

"为什么不拿出全力？就这点本事可是没办法救下他们的。"

说完，刘枫洋的身体开始迅速发生变化：他的右臂隐约散发出红色的光芒，光芒很快地从一个圆点扩张到整条手臂，像是一副铠甲，将手臂包裹在里面。接着，右手变成了野兽利爪的样子，四周也产生了一股红色的气浪。与此同时，他的身体也开始膨胀起来，变得更加强壮。

"砰"。缠在身上的捆锁已经开始变形，最后裂成一堆碎片。

挣脱了束缚的刘枫洋成功带走了小妖怪。小妖怪拼命挣扎，但无济于事。

"别走！"

叶话没有放弃，只是他的眼睛这时突然痛了起来。当他终于缓过疼痛准备继续战斗时，眼前已经不见了刘枫洋的身影。

回到旅店，刘枫洋把解下的葫芦放在了桌子上。此时，他的右臂已经恢复正常，变成了人类的肢体。

忽然，刘枫洋掀开了袖子，露出了自己的右臂。光滑的小臂上，赫然出现了一个奇怪的图案。从刚才和叶话的战斗，刘枫洋就能够感受到，这个图案给予了他力量，让他在危险时保护自己。

然而除此之外，他对这个图案没有更多的了解。他是何时出现在自己手臂上的？这图案究竟有什么意思？时至今日，刘枫洋也没有明白。

五

母亲去世后的一个月。

小枫洋从学校到家要经过一条小路，在那条小路上常有妖怪聚集。小枫洋每次都是以最快的速度冲过那条小路，如果慢一点就会被身后的妖怪追上。

那天下起了雨，地上有些湿滑。就在小枫洋快要跑出路口时，身体突然失去了平衡。妖怪们见他摔倒，纷纷围了上来。

"走开！全都走开！"小枫洋倔强地爬了起来，冲着妖怪们喊道。

"听说这孩子的妈妈死掉了。"

"那种家伙，早就该死掉了。"

……

妖怪们边说边笑，丝毫没有留意到小枫洋的情绪正在发生变化。

"不许你们侮辱我的妈妈！"小枫洋握紧了自己的拳头，对着妖怪们狠狠地挥了出去。

"这种拳头，一点都……"妖怪话还没说完，身体已经飞了出去。

其他的妖怪们看到同伴被揍飞，顿时怒火中烧，集体扑向枫洋。

然而枫洋的手臂似乎被一层流动的红色所包裹，他感觉到了源源不断的力量涌进身体。更奇怪的是，那种力量仿佛在驱使着身体，鼓舞他冲向妖怪。

巨大的拳头将身边的妖怪一一击飞，那些平时里嚣张跋扈的妖怪们此刻只能在地上发出痛苦的呻吟。

这一刻，小枫洋突然体会到了从未有过的兴奋和畅快。他开始意识到，自己有了强大的力量，这份力量足以打败妖怪。而他，也似乎在这个过程中找到了自己的使命。

就在刘枫洋不断地回忆往昔时，天空渐渐被填上了一层黑色。

深夜，叶话骑车往家里赶去。在以前，回家的路上常常可以听到妖怪们在聊天，如今却变得格外安静。自从刘枫洋开始捕捉妖怪以来，妖怪的数量少了很多，这让叶话感到有些失落。

突然，路的中央出现了一个女人。叶话猛地按住刹车，差点撞上对方。

"你没事吧。"叶话上前问道。

对方听到叶话的声音，不禁转过身子，好奇地打量着他。

"妖……妖怪。"

叶话愣了一下，眼前的这个妖怪虽然是人类的身体，但扎起的头发下，却是一张狐狸的面孔。这让他感到疑惑，因为刘枫洋的缘故，妖怪们已经很少出现了。

"你是可以看见妖怪的人类吗？……"狐狸女好奇地说道。

叶话还是不太相信，以为是自己的眼睛出现了幻觉，忍不住揉了揉它。

"果然，狐狸脸太明显了。或许换成人类的样子，比较不容易引起注意。"狐狸女伸出一只手，在空中画了个半圆。原本长满了毛发的面庞立即变成了光滑的人类五官。

"快逃吧！"叶话劝道，"这里很危险，趁着没被他发现，赶紧离开吧。"

"哦，是吗？"狐狸女似乎被勾起了好奇心，她踱着步子，在叶话身边转了又转。

"这里有一个驱妖人。"叶话语重心长道，"他讨厌妖怪，这里的妖怪很多都被他抓走了。"

"原来是这样。"狐狸女笑了笑，转身消失在夜幕里。

叶话被这一幕弄得有些摸不着头脑。他并不理解狐狸女的那一抹笑，究竟是听了劝告离开了这里，还是觉得自己在开玩笑所以不愿再说下去？

这让他感到纠结。他想要保护妖怪，但时间和精力根本不允许他这么做。别说保护妖怪，就连刘枫洋现在住在哪里，他也不知道。

想到这些，叶话万分沮丧。

转眼又过去了一天。

晚上，叶话刚离开店里不久，耳边就响起了一阵打斗。他急忙扔下车子，顺着声音跑去。很快，他弄清了声音的来源，可眼前打斗的画面却让他十分意外——昨天晚上遇见的狐狸女竟然和刘枫洋缠斗在一起。

"还是被盯上了吗？"叶话看着化作人类模样的狐狸女，不禁叹道，"再这样下去，这里的妖怪都会消失的。"

战斗还在继续。刘枫洋的速度很快，那流动着的红色气浪像是野兽一般在空中来回穿梭。但狐狸女的身上却没有一点伤痕。闪转腾挪间，刘枫洋的攻击被一一躲开。

"你在耍我吗？"刘枫洋有些发怒道，"不反击的话，可是没法逃掉的。"

砰！

刘枫洋再次朝着狐狸女的方向发动了猛击，红色的烈焰像是一条失控的火兽，猛地扑了过去。狐狸女的脚下接连发生着爆炸，扬起的尘土遮住了他的视线，等到眼前再次清晰的时候，狐狸女却不见了踪影。

另一边，叶话拉起受伤的狐狸女飞快地奔回店里。

"先到这里躲躲吧。"叶话有些生气，"我不是和你说过，让你赶紧逃的吗？"

狐狸女又变回了狐狸的面孔，她舔舔着手上的伤口，望着一旁激动的叶话，忍不住说道："我不能逃走，我是来阻止这一切的。"

"阻止这一切？"叶话惊讶地看着对方。

"你根本不了解他，他很危险。"叶话继续劝起狐狸女，希望她能够明白自己的处境。

狐狸女的伤口很快就愈合了，她卷着长长的尾巴，把叶话拉到自己的面前，严肃地道："我当然了解了。你口中的危险的家伙，可是我的外甥啊。"

看着叶话吃惊的表情，狐狸女终于讲出了自己的故事。

六

我叫止雅，是生活在狐之国的妖民。我有一个姐姐，我们从小一起长大。她美丽漂亮，妖力也非常强大。因此，姐姐的身后有着许多的追求者，但是姐姐并没有选择他们。

有一天，我看到姐姐和母亲吵了起来。后来我才知道，母亲给姐姐安排了联姻，但姐姐没有同意，她们为此吵得很厉害。

我也曾问过姐姐，那些来联姻的都是很优秀的妖怪，你为什么不喜欢呢？

姐姐听后总是会露出无奈的笑，她的眼睛里似乎藏着答案，可她从来没有告诉过我。

直到有一天，姐姐对我说，她终于找到了那个可以共度一生的人。

不知是哪个妖怪如此幸运呢？我祝福姐姐，这样，母亲也能放心了。

第二天，天还没亮。

家丁带来了母亲的命令，要求我立即前往狐之国的入口。虽然我并不清楚到底发生了什么，可是从眼前的情况来看，一定是发生了很严重的事情。

"报告将军，沿路的防线都被突破了。"家丁向我汇报起当前的局势。根据他们的描述，有两个妖民想要连夜逃离狐之国，从而引发了骚乱。

我挥了挥手，示意他们退下，这里有我一个人就足够了。虽然我是女子，但是从小我就和姐姐一起修炼妖力，这里很难再找出比我们更强的妖民。所以，不管待会儿来的是谁，我都不会让他活着离开。

时间一分一秒地过去，终于，我等来了那两位想要逃走的妖民。

准确地说，只有一位妖民，那便是我的姐姐。而姐姐的身旁，站着一个年轻的人类。

我突然有些混乱，这到底是怎么回事？姐姐不是才和我说她找到了喜欢的人，为什么会出现在这里？……

看着姐姐抓着那个男人的手，我突然意识到了什么。难道说，姐姐爱上的是一个人类？！

"姐姐，这到底是怎么回事？"我质问姐姐，觉得自己受到了欺骗。

"对不起，止雅。我爱他，我们必须离开这里。"姐姐答道。

"我不能答应。"我握紧了拳头，红色的妖气在我身体周围形成了一层外衣一样的介质，那是我们战斗时的状态。

"我要带你回去。我会向母亲求情，让她原谅你。如果你就这么离开，你想过你的以后吗？"我问姐姐。

姐姐没有因为我的恐吓而退却,她看了一眼那个男人,说:"我的以后,有他在。"

我瞟了一眼那个男人,虽然他只是个弱小的人类,但他并没有选择躲在姐姐的身后,而是和她并肩站在一起,紧紧握着她的手。

我想我已经没法向姐姐解释了,只能通过力量来留住她。

我和姐姐的战斗十分激烈,在之前的训练里我们各有胜负,可是在这种情况下,我们谁也不能保证自己会赢。

爆炸声响彻山谷,一块巨大的碎石朝着那个男人的方向飞去。姐姐不得不分神去保护那个男人。就在这个时候,我发现了姐姐的破绽,看来是她输了。

然而我没有想到的是,那个男人居然奋不顾身地冲了上来。他代替姐姐,被我紧紧锁住了脖子。姐姐因此乱了方寸,也很快被我成功控制。

"为什么,为什么不躲开啊!"姐姐问那个男人。

男人摇了摇头,温柔地看着姐姐:"哪有一个男人看到心爱的人在一旁战斗,自己却躲起来的道理?我知道我只是一个普通人,没有什么力量,可即便如此,我也必须站出来。"

姐姐哭了,这是我第一次见她为了别人流下眼泪。

"如果杀了我可以让你姐姐平安,那就动手吧。"男人的神情坚毅,他站在姐姐身前,做好了赴死的准备。

"别这样!"姐姐用她那涨红的眼睛看着我,"如果你杀了他,我一辈子都会活在痛苦当中。"

"赶紧走吧!"我终究狠不下心,摆了摆手,对他们说,"快走吧,不要再回来了。"

"那你怎么办,止雅?!"姐姐无助地望着我,她很清楚违背母亲的结果是什么。

"我吗?"我挠了挠头,确实有些伤脑筋,"算了,反正母亲也知道我妖力不及你。你们赶紧走吧，晚了其他人就追上来了。"

其实我并不想让她离开。但我知道，这里留不住她了。看着姐姐远去的背影，我突然很想问她，这样真的值得吗？

这个问题我放了很多年，一直没能够亲口问她。

第二次见到姐姐，是我得知她怀孕的消息。我为她感到高兴，同时，我也十分担心。

这是一件很危险的事情，作为狐之国的妖民，维持成人类的样子本身就是一件非常耗费妖力的事情。如果和人类通婚并且怀孕，会对妖体造成极大的损伤。说得直白一些，就是会死。

姐姐知道，可她不在乎，她笑得很开心。

"真的打算生下这个孩子吗？"我问她，"你知道这有多危险，而且作为妖怪的孩子，他一定也会被其他的妖怪所仇恨。"

"我会保护他。"姐姐的脸上露出了只有一个母亲才会出现的坚定笑容，"哪怕用我的生命。"

第三次也就是最后一次见到姐姐时，她已经很虚弱了。生产之后，她的身体出现了各种各样的问题。她不知道自己还能够活多久，但比起自己的生命，我发觉她最在意的是枫洋。

由于姐姐和人类通婚，遭到了妖怪们的唾弃，大家都视她为恶心的叛徒。枫洋作为人类和妖怪的孩子，自然被妖怪们视作不洁，成为被欺负的对象。

这成了姐姐最担心的事情。

最后，姐姐做出了一个让我震惊的决定——她准备将自己的全部妖力通过封印术放置在枫洋的身上，那样妖力便会在他遇到危险时被触发，保护他不受到伤害。

我很反对，那样只会加速她的死亡。可最后，我还是没能说服她。

那天我站在院子里，看到了放学回家的枫洋。我对他笑了笑，那一刻我真想告诉他：

"小枫洋，你要记住，虽然你的妈妈是妖怪，可她不比任何一个人类母亲要差。因为，那是一个可以舍弃自己的生命去爱你的妈妈。"

狐狸女讲完了她的故事，叶话沉浸其中，许久才回过神来。

"那个孩子因为姐姐的去世，好像把所有的仇恨都归结于妖怪了。其实并不是那样的，就连那个孩子也是有着妖怪的血统。"止雅发出了一声轻叹，"我必须让他知道真相，如果姐姐在天之灵知道他带着仇恨活下去，她也会跟着难过吧。"

"可是，你要怎么才能告诉他这些呢？如果直接找上门去的话，肯定还没等说出口就被抓到葫芦里去了吧。"叶话不禁说出了自己的担忧。

对此，叶话和止雅进行了漫长的讨论。

七

一周后。

刘枫洋的房间响起了敲门声，他打开门，发现来人居然是叶话。

"你怎么找到这里的？"刘枫洋不悦地道。

"是花妖。"叶话回道，"他一直不相信你会做出那种事，所以一直在跟着你。"

"哦？"刘枫洋转身回到座位上，敷衍道，"看来没有早点抓住他，是我的失误啊。"

刘枫洋接着问道："你这次来就是为了和我说这个？"

"当然不是。"叶话认真地道："我知道我输了，我没办法保护所有的妖怪。"

刘枫洋的嘴角浮出一丝微笑。

"我想了很久，妖怪确实不适合成为朋友。"叶话继续说道，"或许，你说的都是对的。"

刘枫洋狐疑地看了叶话一眼："我不明白你的意思。"

"其实我这次来，是想请你帮忙，我的店里最近来了一只妖怪，一直在骚扰客人。这样我根本没办法做生意。"叶话表明了自己的来意。

"你到底想干什么？"刘枫洋渐渐失去了耐心，"你以为我不知道你的力量吗？一只妖怪，你自己就可以解决！"

刘枫洋说完转身整理起自己的东西。

"我要出门了，葫芦就快满了。"刘枫洋掂了掂手里的葫芦，对叶话说。

"等等！我没有骗你。"叶话拦住刘枫洋，说道，"你应该知道，我的眼睛已经不允许我使用太多的力量，所以我才会来找你。我知道你不会轻易答应，可是你知道吗，那个妖怪长着一条火红色的尾巴。"

"你……你说什么？"刘枫洋正要迈出的腿突然停了下来，眼里的光表明他好像记起了什么。

"你对我说过，你父母的遭遇是妖怪造成的。那个妖怪有一条火红色的尾巴，一旦看见就绝不会忘记那颜色。那个妖怪就是这样。"叶话继续补充道。

"带我去，现在！"刘枫洋的声音突然开始激动，他拿起葫芦，抓住叶话的胳膊就冲了出去。

刘枫洋和叶话来到一片山顶，当他们赶到的时候，止雅早已等候多时了。

"是你？"刘枫洋对眼前这张拥有人类面孔的妖怪感到有些怀疑。

止雅轻轻一挥手，少女的五官又变回了狐狸的模样，一条巨大的火红色的尾巴现出原形，来回舞动，似乎在和他们打着招呼。

"是你！果然是你！"

刘枫洋想起了那天母亲被妖怪害死的恐怖画面，怒火瞬间涌遍全身。红色的妖力也像是感知到了什么，像遇了风的火，眨眼间就包裹住了手臂。

"就是现在！"止雅大声喊道。

声音刚落，叶话的掌心便飞出几条绿色光带。比起之前，这次的锁链更加坚固了。叶话驱使着光锁绕过刘枫洋的背后，死死地捆遍了他的全身。

刘枫洋虽然不断挣扎，但这一次，他并没有成功。

"好久不见，枫洋。"止雅看着被束缚住的刘枫洋，大胆地走上前去。

刘枫洋看着这张让他憎恨的面孔朝自己逼近，那被埋在心底最深处的恨意又被重新唤醒。

"枫洋，你听我说。事情并不是你想的那样。"就在止雅准备把真相一一讲述的时候，刘枫洋的身上却传来一股让人不安的气息。

妖力感知到了刘枫洋的憎恨，原本只包裹着右臂的妖力居然逐渐扩大开来。火红的妖力慢慢吞噬刘枫洋的全身，他的背后也长出了一条巨大的火红色尾巴，此刻除了面孔还保持着人类的模样，他身体的其他部分已经变成了一只狐妖的模样。

"糟糕，身体里妖怪的那一部分被唤醒了。"止雅开始后退。

叶话的力量已经不能压制刘枫洋了，捆在他身上的锁链一下子被扯得粉碎。叶话也因为耗费太多力量，被震倒在一旁。

浑身散发着火焰的刘枫洋朝止雅的方向冲了过去，和上一次战斗不同，止雅完全失去了对局势的掌控。刘枫洋无论是速度还是力量，都已经超过了止雅。

仅仅过了片刻，止雅就已经满身伤痕。她拼命地喊着刘枫洋的名字，可他却没有丝毫的反应。仅存的理智早已被复仇的怒火燃烧殆尽。

刘枫洋的火拳已经高高举起，这一次，止雅逃无可逃。她缓缓闭上了眼睛，眼前却出现了姐姐的笑脸。

八

"怎……怎么会……"

止雅睁开了眼，她没有倒下。

刘枫洋的拳头硬生生地停在了半空中，在他的面前，站着一位头发斑白的老人。

"住手吧，孩子。"老人望着刘枫洋的脸，眼中落下了一滴浑浊的泪，"你妈妈看到你这样，她得多难过啊。"

"爸……爸爸？"

刘枫洋震惊地看着面前的老人，身体上的火焰像是感知到了什么，竟然渐渐小了下去。

"让开。"刘枫洋咬牙说道，"我要为妈妈报仇，我要杀了所有的妖怪。"

虽然刘枫洋不知道为什么父亲会来到这里，还有明明说不出话的他为什么会突然发声。但显然，这些都不是最重要的事。眼下，没有谁能阻止他杀掉止雅。

"我不能让你杀她，除非你杀了我。"面对暴怒的刘枫洋，老人的脸上没有丝毫的恐惧，反而充满了心疼和不安。

"回来吧，孩子。"

老人仰望着天空，蓝蓝的天上悠闲地飘着云朵，他忽然想起了自己的过去，第一次与刘枫洋母亲见面时的天空似乎也是这样。

想到这里，老人慢慢闭上眼睛，眼泪顺着眼角一点点滑落。

一个少年睁开了眼睛，看见蓝天上挂着几团闲云。

过了一夜，他的头还是隐隐作痛，身上到处都是伤口。尽管如此，他仍觉得无比庆幸。毕竟从那么高的峭壁上落下来，活着就已经是奇迹了。

少年起身想找些吃的，他看到山脚下有一个山洞，洞里隐隐透着光亮。带着好奇心，他钻进了山洞。起初洞口很小，需要趴着爬进去，越到后面，洞口越大。等到他从山洞出来的时候，他发现自己正置身于一个全新的世界。

但他并没有兴奋很久，爬洞耗费了太多的体力，当他爬出洞口之后，整个人很快累晕了过去。

少年醒来的时候，发现自己置身于一个干燥舒适的山洞中，他身上的伤口也被包扎了起来。

就在他一头雾水的时候，一位美丽的少女引起了他的注意。少女见他醒了过来，赶紧拿出食物。

"你是从外面来的吗？"少女看了他一眼，又迅速低下头，似乎有些害羞。

少年点了点头，她所指的外面应该就是这个世界之外的地方。

"谢谢你救了我。"少年心怀感恩道。

"你们外面的人真奇怪。"少女疑惑地看着他，"在我们的国家，男人从不会对女人说谢谢。女人很难做自己想做的事情，她们的命运在很小的时候就被安排好了。"

"不，我们那里也并不都是这样的。"少年解释道，"只是我觉得，无论男女，动物还是植物，哪怕是妖怪，都没有谁贵谁贱的说法，你和我都是一样的，所以我觉得向你道谢是很正常的一件事。"

少女听着他的话，眼神里仿佛闪烁出一丝光芒。她看着这个奇怪的外乡人，竟然越发觉得有趣。

"我叫止鸳，你呢？"少女问。

"止鸳吗？很好听的名字。"少年回道，"我叫刘桓。"

就这样，刘桓和止鸳相识了。

在他养伤期间，止鸳总会带着食物来看他。而刘桓也会和止鸳讲外面的故事，两人在一起的时候，总是笑得格外开心。久而久之，刘桓突然发现自己已经喜欢上了止鸯。

刘桓完全康复的那天，止鸯带来了酒水庆祝。然而止鸯接下来的话，却让刘桓陷入了艰难的抉择。

"你快走吧，"止鸯的脸上透着失落，"护卫队已经察觉到你的存在，这里是不允许外人进来的。如果被他们抓到的话，你会死的。"

刘桓当然想要离开，而且是带着止鸯一起。

"和我一起走吧，止鸯。"刘桓鼓起了勇气，向止鸯发出邀请。

止鸯摇了摇头，哀声道："你走吧，我不能离开这里。"说罢，几滴泪水从眼眶落下。

"你……你是！"刘桓突然脚下一软，猛地瘫倒在地。他伸出颤抖的手，指着眼前狐面人身的妖怪，说话也变得哆哆嗦嗦。

"我是止鸯啊。"狐面妖怪泣道，"这里原本就是狐之国，是我们狐妖世代居住的地方。当初担心吓到你，所以才一直用妖力维持着人形。我又何尝不明白你的心意。只是人妖殊途，你必然是不能接受一个妖怪的。"

刘桓瘫倒在地上，似乎还没有从刚才的惊吓中走出来。

止鸯长叹一口气，她擦干泪，转身准备离开。就在这时，她听到背后刘桓在念着她的名字。她回头一看，原来是刘桓强撑着站了起来。

"止鸯，你看，我的腿还在抖。"刘桓用手紧紧地抓住自己的腿，希望它能平静下来。

"这是人的本能，我没有办法。可是这并不意味着我就会逃走。总有一天，我的腿会不再抖，我会站在你的身边，无论你是什么样子都没关系。我才不会介意你是不是妖怪，如果你不介意我是个人类的话，请和我一起走吧！"

止鸯的泪水再次爆发，她点了点头，二人终于紧紧地拥抱在一起。

九

　　老人说出了隐藏多年的真相，其中也包括了最近才从止雅那里得知的一些事。

　　两天前，止雅带着叶话找到了老人，告诉了她自己此行的目的。

　　一直以来，老人都因为妻子的死感到悲痛，他之所以沉默，是为了不让儿子知道其中的原因。他遵守着和妻子的约定，希望让枫洋成为一个普通的人类，简单幸福地生活下去。

　　"不可能！我是驱妖人，我不是妖怪！这些都是妖怪的谎言！"

　　刘枫洋的情绪陷入了错乱，他不断地发出咆哮，身体上的火焰也渐渐有了复燃的趋势。

　　"小心！"止雅推开了老人。刘枫洋终究没能相信父亲的话，饱含愤怒的一拳还是重重地砸了下来。

　　"轰"的一声，激起的尘土遮蔽了视线。隐约地，一副躯体重重地跪倒在地上。

　　"还好赶上了。"叶话疲惫地道。

　　尘土渐渐散去，刘枫洋的模样也终于清晰。此刻，他突然跪倒在地上，他的后背上插着一把绿色的巨剑。那是叶话拼尽全力的一击，最终让他痛苦地低下了头。

　　巨剑开始变成一道绿光，回到叶话的手中。而被刺穿的红色狐衣，也开始一点一点地从身体上剥离脱落。

　　妖力在一点点消失，刘枫洋的身体开始慢慢变回人形。当他终于从狐衣剥离，源源不断的力量也突然失去了来源。

　　他的身体变得异常疲惫，呼吸也变得困难。就像虚脱一样，整个人不自觉地往前倒去。

　　"妈妈……"

老人接住了刘枫洋，他躺在父亲的怀里，睡得像个婴儿。睡梦中，他的眼角不时滑出眼泪，嘴里不停地喊着：

"妈妈，妈妈。"

十

那件事情发生之后，刘枫洋昏迷了很久。当他睁开眼的时候，父亲和止雅就陪在他的旁边。

叶话也不知道刘枫洋到底有没有接受现实，但花妖告诉他，已经没有新的妖怪不见了。对叶话来说这固然是一个好消息，但也可能只是说明，刘枫洋在此之前，就抓走了所有他能抓住的妖怪。

一周后，店里迎来了一位特别的客人。

"好久不见。"叶话和刘枫洋打起了招呼。

刘枫洋点了点头，没有回答。

他坐在叶话的对面，要了一瓶酒。当火辣的酒精流进身体，刘枫洋这才说出了第一句话。

"还给你。"刘枫洋把葫芦推到叶话面前。

"什么？"叶话没有立即反应过来，但从刘枫洋的样子来看，他变得平静了许多。

"你的朋友们，还给你。"刘枫洋又给自己倒了一杯。

"明天我就要走了。"刘枫洋低声道，"和我父亲一起。"

几杯烈酒下肚，刘枫洋的脸已经开始泛红，大约快要醉了。

"这些日子里，我好像干了不少的蠢事呢。"刘枫洋自顾自地笑道。

"我想过。"叶话拿走酒瓶，酒喝得太多，头会痛。

"如果那些事情发生在自己面前，或许我也会和你一样。"叶话

296

说道，"我并不想因为妖怪的事情和你走到那一步，只是我不希望你带着这种仇恨生活下去。"

刘枫洋笑着摇了摇头，没有继续讨论下去。

"你果然很特别。"刘枫洋笑了笑，"从一开始，我就发现了。我们虽然都经历过黑暗，但你却能找到阳光。我就不行。"

"没有人生来就能一直看到阳光。"叶话认真地说道，"所以我才想认识更多的朋友，是他们把阳光带进了我的世界。"

刘枫洋没有回答。他想要再倒一杯酒，可这时酒瓶已经被叶话收走了。

"你这样我可不付钱的！"刘枫洋有些抱怨地说道。

"不想吃点什么吗？"叶话突然笑了起来，"钱的话不用担心，既然要走了，那这一顿就由我请吧。"

"这样啊。"刘枫洋挠了挠头，不知道要吃些什么。正在犹豫的时候，叶话却已经走进了厨房，开始烹饪。

叶话正在做的是一种叫作糖油粑粑的食物。要先取出适量糯米粉，加水的同时用筷子搅拌均匀，搅拌至干稀适中的程度就可以揉成面团待用。这种食物味道香甜，自然少不了要加糖。

将适量红糖倒入一个盆中，同时加入几块冰糖、少量砂糖以及适量的蜂蜜。接下来慢慢加水搅拌，直至糖粒完全化开。

然后开始处理面团，将大块的面团分成一团团的小丸子，在掌心搓圆压平，不能太厚或者太薄。

点火，热锅，倒入些许食用油，用量不宜过多，均匀打湿锅底即可。等到油温大致四成热的时候，转小火，放入粑粑。

用小火将粑粑的一面煎至微黄，翻面煎另一面。等到两面都被煎得焦黄起皮，就可以倒入之前调好的糖汁。

轻摇锅底，使汤汁和油融合成糖油。将粑粑翻转几次，使得两面都裹上糖油。最后大火收汁，见糖汁浓稠时就可出锅食用了。

做好的糖油粑粑表面金黄，外壳酥脆，轻咬之后方能感受到糯米的香软，配合甜美的糖汁，唇齿尽留香，解馋又美味。

"尝尝看吧。"叶话把菜端了上来，他记得刘枫洋曾经说过这道菜对他的意义。

"这道菜你居然还记得。"刘枫洋笑了笑，拿起筷子大口地吃了起来。

香甜软糯的口感将刘枫洋的思绪带回了记忆中的童年，想起母亲的笑脸，刘枫洋的眼眶突然有些湿润。

"对了，我问过止雅了。"叶话在一旁说道，"关于你手臂上的图案。"

刘枫洋停下筷子，用手擦了擦眼角。他拉起袖子，露出了手上的图案。

"那是狐之国的文字。"叶话答道。

"是吗？"刘枫洋看着那个图案，不知道它到底写着什么。

"是爱的意思，母亲对孩子的爱。"

刘枫洋用另外一只手紧紧地握住了图案，可目光却迟迟不愿离开。过了好一会儿，他才揉了揉眼睛，又继续吃起了食物。

刘枫洋走的那天，叶话和花妖一起去送他。被救出的妖怪们为了感谢叶话，也陪着一起去了。

刘枫洋还是老样子，固执地头也没回。倒是他的父亲和止雅，不停地和叶话挥手道别。

汽车发动的前一刻，刘枫洋突然把脑袋伸出窗外，对着远处的叶话大声喊道："有机会的话，我会再来吃你做的菜的！"

"好啊！"叶话也大声地回道，"只要不抓他们，大家都很欢迎你的！"

在场的妖怪们都跟着笑了起来，大家其乐融融地围坐在一起。调皮的小妖怪已经跳上了叶话的肩膀，有的在他的头上安心地睡着觉。

还有的妖怪拿着叶话做的食物，开心地分给大家。

叶话坐在中间，看着身边一张张熟悉的面孔，脸上露出了无比幸福的笑容。只是隐隐作痛的眼睛似乎在提醒着他，这种其乐融融的幸福场面已经不多了。

最后的盛宴

/ 一 /

叶话的店已经停业好几天了。

一些老顾客们也都在私下里讨论，可谁也不知道究竟发生了什么。

随着刘枫洋的离去，妖怪们的危险得以解除。曾经卡在叶话心里的最后一丝隔阂，也在妖怪们友情的冲击下彻底消失。

在这种状态的影响下，店铺的生意开始越来越好。正常来说，叶话应该招些人手，但让人不解的是，他并没有这么做，反而突然选择了停业。

至于起因，或许正是源于几天前的一个普通的清晨。

和往常的许多天一样，叶话从家里出发，准备前往店里。一路上，妖怪们见到他，纷纷热情地和他打招呼，叶话也会笑着点头回应。

然而今天却有些异常，熟悉的路线上没有一只妖怪的踪影。放眼看去，大家像是都藏起来了。

"早上好啊，叶话大人。"耳边，突然响起了一句问候。

"是谁？"叶话急忙回头，不停地看向四周，然而四周却是空荡荡的一片。

问候声不断响起，像是从许多个妖怪的嘴里发出。可叶话无论怎么擦揉眼睛，视野中都没有妖怪的存在。这让叶话开始感到了紧张。

更让他不安的是，类似这样的情况已经不是第一次发生了。

"眼前的妖怪总是会突然消失。哪怕上一秒还在和妖怪们说话，下一秒对方也会完全消失掉。"叶话失落地倒在床上，对着房间里的花妖说道。

　　"可能是最近店铺太忙了，身体太劳累的缘故吧。"花妖安慰道。

　　"不。"叶话否定了花妖的猜测，他比谁都清楚自己身体所发生的变化。像之前，自己一旦使用了太多的力气，眼睛会变得刺痛。如今，那种刺痛感几乎消失了，但接下来却是最近时不时地看不见妖怪。

　　"如果明天醒来，我再也看不见妖怪了怎么办？"叶话喃喃道，"甚至连你们说话的声音也听不见了。"

　　"你在胡说些什么？！"花妖感觉到叶话的语气有些异常，为了弄清楚原因，他建议叶话去问问树神。作为附近最年迈的妖怪，树神往往能给出许多有效的建议。

　　叶话点了点头，次日，他来到苹丰山向树神说明了自己的情况。

　　"你还记得吗？我曾经提醒过你。"树神提醒着叶话，"你的能力对你的眼睛损伤很大。"

　　叶话捂住了自己的一只眼睛，同样的话似乎艮也曾提起过。

　　"当然，最主要的其实是因为诅咒。"树神语重心长道，"不过这些你应该都知道了。"

　　叶话沉默了，这些并不是他想听的。很显然，树神的态度在向他揭示一个真相：

　　"很快，你就再也看不见妖怪了。"

　　"真的没有什么办法了吗？"虽然很早之前，他就已经预料到了这种结果。

　　树神没有回答，他叹息着回到了树里。

　　叶话的胸口忽然感到有些喘不过气，就像每个人都知道自己有一天会死去，但如果那一天并不是几年或者几十年之后，而是最近的某一天，这两种感觉是完全不一样的。

巨大的失落像是医生手里的注射器，在叶话毫无防备的时候，给他的世界注入了焦虑与失落，同时还吸走了他的期待与开心。

叶话站在大树的脚下，本能地看向远方的天空。

很快，母亲也意识到了叶话的不对。好几次，她做好饭菜喊叶话下来吃饭，可叶话并没有回应。

当母亲悄悄推开房门，却看到叶话无力地躺在床上，用手在眼前来回地比画。嘴里轻轻地念道：

"难道……就要到此为止了吗……"

关于妖怪，叶话有太多的话想说。

/ 二 /

"和爸爸说再见。"

年轻的母亲抱着只有三岁的叶话，和丈夫依依不舍地告别。

父亲继承了家族驱妖人的使命，年纪轻轻就成为人们眼中的除妖大师，家族里最有天赋的驱妖人。久而久之，声名在外，许多外地人都请他去捉妖做法。而他一去，往往要大半个月才能回家。

"爸爸。"

叶话伸着小手，冲着父亲笑了起来。

父亲走后，家里只剩下母亲独自忙前忙后。有时候忙不过来，就只能让叶话自己在院子里玩一会儿。

有一天，叶话正在院子里独自玩耍。一条大蛇忽然钻进了院子，朝着叶话慢慢爬去。

叶话睁着大大的眼睛好奇地看着蛇，他从未见过这样的动物，年幼的他也无法理解危险，反倒兴奋地挥着手，看上去十分高兴。

此时，大蛇已经弓起身子，随时准备扑向叶话。就在这时，天空中忽然传来一声鸟叫，一个长着翅膀的女人俯身冲向大蛇。

那女人张开翅膀，把叶话护在身后，和大蛇开始了激烈的打斗。

过了一会儿，母亲来到了院子里。当她看到院子里散布着斑斑血迹的时候，心里突然一阵发凉。她赶紧喊着叶话的名字，恐惧写在脸上，像是天都塌了下来。

幸好，叶话安然无恙。同时在离他不远的草坪上，躺着一只死鸟和一条死去的大蛇。那大蛇被鸟啄得稀巴烂，身体里隐隐有几个鸟蛋。

长大之后，叶话回想起那一幕，才知道是大蛇吃掉了鸟妖的孩子。鸟妖看到年幼的自己，出于母性本能保护了他。同时因为仇恨，最后不顾一切和大蛇战斗。但无论是何种原因，如果不是鸟妖的保护，叶话早已经命丧蛇口。

转眼又过了几年，叶话到了上学的年纪。学校里的孩子们总爱攀比，他们嘲笑叶话父亲的奇怪职业，同时，已经开始意识到自己和别人不同的叶话开始变得内向，没有人愿意和他成为朋友。

一天下午放学，家长们陆续接走了自己的孩子。叶话看着身边的人一个又一个地被接走，内心的期待渐渐变得冰冷。他始终看不见妈妈的身影，渐渐地，原本拥挤的等候区只剩下自己一个人了。

"叶话，你妈妈会晚点来，你先自己玩一会儿吧。"

说话的是叶话的老师，叶话母亲刚给她打来电话，说是因为临时有事，所以会来得晚些。

叶话没有哭闹，在小声地说了"好"以后，自己一个人默默地走开了。偌大的操场上，只剩下了叶话小小的、孤独的身影。

"喂，一起来玩吧。"

眼前有一个和他年龄相仿的孩子，正笑嘻嘻地看着他。

叶话这才发现，原来还有其他的孩子没有被接走。一想到自己并不是孤单一人，叶话忽然露出了微笑，心里也多了几份安全感。

"来呀来呀，我们一起挖沙子吧。"那个孩子拉起叶话，奔向一旁的小沙丘。

叶话也玩得很开心，这是他第一次被其他的孩子邀请一起游戏。在这个过程里，叶话脸上的笑容也逐渐增多。他突然发现，笑容似乎可以感染别人，就像那个孩子的笑感染了自己一样。

太阳快要下山了，此时母亲终于骑着单车赶到了学校。

"妈妈，我还没和我的朋友说再见呢。"叶话喊道。

"哪儿有什么朋友啊？"母亲抱起叶话，把他放在了车后座上，"老师说你表现得很好，一个人在那边玩着沙子，特别乖。回家了妈妈给你买糖。"

叶话突然不再解释，他回头看了看，朋友正站在原地，挥着小手，笑着和他告别。叶话也忍不住了挥了挥手，失落的脸上再次扬起笑容。

时光流逝，叶话也渐渐长大了。

在这十多年中，对于妖怪，他从一开始的恐惧，到之后的了解，再到后来成为朋友，妖怪俨然已经成为自己生活的一部分。他也习惯了花妖时不时来店里喝酒，听妖怪们诉说自己的故事。

这已经不再是能否看见妖怪了，而是意味着叶话要对自己的过去进行告别，独自奔向另一个开始。

这种事情，哪能轻易做到啊。

三

自此之后的很长一段时间，叶话变得不愿出门。他很怕再次遇到那种情况——走在街上，熟悉的妖怪和他打招呼，可他连对方的脸都看不清。

然而待在家里并不能缓解他的焦虑，相反，他变得更加压抑。终于在一个晴朗的夜晚，叶话走出了房间。他换上衣服，想要出去透透气。

叶话漫无目的地走在街上，今晚的天气很好，繁星满天，空气也清新了许多。叶话大口地呼吸着空气，试图让自己的情绪得到舒展。

"你终于出来啦。"花妖不知从哪里钻了出来，熟悉地打起了招呼。

"你怎么在这儿？"叶话有些意外，但好久没有看见妖怪的他突然感到一丝安心，至少说明此刻眼睛还是正常的。

"还不是怪你。"花妖抱怨道，"突然就歇业了，害得我想要半夜去找你要酒喝都没办法，只能在夜里出来碰碰运气。"

"我说，"花妖生气道，"你该不是怕我喝酒不给钱，所以连店都不开了吧……虽然我确实没给什么钱，但有什么可以帮忙的我也会帮忙啊，怎么说也能算一些酒钱……"

"花妖。"叶话开口道，"很快，我就要看不见你了。"

花妖慢慢地停了下来，他不解地看着叶话。那张脸，看上去十分平静，但花妖知道，有些事情并不是想象的那么简单。

"树神也没有办法吗？"花妖的语气变得有些沉重。

叶话笑着摇了摇头。

"那你……"花妖担心道。

"我也不知道。"叶话打断道，"现在，我能做些什么呢？"

花妖陷入了短暂的沉默。

"我还是陪着你走走吧。"花妖站在叶话的身边，逐渐跟上了他的脚步。

"对了，我听说这几天在后山上有'妖怪的试炼'，机会很难得，要不要一起去看看？"花妖问道。

"妖怪的试炼吗？"叶话感到了一丝好奇，他也是第一次听到这个。

"嗯。"花妖介绍道，"在妖怪的世界里，每隔十几年就会举办一次针对妖怪的试炼。只有通过了妖怪的试炼，才能证明自己已经长大，成了一个可以独当一面的妖怪。"

叶话点了点头，跟着花妖一起来到后山。

到了现场，叶话发现所谓的"试炼"其实就是一场竞技比赛，参加的妖怪被分成了若干组，而想要通过试炼，就必须击败所有的妖怪。

他们来的时间刚刚好，此刻，参加试炼的妖怪们陆续登场。叶话扫了一眼，发现当中有着不少厉害的妖怪，例如凶狠的狼妖、狡猾的蛇妖，还有两个叶话叫不上名字的妖怪。

"那是什么？"叶话指了指那两个长得像栗子的妖怪。他们一个长得像方块，另一个尖尖的脑袋上长出了絮状的花朵。因为身体结构的缘故，使得他们两个能够完美地上下叠在一起。事实上，从登场的一刻起，他们就保持着这种合为一体的样子。

"那是禾妖。"花妖解释道，"就个体来说，他们是一种非常弱小的妖怪。因此在成长的过程里，他们必须找到合适的同伴。只有这样，他们才有勇气去面对危险，并发起战斗。"

终于，战斗开始了。妖怪们也跟着沸腾了起来。

虽然参加试炼的妖怪很多，但叶话的目光一直都锁定在禾妖身上。他很好奇，那样弱小的身体，要怎么才能战胜比他们强壮得多的对手。

很快，轮到禾妖上场了。他们的对手是一只长得像黑熊一样的妖怪，当黑熊妖怪站起身子，禾妖的面前仿佛出现了一座大山。然而禾妖并没有惧怕，反而用这种上下一体的姿势率先发起了冲锋。

黑熊妖怪挥动着巨掌，想要把禾妖们拍飞。禾妖们虽然体形很小，但走位十分灵活，一次又一次躲开了黑熊妖怪的攻击。

禾妖们一边躲闪一边发起冲击，凭借着出色的默契与配合，使得黑熊妖怪那原本是优势的巨大身体，此刻变成了笨重的负担。

终于，黑熊妖怪耗尽自己的体力，轰地倒了下来。与此同时，裁判宣布了这一场的结果，禾妖取得了胜利。

"真的太厉害了。"一旁的叶话也被惊到了。

"很难想象吧，由于同伴的存在，原本脆弱的个体开始成长了，变得强大。"花妖笑了笑，"就像叶话你一样，因为遇到了饕，还有各种成为过同伴的妖怪，所以才会变成一个善良、懂得体谅别人的人啊。"

叶话愣了一下。正如花妖所说的那样，因为有着妖怪朋友，所以才能成长为如今的样子。如果再也看不见妖怪了，那他会变成什么样，是更好还是更坏？

这让叶话感到困扰。

四

接下来的几天里，叶话每晚都会和花妖一起去看妖怪的试炼。虽然眼睛的事情仍在影响着他，但如果不趁着还能看见的时候尽可能多地去看看，那以后可能就再也没机会了。

更何况，今晚将是试炼的最后一晚。叶话也很好奇，能够最后通过试炼的，究竟会是谁。

战斗开始。

由于是最后一晚，所以战斗的场面要比之前更加激烈。经过一番角逐，禾妖和虎妖走到了最后。

面对着凶悍和灵动的虎妖，禾妖没有占到任何的优势，两只禾妖的身上都不同程度地出现了伤口。

"我已经发现了你们的弱点了。"虎妖亮出锋利的牙齿，坏笑道。

叶话也看出来了。在这几天的战斗中，他发现禾妖的合体看似只是为了汇聚力量，实际上下两只禾妖都有着不同的分工。下方的禾妖主要负责移动和观察，大多数时候，负责发动攻击的只有上方的那只禾妖。

虎妖开始针对下方的禾妖发起了猛攻，只要把他们拆开，让他们无法组合在一起，就可以先击倒负责观察的禾妖，然后再通过体力的优势获得最后的胜利。

这种方式很快见效，两只禾妖在虎妖疯狂的攻击下，不得不脱离分开。

然而令虎妖没有想到的是，就在脱离的一瞬，下方那只从来没有参与过攻击的禾妖忽然用闪电般的速度飞了出来，用一记充满了力量的拳头结束了这场试炼。

一切都是如此突然，谁都没有想到，看似最弱小的那只禾妖居然隐藏着如此恐怖的力量。

禾妖获得了最后的胜利，现场的妖怪们发出了热烈的欢呼。然而欢呼过后，围观的妖怪们开始陆续离开。原本热闹的场面，渐渐没了生气。

叶话想要对禾妖们说上一句恭喜，但就在他准备上前的时候，眼前发生的一幕却让他犹豫了。

在不远处的一棵树下，禾妖们正在说着什么。然而令叶话感到奇怪的是，战斗已经结束了，可他们却没有再叠到一起。

两只禾妖神情低落，他们相互拥抱着彼此，悲伤地落泪。紧接着，其中一只禾妖选择了转身离开，身影渐渐消失在夜色之中。另一只禾妖则站在原地，挥手和远去的同伴告别。

"怎么回事，你的朋友去哪儿了？"叶话有些激动，跑过去问道，"明明通过了试炼，为什么看上去很难过的样子？"

禾妖擦干了眼泪，不解地看着叶话。

"他走了，不会再回来了。"禾妖答道。

"不是说是一起的同伴吗？那为什么要分开？"叶话有些生气。他无法理解禾妖的行为。自己因为眼睛的问题要和妖怪们分开，一想到这里，他就感到难过，可禾妖他们却是主动选择了分别。

禾妖看着叶话激动的模样，不由得摇了摇头。

"随着本体不断地生长，禾妖间的拼接处也会产生越来越多的间隙，最后会导致无法再组合到一起。"禾妖解释道，"所以对于禾妖来说，彼此到了成长的某一个阶段，就会选择分开，开始各自的生活。"

"怎么会这样？！"叶话依然无法接受这样的结果。

禾妖显得异常平静，他没有像叶话那样愤怒，而是平静地选择了离开。

"在过去，我们禾妖是非常弱小的一种妖怪，需要和其他的妖怪组合在一起才能成长。可随着我们的成长，我们的形态也会各自发生变化。大家的方向是不同的，要选择的路也不一样，如果还想继续前进的话，就必然少不了告别。"禾妖停了下来，背对着叶话说道，"对于我是这样，对于他也是如此。既然告别无法避免，那就应该带着感激之心好好来上一场告别。而刚才那场决斗，就是纪念我们将要告别的宴会！"

叶话瘫坐在地上，脑海中浮现出禾妖战斗时的画面。他们的默契和配合，就连沟通时的眼神都像是为了参加一场宴会而精心排练。而那些欢呼的妖怪，更像是参加这一场宴会的宾客。大家的脸上带着笑容和眼泪，相聚在一起，随后又各自离开，一切看上去都是如此的自然。

或许分别也并不是自己想象的那样痛苦和悲伤。

"你之前曾经问过我，如果再也看不见妖怪了该怎么办。那时候我没有回答你，是因为我相信你会找到自己的答案。"花妖扶起了叶话，对他说道，"妖怪和人的不同之处在于，妖怪从来不因未知而恐惧。如果告别是一场注定无法逃避的晚宴，那就让这个晚宴变得热闹一些吧。"

夜空中，一颗银白色的流星从叶话的上空划过。叶话抬起头，望着璀璨的星河，眼神中渐渐透出了一丝光明。

"谢谢你，花妖。"

阔别已久的笑容终于再次浮现在叶话脸上。

/ 五 /

清晨，花妖来看望叶话，却发现叶话并不在家。奇怪的是，他也没有去往饭店。

"这个家伙，一大早会去哪儿呢？"花妖不免有些担心。

实际上，叶话一大早就背着包离开了家。包里是他昨晚连夜写的卡片，他想要在眼睛彻底看不见妖怪之前，再去见一见自己的朋友们。

他先是路过了状元庙，看到了正在打扫卫生的娓。如今，这家庙由她和老人一起守护。相比第一次见面，此时的娓看上去更加美丽。每日陪伴清欢的生活让她十分知足，看着如今幸福的娓，叶话也变得安心许多。

一番闲聊后，叶话给了娓一张卡片。他并没有告诉她关于苹果的事情，以免让娓感到自责。事情已经过去了很久，比起再去憎恨谁，他只想过好余下的还能见到大家的日子。

和娓告别之后，叶话继续赶路。没走多久，身后忽然有人喊他的名字。叶话回过头去，发现喊他的原来是泽。

比起当初见面的时候，如今的泽已经不再生活在面具之下。那张V形的笑脸面具被斜着别到一侧，露出了俊美的五官，就连性格也变得开朗起来。

"好久不见，泽。"叶话笑着回道，"看你这么急的样子，这是要去哪儿吗？"

"去车站。"泽开心道。

和泽聊过之后，叶话才知道自冬玥走后，泽每天都会去车站等她。看着来来往往的列车、潮涌的人海，泽经常会想象着冬玥从某辆归来的列车里走出来，她的脸上没有厚厚的墨镜，只有幸福的笑容。而从时间上来看，离冬玥治好眼睛回来的日子也已经近了。

"谢谢你，叶话。"泽有些害羞地说道，"能认识你们，真好啊。"

叶话回以微笑，送给了他一张卡片。

"这也是我想说的啊，认识你们，真好。"叶话自言自语道。

又走了一阵，路上遇到了其他的妖怪。各种交谈后，叶话的脸上终于露出了笑容。他无比欣慰，那些妖怪朋友，如今都已经有了全新的生活。纵使他们经历过不同的痛苦，但最终还是在新世界里开心地生活着。或许，自己也应当如此。

"吉！"

叶话找到了吉吉，很久不见的它似乎气色不错，更白也更圆了一些。吉吉看到叶话，开心地冲过去，和他玩起了"举高高"。叶话摸了摸吉吉的头，温柔地说道："好久不见，吉吉。"

临近中午，叶话正在朝下一个地方赶去。因为走得有些累了，便坐在街边的长椅上，补充食物和水分。整个上午，他都在拜访不同的妖怪。而在寻找妖怪的过程里，虽然有让他开心的叙旧，同样也有让他感到伤感和遗憾的部分。曾经熟悉的妖怪们，如今有很多都已经断了联系，甚至一些妖怪搬去了别处，他也一无所知。

这让叶话更加明白，分别这种事情并不会因为自己能否看到妖怪而改变，很多东西都是注定要发生的，只是时间早晚的问题。

比起这个，真正让叶话感到害怕的是那种悄无声息的消失。他很害怕自己也会这样从朋友的世界里消失掉，没有一声告别，也没有留下痕迹。

发呆的时候，街道对面出现一个环卫工人。她的个子不高，甚至有些瘦弱。手里拿着一把巨大的扫帚，清扫起垃圾来格外认真。而这一切，都让叶话想起了自己的一个朋友。

五年前。

叶话推着单车走在大街上，他显得有些丧气，因为他的单车爆胎了。附近没有修理的地方，所以他只能推着回家。

街道上人来人往，但每个人脸上都表情严肃，似乎他们每个人都有着不开心的理由。而在这群人里，只有一个老太太显得有些特别。

老太太看上去年事已高，头发已经花白。她个子不高，手里却拿着一把比自己还要高的扫把。她的身体的比例也很奇怪，头很大，可手臂和腿却十分细长，就像是漫画中的人物。她跟在那些来往的行人后面，拿着扫把在他们的背后不停打扫——尽管地上一片垃圾也没有。

更奇怪的是，来往的行人们对此却没有表现出任何的惊讶。叶话停了下来，此时，他意识到，眼前这个奇怪的老太太并不是人类。

老太太扫着扫着，忽然开始活动起身体，接着退到了路边。

"你要对那些人做什么？"叶话把车推到路边，紧张地问道。

"你看。"老太太伸出了枯枝一般的手指，指向了那个刚被她清扫过背后的男人。

几秒钟后，那个男人忽然接通了一个电话。随着与对方的交谈，男人原本垂头丧气的脸突然充满了笑容。要知道，就在一分钟前，那个男人还是满脸的丧气和落魄。

"这是怎么回事？"叶话不解。

老人坐在长椅上，开始仔细地擦拭起那把扫把。

"这是可以扫走霉运的扫把。"老太太眯着眼睛，全神贯注地检查着扫把，"那个人最近被一堆坏事缠上了，他已经快撑不下去了。不过现在已经没事了。"

"你不是妖怪吗？为什么会帮助人类？"叶话的语气开始变得

温和。

老太太听完哈哈地笑了起来，她突然想起，在很多年前她也和那个家伙说过类似的话。

在种类繁多的妖怪中，有一种能够看到人类的好运，并专门窃取这些好运的妖怪，以此为食。在他们眼中，人类的好运就像影子一样投射在他们身后。借助特殊的扫把，他们可以把人类的好运全都扫走。

这些妖怪们甚至举办了比赛，每一个拥有扫把的妖怪都是参赛者，谁扫取的好运最多，谁就是最终获胜者。

每到这时候，薇薇就开始担心萨尔的成绩。虽然萨尔长得高大帅气，但几乎每场比赛他都是最后一名。为此妖怪们都开始嘲笑萨尔，这让身为萨尔恋人的薇薇也跟着丢脸。

"薇薇，你不觉得我们这么做不太好吗？"萨尔的语气充满了内疚，"我们生活在人类的世界里，却要窃取他们的好运。你没发现吗？那些人类看起来都是那么累，他们甚至很少笑。"

薇薇有些意外，窃取人类的好运是他们的传统，她可不会为这种事情伤脑筋。

"那又有什么办法呢，萨尔？他们是人类，长大之后都会习惯那样的生活。"薇薇满不在乎地说道，"你还是关心关心自己吧，只要这次不是最后一名，我就谢天谢地了。"

"不，我会改变它的。"萨尔固执地说道。

很快，这一届的比赛结果出来了。可当名次公布的时候，所有的妖怪都惊呆了。

因为，没有第一名。所有妖怪的成绩都是零。

愤怒像是瘟疫一样在妖怪中飞速地蔓延开来。据说当统计员打开储存好运的仓库时，居然发现里面什么也没有。更可怕的是，就连以前偷来的好运也一并消失了。

妖怪们七嘴八舌地喊着要赶快找出"凶手"。很快，"凶手"就被找出来了。

萨尔就是"凶手"。

萨尔本身是一名器械师，他把自己的扫把改造成了能够扫走霉运并馈赠好运的扫把。而那些馈赠给人类的好运，就是来自那个仓库。

妖怪们愤怒了，同时他们也明白为什么萨尔连续几年都是最后一名。因为他从来就没有想过要窃取别人的好运。而这一行为，不仅违反了妖怪的传统，更是一种背叛。在一众讨论后，他们都觉得应该对萨尔进行审判，给予他应有的惩罚。

审判的现场，薇薇哭得像个泪人。她怎么也不敢相信，萨尔会做出种事情。她冲着萨尔喊道："为什么？！他们可是人类啊！"

在被扭送到监狱的那一刻，萨尔回头对薇薇笑了笑。

"现在，那些倒霉的人类也能够开心地笑出来了。"

在萨尔被关押的日子里，薇薇每天都以泪洗面。她不明白萨尔为什么会做出那种事，但她还是深深地爱着他。

经过审判，萨尔被判永远不能回到这个国家。就在他离开的前一晚，薇薇收到了一封来信。那是萨尔写的，他希望在离开这个国家之前再看薇薇最后一眼。

薇薇无法体会萨尔是怀着怎样的心情写下了这封信，但她心中也满是不舍。她换好衣服，准备前往约定的地方。

可当薇薇准备出门的时候，她犹豫了。当她走出这扇门，所有人都会知道她要去找萨尔，所有人都会嘲笑她，会觉得她背叛了妖怪。

想到这里，薇薇开始犹豫起来。细长的腿像是灌进了铅水，沉重得无法再迈出一步。那样做的话她可能也会被打上背叛妖怪的烙印，那样的话她该如何生活下去呢？就这样，在焦虑与犹豫中，直到最后，薇薇的决心和勇气都没能说服她走出自己的家门。

一晃眼过去了十年。妖怪的世界爆发了饥荒，许多妖怪都被饿死，没有饿死的也都离开了这里。然而薇薇并没有走，她在等着萨尔，她相信，有一天他会回来。

然而，几天后，一个来自陌生妖怪的礼物，彻底地击碎了她的幻想。

那个妖怪告诉薇薇，他也是被驱逐的妖怪。被驱逐后生活很辛苦，经常会遭遇各种危险。自己原本会死在凶恶的妖怪手下，但善良的萨尔救了自己，可他也为此丢掉了生命。

"这是萨尔的遗物。"妖怪把扫把递给了薇薇，"他说这是他最重要的东西，是他亲手制作的。原本是想在离开前一天送给他最爱的姑娘，可是他等到最后，那个姑娘都没有出现。我问他那个姑娘是谁，他在临死之前说出了你的名字。"

薇薇缓缓打开了盒子，里面是一把萨尔亲手打造的扫把，还有一封写给她的信。

打开信封，薇薇这才知道，原来当初萨尔不顾一切地偷走好运，是为了拯救人类和妖怪。萨尔发现，当人类长期被霉运困扰，他们会感到痛苦并且失去能支撑他们这群妖怪活下去的东西。如果比赛继续持续下去的话，总有一天，妖怪们会因为没有食物而最终饿死。

尽管被驱逐出自己的国家，但萨尔依然担心灾难会落到薇薇的身上。他为她打造了一把可以驱逐霉运的扫把，打算在约定好的地方送给她——连同那些告别的话。

看着萨尔的来信，薇薇的眼泪不停地落下来。

妖怪们都说薇薇疯了。她把自己锁在家里，路过的妖怪们只听到过她的哭声，却从没见她走出来过。

有一天，薇薇终于走了出来。只是当大门打开的一刻，走出来的却是一个年迈的老太太。

"薇薇就是老奶奶您吧。"叶话看了老太太一眼。

老太太点了点头。

"告别这种事情，有时候错过一次，可能就是一辈子。"老太太慈祥地望着叶话，感慨道，"年轻人，比起分别本身，我后悔的是没有好好地和他告别，告诉他我的真心。有些话说出来了就是解药，说不出来就成了遗憾。"

说完，老太太起身回到了人潮中。

/ 六 /

叶话离开长椅，朝着下一个目标进发。

穿过这片树林，就能看到一片蓝色的大湖。叶话站在湖边，不停地喊着妖怪的名字。

湖水很快做出了回应：湖中央逐渐升起一束水柱，一只五彩斑斓的锦鲤顺着水柱游到了空中，驱使着水柱朝叶话的方向移动。

"这不是叶话吗？！"锦鲤看了叶话一眼。

"好久不见，鲛。"叶话伸出手和锦鲤打起了招呼。

"哼！"锦鲤没好气地说道，"上次骗我的事我还记着呢，别以为鱼的记忆只有七秒。"

"那也是一年前的事情了吧。"叶话忍不住笑了起来，"不过这次来找你是有其他的事情。"

"我不听！"鲛拨浪鼓似的不停地摆动着脑袋，"不听不听，叶话念经。"

就在这时，另一只锦鲤从湖水里跳了出来。她甩着通红的尾巴，一下子就把鲛抽下了水柱。

"好好和叶话大人说话，人家可是我们的救命恩人！"说话的是栀，鲛的妻子。

鲛艰难地从水里爬了出来，这一下挨得可不轻，眼前还是晕乎乎的一片。只要栀一出现，蛮横的鲛就变得老实起来。

"你们还是一如既往地恩爱啊。"叶话看着眼前的栀和鲛，不禁想起了第一次见到他们的情景。

<h1 style="text-align:center">七</h1>

一年前。

繁华的街道上人潮涌动，叶话陪着母亲一起逛街，走着走着彼此就走散了。

"你这只傻猫，看什么看！""有本事你动我一下试试！""哎呀，你居然敢动手……老板，有人偷你家鱼！"

叶话听到了一阵奇怪的喊声。顺着声音的源头，最后他停在了一家花鸟鱼虫店面前。

店门口站着一个姑娘，手里抱着一只猫。那只猫似乎对盆子里的一条锦鲤产生了兴趣，而叶话刚才听到的声音就是来自这条锦鲤。

"看什么看，臭人类！"锦鲤突然掉转枪口，对着叶话开起了炮。

"你的脾气还真是火爆呢。"叶话笑了笑，并没有因此生气。

"喂，人类！"锦鲤冲着叶话喊道，"你居然可以看见妖怪！"

锦鲤见叶话没有否认，随即兴奋地甩起了尾巴。他看上去特别激动，像是见到了救命稻草。

"我叫鲛，是附近的河妖，因为人类抓走了我的妻子，所以我才来到人类的世界找她。没有想到的是，我也被他们抓住了！"锦鲤睁大眼睛，委屈地看着叶话，"带我离开这里吧，作为回报，我可以帮你做一件事。"

"带你走是可以，不过要你帮我做的事嘛，倒是没有。"叶话显得很随意。

"那可不行。"鲛感觉自己受到了侮辱，生气道，"我堂堂河妖，怎么可以让人类白白给我帮忙。再说了，你们人类我早就看透了，没有好处是不会真心帮忙的。因此，你必须让我帮你做点什么，这样才公平，我才放心。"

"那算了。"叶话装作要离开的样子，同时偷偷地观察鲛的反应。

"喂，别走啊！"鲛慌张道，"我的妻子在等我，我必须去救她。"

"那好吧，我想想让你帮我做点什么吧。"叶话看着焦急的鲛，决心帮一帮他。他买下了鲛，准备和他一起去找他的妻子。

"这样才对嘛。"鲛得意地摆动着尾巴，"你放心，等救回了我的妻子，不管是什么事，我都一定答应你！"

叶话带着鲛去了好几家店，都没有找到他的妻子。面对着人潮涌动的街道，叶话也不知道该从何下手。

"大家都是鱼，你怎么老想着给别人当菜？""你还急眼，不服你过来！""哎哟，你居然敢甩尾……老板，你家鱼跳缸了！"……

这种奇怪的声音引起了叶话和鲛的注意，他们顺着声音找到了一家店。在店门口，摆放着种类繁多的鱼。其中一条红白相间的锦鲤一下子就吸引了叶话的目光。

"栀，我来救你了。"鲛冲着那条红白相间的锦鲤激动地甩起了尾巴，那正是他的妻子。

"鲛，你终于来了！这个家伙是谁？"栀好奇地看着叶话。

鲛和栀解释事情经过，叶话则进店去询问价格。

"老板说这条不卖。"叶话从店里走了出来，脸上带着无奈。

鲛没有放弃，他悄悄对叶话说了几句话，让他抱着鱼缸在原地转了几圈后又去问了一次。

"还是不卖。"叶话摇了摇头说。

"可恶，都转了锦鲤还是没有好运吗！"鲛生气地道。

这时候，老板走了出来。

"年轻人，我看你问了几次，我就告诉你吧，那条鱼已经被她买走了。"老板指了指那个抱着猫的姑娘，"如果你想要的话，你可以问问她。"

叶话看了那个姑娘，心里有些紧张。可一想到鲛和栀可能因此分开，他便鼓起了勇气。

多年之后，当鲛和孩子们讲起自己的往事，他总是不止一次地回想起那个傍晚，一个名叫叶话的人类低声地乞求着一位姑娘，最终救回了自己的妻子。

"以后多加小心啦。"叶话完成了承诺，准备离开。

"等等，"鲛喊住了叶话，"你还没说你需要我帮你做什么呢。"

"什么都不用。"叶话挥了挥手，头也不回地道，"如果不那么说的话，你是不会让我帮你的。"

"可恶，被骗了。"鲛望着叶话逐渐消失的背影，眼角泛起了泪花。

八

天黑了，叶话回到店里，开始为明天的宴会准备食物。昨晚连夜写的邀请卡片都已经发出，现在能做的只有静候明天的到来。与此同时，鲛也在不停地搜寻着鲜美的水产，准备当作明天赴宴的礼物。

当叶话准备好一切，发现离约定的时间只剩下两三个小时。他有些紧张，于是坐在门口休息。这样当妖怪们出现时，他也能够第一时间去迎接。

随着时间一分一秒地过去，夜色也不知不觉地笼罩了天空。叶话有些感慨，回想起过去的点点滴滴，就像是做了一个长长的梦。

但，梦终究有醒来的时候，此时，分别的时刻终于到来。

为了准备这次宴会，叶话已经做好了满满一桌子的菜，考虑到还有花妖这类妖怪，所以也摆上各种酒水饮品。他所做的每一道菜，都带着某一个妖怪的故事。如果要与他们道别，那么这是他能想到的最好的方式了。

夜，越发深了。漆黑的街道上，只有叶话的店里灯还亮着。像是黑夜里的萤火虫，耀眼而又孤独。

不知不觉，四周响起了虫鸣。叶话依然坐在门外，然而内心的期待却在一点点地被时间消耗殆尽。

"吉吉！花妖！大家都去哪儿了……"

叶话开始感到了一丝焦虑，他神情沮丧，各种各样的坏念头都出现在了脑子里。

是大家都有事耽误了吗，还是说自己已经看不见妖怪了？

如果真是那样，自己该怎么办？他好不容易接受了要分别的事实，还为此预设了各种告别的场景。然而这一刻，恐惧和遗憾占据了他的内心。所有预想的告别，在这一瞬间都破灭了。

想到结局会是这样，叶话的身体开始不由自主地颤抖起来。

"叶话，你在干吗？"

黑暗中，叶话感觉到有一只手落在自己的背后。它轻轻地拍打着，就像是薇薇的扫把，扫去了他的焦虑和恐惧。

叶话慢慢抬起头，紧绷的神经让他连呼吸都变得很费力。他转过身去，看到了花妖那熟悉的脸。紧接着，四周开始浮现妖怪们的声音，那些熟悉的面孔一个接一个地朝店里走去。

"叶话，你还在等什么，快进来！"鲛用尾巴拍打着椅子，大声向外喊道。

在他的身后，熟悉的小店里，此刻已经坐满了妖怪。他们无不望向叶话，像是在等待着回归的老朋友。

叶话笑了起来。他为自己还能看到妖怪而感到庆幸，同时也被妖怪们的数量给深深地震惊了。

"叶话大人，好久不见。"

"听说叶话大人举办宴会，我特意赶了过来。"

"过去承蒙叶话大人的帮助了。"

"叶话大人做的食物真好吃啊！"

妖怪们站在两侧，组成了长长的列队。叶话看着不断晃过的面孔，在过去的这么多年里，每一个面孔都曾出现在他的生命里，化成了星星点点的光，照亮了他的生活。

叶话的眼角已经有些湿润了，他强忍着感动，大步走进店里。当他跨进店门的一瞬，妖怪们发出了热情的呼喊。宴会也在这令人欢愉的气氛中正式开始了。

妖怪们有的举起酒杯，开怀畅饮，有的讲起人类的笑话，把大家逗得哈哈大笑，有的互相挽着手臂，回忆起过去的事情。叶话被眼前热闹欢快的气氛深深感染了，他也开心地笑了起来，他甚至忘了这本来是一场悲伤的告别盛会。

"我记得有一段时间叶话大人痴迷于黑暗料理，结果连妖怪们都不敢光顾了。"

"对啊对啊，叶话大人小时候可是特别的可爱呢。"

"叶话大人虽然是个人类，可是却会保护我们这些小妖怪。"

妖怪们开始说起自己和叶话之间的故事，而叶话则在一旁幸福地听他们讲述。每一个故事都能勾起叶话的回忆，把他重新带回到过往的时光中。

叶话并不饮酒，但这一刻，他举起了酒杯，敬向所有的妖怪们。

"在我很小的时候，时常因为能看见妖怪而苦恼。因为这种能力，身边的人觉得我是个奇怪的小孩。长大以后我才发现，原来妖怪和人类一样，同样也有着有趣的灵魂和热爱美食的性格。"

几杯酒下肚，叶话的脸有些泛红。尽管如此，他却没有停下来的意思。

"很遗憾就要和大家说再见了。但无论如何，我都会更加努力地生活下去，不会让大家为我而担心的。"

说到伤感处，叶话的眼角不由得泛出了泪光。

妖怪们见到这一幕，也各自感到忧伤。但他们并没有发出哭声或者说出任何让人觉得伤感的话，只有花妖悄悄地抹了抹快要流出的眼泪。

叶话并不知道，花妖早已经把真相告诉给了大家。所有的妖怪都知道这一次的宴会意味着什么。然而他们都装作不知道，努力地让氛围变得欢乐。因为大家都明白，如果这是最后的告别，就让叶话在若干年后回想起这一幕时，脑海中看到的全是他们幸福的笑容。

叶话的眼皮开始有些沉重，脸颊也有些泛红，或许是因为酒精的原因，眼前的景象逐渐变得模糊起来。他揉了揉眼，妖怪们似乎正在一点点消失。

"要保重啊，叶话大人。接下来的路，我们虽然不能陪你，但也会默默地看着你。请你开心地朝前走吧。"

妖怪们齐齐举起酒杯，眼光全都聚向了叶话。

叶话也赶紧举起手里的酒杯。然而，他的眼睛再一次传来刺痛，或许得益于酒精的麻痹，这次的刺痛感非常短暂，刺痛过去之后，视线反倒变得更加清晰。

可正是这清晰的画面，忽然挑起了叶话的泪腺。

眼前，妖怪们的身体正在一点点地破碎、消失。

忽然，店里的灯光灭了，四周陷入了黑暗。可没持续多久，屋外的月光便从门外照了进来。

月光落在妖怪们的脸上，像是照亮了舞台的灯光。叶话惊喜地看到，在月光的映射下，那些熟悉的面庞正在逐渐和月光融为一体。

银色的光芒将黑夜照亮，叶话的心里仿佛也藏进了几分光明。

"再见了，大家。"

随着最后一杯酒的饮尽，叶话在醉意中酣然入睡。妖怪们也纷纷起身，一边朝外走去，一边不舍地回头。

"你们看，叶话大人在笑呢。"

"嘘，小声点，不要吵醒叶话。"

叶话的嘴角露出浅浅的笑，谁也不知道他梦见了什么。

至此，妖怪们的故事在这家被称作"妖怪食堂"的店里缓缓落下帷幕。

不久后，叶话的饭店重新开业。开业那天，店里来了许多的食客。叶话虽然十分忙碌，但脸上总是带着熟悉的笑容。

除了食客们的期待，饭店门外，还有很多双看不见的眼睛在注视着他。他们不时私语，嘴里念着叶话的名字。

"叶话大人再也看不见我们了吗？"

"毕竟那可是大妖怪的诅咒啊。"

"听说叶话的父亲快要回来了。"

"是吗，那个传说中的驱妖人？"

"没错，或许他会有办法吧。"

……

（完）